# 메리커

## 작가의 말

　지구상에는 80억 인구가 살고 있지만, 신체의 모양이나 생각이 같은 사람은 단 한 명도 없다. 각자 태어난 씨와 밭이 다르고, 성장 과정이 다르고, 인간관계가 달라서 생긴 모습과 생각이 모두 다르기 마련이다. 그래서 마음을 열지 않으면 자기 생각만을 고집하는 외곬으로 살아가기 쉽다. 더불어 살아가는 동물들도 많지만, 이성을 가진 인간은 더욱 더불어 사는 삶을 원한다. 외곬으로 살아가는 삶이 외롭고 괴로워 견뎌내기가 힘들기 때문이다. 그러기에 사람들은 남녀노소를 가리지 않고 서로 어울려 대화를 나누고 소통하기를 원한다. 어려운 일에 직면했을 때는 자신보다 더 체험을 많이 하고 지혜로운 분들의 생각과 행동을 거울삼아 처신하기도 한다.

　소통이란 신체적인 접근이나 주고받는 대화로써만 이루어지는 것은 아니다. 좀 더 정확하게 소통하고 간접 체험을 얻기 위해서는 독서를 해야 한다. 유럽의 어느 작가나 조선 시대의 작가가 쓴 작품을 읽고 공감을 얻었다면 이는 시대적으로나 지역적으로 서로 대면할 수 없는 상황에서 이루어진 소통이다. 작가의 생각을 오로지 활자로 인쇄한 출판물을 통해 소통이 이루어진 것이다.

그런데 직접 대면하여 주고받는 대화는 정확하게 듣지 못하고 일부 흘려넘기거나 잊어버릴 수 있지만, 책을 통해 얻은 소통은 다시 되짚어 읽을 수 있기에 글쓴이의 뜻을 명확하게 받아들일 수 있는 것이다. 다만 글쓴이의 의도를 얼마만큼 파악하고 공감하느냐는 읽은 이의 이해도에 따라 달라질 것이다.

 지난 네댓 해 동안 인간의 오감으로는 감지할 수 없는 코로나의 극성으로 사람들은 타인과 만난다는 사실 자체가 살얼음판을 걷는 두려움이 앞서 점점 더 외톨이가 되어가고 있었다. 코로나는 박멸을 위한 백신을 개발하여도 새로운 변이종이 발생하여 대응하여왔기 까닭에 인간과 코로나의 전쟁은 언제 끝날 것인가 예측하기 어려웠었다. 그래서 더불어 살아가는 삶의 단절은 계속될 것이라고 예상되었으며 결코 사람들이 원하는 바가 아니었다. 이러한 상황 속에서는 밖에 나가지 않고 방안에 혼자 앉아서도 선현들의 생각이나 이야기를 접하여 생각이 앞선 분들과 소통할 수 있는 길은 남이 쓴 글을 읽는 것이 최우선의 방법이다. 더구나 책을 통해서 소통하는 방법은 사회의 다양한 인물들과 만날 수 있고 자신보다 체험이 많고 지혜로운 분들과 폭넓은 소통을 할 수 있기에 옛 어른들은 선각자들의 생각과 체험을 다양하게 접할 수 있는 독서를 매우 중시 여겨온 것이다.

오늘날 남녀노소를 막론하고 사람들은 전자매체를 소통의 도구로 삼고 있다. 그러나 전자매체의 단점은 한둘이 아니다. 우선 오랜 시간 접하면 신체에 악영향을 주어 건강을 해치는 전자파가 그 하나요, 근거 없는 소문이나 사실과는 다른 내용으로 거짓이 난무하여 타인을 음해하는 현상이 그 둘이요, 단순한 흥미로 인간의 마음을 현혹하여 혼란스럽게 만드는 내용이 그 셋이다. 이 외에도 전자매체의 단점은 수없이 많다. 그리고 단순한 흥미가 주를 이루는 이 전자매체의 유혹에 빠져 사람들은 책을 멀리하기 때문에 독서인구는 거의 기아의 경지에 이르고야 말았다.

이처럼 어려운 시기에 나는 소설 10편을 묶어 〈메리커〉라 제한 소설집을 용감하게 내놓는다. 소설이 허구적으로 꾸민 이야기라고는 하지만 어차피 작가의 체험이나 생각이 부분부분 녹아있기 마련이다. 이 소설들도 마찬가지이며 이 소설집을 읽는 독자들에게 다음과 같은 사실을 밝혀둔다.

작품 속에 들어있는 아라비아 숫자로 나타낸 모든 기록은 필자가 지어낸 내용이 아니고 근거가 있는 사실의 기록을 인용했음을 밝혀둔다.

〈메리커〉란 작품에 나오는 하와이 제도와 멕시코의 지명들은 현재 그곳 주민들이 부르고 있는 지명이며 지도상에도 뚜렷이 나타나 있다. 이는 예맥족의 고어들이 지금까지 살아있다는 증거다.

이제 출판하여 필자의 품을 떠나는 소설들은 소설집을 접한 독자들의 것이다. 요즈음 소설들이 난해하고 재미가 없어 독자들이 멀리하는 경향이 뚜렷하지만, 이 작품집에 담은 작품을 접한 독자들은 참신한 주제와 사건의 전개 그리고 쉽고 매끄러운 문장에 빠져서 다 읽기 전에는 쉽게 내려놓지 못할 것이라고 내 나름대로 자신 있게 예상해 보는 추측이 빗나가지 않기를 바란다.

2025년 낙엽이 흩날리는 시월에
지당 서재에서 **이흥규**

/ 차례 /

■ 작가의 말　/ 2

| | |
|---|---|
| 메리커 | / 8 |
| 허깨비춤 | / 38 |
| 코로나와 동방삭 | / 60 |
| 폭우(暴雨) | / 87 |
| 돼지꿈 | / 112 |
| 포옹(抱擁) | / 136 |
| 왕모의 변신 | / 161 |
| 코로나의 반란 | / 187 |
| 찜보와 떼보 | / 216 |
| 바라기 탐험기 | / 242 |

# 메리커

## 1. 상은도와 하와도

   지구에서 가장 드넓은 바다 태평양 한가운데 하와도(下臥島)라는 여덟 개의 섬이 누워있다. 세상 사람들은 이 섬을 일컬어 하와이 제도라고 부른다. 북쪽으로부터 카우아이, 니하우, 오아후, 몰로카이, 라나이, 마우이, 카호올라웨, 하와이라는 이름의 크고 작은 섬들이 마치 아름다운 여인이 옆으로 비스듬히 누워있는 모양으로 늘어서 있어 제도를 이루고 있다. 이 여덟 개의 섬 중에서 북쪽으로부터 세 번째 섬인 오아후는 여인의 가슴에 해당하며 크기 또한 세 번째이지만 하와이 제도 총인구의 80%가 이 섬에서 살고 있다. 그런데 이 섬들의 이름은 모두 동이족의 한 갈래인 예맥족의 고어로 일컬어진 이름들이다.
   이 하와이 제도의 맨 위에 있는 섬인 카우아이는 여인의 머리에 해당하는 섬인데 이 섬으로부터 북쪽으로 대략 일만이천 리 (4,800km) 정도 떨어진 지점에 마치 독수리가 양 날개를 활짝 펴고 남쪽 하와이 제도를 향해 날아오는 모양으로 세 개의 섬이 솟아있다. 이 섬이 '위 숨은 섬' 상은도(上隱島)다. 세 섬 중에서 마치 독수리 부리처럼 가운데 높이 솟은 섬을 중은도(中隱島), 왼쪽 날개로 보이는 섬을 좌은도(左隱島), 오른쪽 날개로 보이는 섬을 우은도(右隱島)라고 하지만, 지구상에 나타난 최초의 인류로부터 오늘날에 이르기까지 이 섬을 본 사람은 단 두 사람 외에는 아무도 없다. 그 까닭은 이 섬은 하와이 활화산 할레마우마우(할머니-불의 여신)에서 내뿜는 용암의 불길이 하늘로 치솟아 북쪽으로 날아가며 만든 운무가 이 섬에 이르러 이슬방울로 엉켜 거대하고 투명한 유리 반구 모양으로 섬을 덮고 있어서 밖에서 보면 전혀 보이지 않기 때문이다. 이 섬이 사람의 눈에 보이지 않게 된 까닭을 이해하기 위해서는 다음과 같은 자연이 지닌 음양의 이치를 더듬어 봐야 한다.

인류가 이성(理性)을 얻은 이후부터 사람들은 우주는 음양(여성과 남성)이 조화를 이루고 있다고 생각했다. 해(남성)와 달(여성), 하늘과 땅, 육지와 바다, 산과 강은 물론 하늘에 떠 있는 별들도 음양이 존재한다고 믿었다. 견우와 직녀의 이야기가 그 한 예라고 할 수 있다. 그리고 산수(山水)는 음양의 기본이며 음양이 조화를 이룬 곳을 살기 좋은 생활터라고 여겼다. 그런데 산은 강과 대비(對比)해서는 양이지만 산들끼리 비견(比見)할 때는 또 양과 음으로 나누어 보았다. 즉 같은 산이라도 어떤 산은 양으로 어떤 산은 음으로 본다. 대게 악(岳) 자가 붙은 험한 바위산(설악산, 관악산 등)을 양으로 보고 황토로 이루어진 흙산(예봉산, 청계산 등)을 음으로 본다.

  이러한 시각으로 지구 전체의 지형을 살펴볼 때 지구 표면의 삼분지 일 이상을 차지하는 태평양 한가운데 위치한 상은도(上隱島)와 하와도(下臥島)가 바로 지구에서 음양의 대표적인 예라고 할 수 있다. 상은도는 바닷물 위로 솟아있지 않고 바다 표면 가까이 잠겨있지만 하와이 제도와 한 지맥을 이루고 있어 지도상에서 하와이 제도로 표기되어 있다. '위에 숨은 섬' 상은도가 남성이며 '아래 누운 섬' 하와도가 여성이다. 그런데 마음이 여리고 외곬인 여성은 사랑하는 남성을 자신만이 갖고자 하는 욕망으로 가득 차 있기 마련이며 사랑하는 남성이 가진 모든 것을 남에게 빼앗기지 않고 그의 영혼까지도 자신의 소유로 만들어야만 만족하게 여기며 안심하게 된다. 그래서 여성인 하와도는 자신의 심장 깊은 곳에서 솟아오르는 뜨거운 사랑의 입김으로 남성인 상은도를 감추어버렸기 때문에 사람의 눈에는 보이지 않는 것이다.

## 2. 해보기의 꿈

배달국 시대에 한반도의 남쪽 아름다운 바닷가인 아름무리(여수麗水) 반도에 사는 예맥족의 한 아이가 있었다. 이 아이는 엄마의 젖을 떼자마자 만성리 검은 모래 벌에서 조개, 낙지, 소라, 전복 등 맛있는 먹이로 배를 채우고 나면 뒷산인 호랑산과 영취산을 오르내리며 아름다운 자연의 품에서 마음껏 뛰놀며 자랐다. 산에 오르내려 온몸에 땀이 흐르면 맑고 푸른 바다에 뛰어들어 육지에서 가장 가까운 오동도로 헤엄쳐 가서 놀다가 날이 저물면 용굴 속에서 잠을 자기도 하였다.

아이가 점점 자라 소년이 되자 이제는 돌산도로 헤엄쳐 가서 돌산도 끄트머리 거북바위 위에 앉아 넓고 푸른 바다를 바라보았다. 소년은 이 바다를 보고 있으면 황홀한 정경에 넋을 잃고 시간 가는 줄 몰랐다. 무릎에 턱을 괴고 앉아 햇빛이 잔물결에 반사되어 튕겨 오르는 맑고 투명한 쪽빛 바다 멀리 수평선을 바라보며

'저 수평선 너머에는 어떤 세상이 있을까?'

하고 늘 궁금하였다. 그래서 맑은 날이면 돌산도로 헤엄쳐 건너가 이튿날 새벽에 거북바위에 올라앉아 동쪽 바다 수평선 너머에서 하늘 사방으로 환한 빛살을 쏘아 올리다가 하늘과 바다를 빨갛게 물들이며 어둠을 걷어내고 둥실둥실 솟아오르는 일출을 바라보곤 하였다. 이 모습을 본 소년의 어머니와 어른들은 해돋

이 바라보기를 좋아하는 이 아이를 해보기라고 불러 아이의 이름이 〈해보기〉가 되었다.

언제부턴가 이 해보기 소년 옆에는 달래라는 여자아이가 늘 따라다녔다. 그들이 자라서 열여덟 살이 된 어느 날 해보기가 달래에게 말했다.

"달래! 우리 저 바다를 건너 새로운 낙원을 찾아 떠나는 게 어때?"

"그래. 바다가 무섭긴 하지만 해보기 네가 가는 곳이라면 어디든 겁나지 않아."

그날부터 해보기와 달래는 오동도에서 가장 큰 오동나무를 베어 배를 만들기 시작했다. 큰 통나무 가운데에 두 사람이 누울 수 있을 만큼의 넓이로 홈을 파고 작은 통나무 둘을 양쪽에 붙여 뗏목처럼 만들었다. 배달국 시대에는 연모가 간석기이기 때문에 이 배를 만드는 데만 일 년이 걸렸다. 배가 완성된 다음 날 새벽 동녘 하늘이 트이자 봄 바다 안개 자욱한 수평선 위로 지금까지 그들이 보아왔던 해보다 두 배가 넘는 커다란 해가 둥실둥실 솟아올랐다. 안개 속에서 떠오르는 해는 옅은 분홍색이어서 눈이 부시지 않아 똑바로 바라볼 수 있었다. 그리고 안개는 돋보기 역할을 하여 바다 위로 솟아오르는 아침 해는 더욱더 크게 보이는 것이다.

"그래, 우리 해가 떠 있는 곳으로 해를 보며 노를 저어가자!"

해보기와 달래는 통나무 뗏목 배를 타고 아름무리(여수)를 출발하였다. 며칠을 해만 바라보며 노 저어가다가 해가 떠오르는 동쪽에 낙원이 있을 것이라는 생각이 퍼뜩 떠오르자 방향을 바꾸어 동쪽을 향해서만 노를 저었다.

가도, 가도 끝이 없고 사방이 수평선만 바라보이는 둥글고 드넓은 바다!

망망대해에서 수많은 밤을 새우고 또 지새우며 온 힘을 다하여 힘겹게 동쪽을 향해 노를 저어가고 있지만, 그들은 더 나아가지 못하고 늘 제 자리에 머물러 있는 것만 같았다. 한낮이면 하늘의 해는 직사광선으로 내리꽂아 그들의 살갗은 시뻘겋게 탔다. 그러나 넓은 바다에 떠가는 작은 통나무 배 위에 올라있는 그들은 견디기 어렵게 덥지는 않았다. 밤이면 오히려 추웠으나 둘이 꼭 껴안고 누우면 추운 줄 모르고 깊은 잠이 들었다. 봄 바다는 풍랑이 일지 않고 잔잔하여 항해하는 데는 별 지장이 없었지만, 밤이나 낮이나 아무것도 보이지 않고 푸른 물결로 둘러싸인 바다 위에서 수십 일을 삿대질만 해대니 지루하고 지쳐서 차라리 남쪽으로 갔더라면 하고 후회되기도 하였다.

일본 열도를 한참 벗어난 그들의 배는 동북아시아 캄차카반도에서 남지나 쪽으로 흐르는 바닷속의 거대한 물굽이가 태평양 한 가운데 쪽으로 통나무 배를 밀어주기 때문에 배에 탄 자신들은 이 사실을 모르고 있지만, 배는 빠르게 동쪽을 향하여 나아가고 있었다. 이 해류의 힘은 마치 바다의 신령스러운 손이 배를 천천히 태평양 한가운데 쪽으로 밀어주고 있는 셈이다. 그리고 태평양 드넓은 바다 가운데로 나가면 사방이 물 뿐이어서 어느 곳과 어느 곳의 온도 차이가 있을 수 없기에 바람(공기의 이동)이 없어서 육지에서 가까운 바다보다 바다 표면이 잔잔할 수밖에 없다.

또, 드넓은 바다에서 이는 파도는 육지 가까운 곳에서 일어나는 파도처럼 출렁대지 않고 큰 물굽이를 이루기 때문에 작은 통나무 배는 물굽이를 따라 오르락내리락만 할 뿐이어서 파도를 파도로 느낄 수도 없는 것이 자연의 오묘한 현상이다. 그러나 이러한 사실을 모르는 그들은 자신들이 마치 여수 앞바다 한가운데 떠 있는 작은 꽃잎 위의 실 개미처럼 느껴지기도 하였다. 거센 바람이 몰아치면 언제 깊은 물 속에 처박혀 물고기의 밥이 되는지 모른다. 그들은 바다가 무섭고 두려워 덜컥 겁이 났다. 그러나 이제는 어찌할 수 없는 지경에 이르고야 말았다. '이대로 계속 나아가면 언젠가는 육지에 닿겠지.' 하는 희망을 품고 동쪽을 향하여 계속 삿대를 저을 수밖에 없는 처지다.

온통 하늘과 바다로만 둘러싸인 시퍼런 물 위에는 오직 그들 둘 뿐이었다. 그들은 지치고 힘들면 둘이 꼭 껴안고 서로 용기를 북돋아 주었다. 그들은 사랑의 힘으로 힘겹고 이 지루하기만 한 항해를 견뎌내고 있었다. 이처럼 사랑의 힘은 위대했다. 그들이 만약 혼자였다면 결코 지금까지 버텨낼 수 없었을 것이다. 망망대해에 작은 나뭇잎처럼 위태로운 신세지만 그들은 사랑의 힘으로 참아낼 수 있었다. 대체로 잔 물고기들은 바다 표면에서 떼를 이루고 몰려다니기 때문에 간혹 고기떼를 만나면 넉넉히 잡아 말려 먹거리 걱정은 없었다. 육지에서 멀리 떨어진 태평양 한가운데 바닷물은 소금기가 옅어 갈증이 날 때 목을 축일 수도 있었다.

 그들이 항해를 시작한 지 꼭 일백이십일 만에 거대한 태풍을 만났다. 드넓은 태평양 한가운데에서 일어나는 파도는 바다 밑에서 울리는 웅장한 저음의 함성으로 수백 척 높이의 물결을 이루어 너울거리며 그들을 향해 달려오고 있었다. '드디어 올 것이 오고야 말았구나!' 하고 생각하자 번뜩 촌장 할아버지가 일러준 충고가 떠올랐다. 해보기는 서둘러 돛을 내린 뒤, 달래를 배에 눕히고 통나무배와 달래를 칡넝쿨로 칭칭 감았다. 그리고 달래 옆에는 작은 공간이 생기도록 조금 틈을 두었다. 일을 마친 해보기가 달래 옆 틈바구니에 가까스로 끼어들어 한 몸이 되자 너울성 파도는 산덩이처럼 솟아오른다. 가벼운 통나무배는 파도를 따라 수백 척 높이의 물산 꼭대기 위로 떠 올랐다. 그리고는 눈 깜짝할 사이에 저 아래 깊은 골짜기로 떠내려간다. 그러나 배는 오르락내리락만 하며 바람에 밀려갈 뿐 뒤집히거나 가라앉지는 않았다. 그들은 가슴이 울렁거리고 어지러워 정신을 차릴 수가 없었다. 둘이서 꼭 껴안고 눈을 감았다. 꼬박 하룻밤을 너울거리던 파도가 이제는 잔뜩 성이 났는지 갑자기 너울성이 큰 파도가 하늘로 치솟아 하얗게 변해버린 물산이 배 위로 폭포처럼 쏟아진다. 그들은 정신을 잃고 말았다.

이처럼 하늘에서 쏟아지는 물을 통나무배가 둘러쓴 것은 수차례 반복되었으나 이미 정신을 잃은 그들은 이러한 사실을 전혀 모를 수밖에 없었다. 이는 깊고 넓은 바다에서는 파도가 수백 척 높이로 너울거리기만 할 뿐이어서 물이 하늘에서 배 위로 쏟아지지는 않았지만, 육지 가까이 이르러서는 바다의 깊이가 얕아 바닷속 땅에 부딪힌 너울의 힘이 하늘로 치솟아 오를 수밖에 없는 현상 때문에 거대한 파도는 하얀 거품을 일으키며 하늘로 솟아 배 위로 엄청난 물을 쏟아부은 것이다.

태풍이 잠자고 날이 개자 하늘과 바다는 언제 그랬냐는 듯 시치미를 떼고 잔잔한 숨결로 변했다. 그들을 태운 통나무 배는 새하얀 모래 위에 덩그러니 멈추어 있었다. 그들은 이틀을 꼬박 거센 파도와 씨름하여 지칠 대로 지친 데다가 마지막 파도의 광란으로 기절해 있었다. 태풍이 지나간 지 이틀 만에 깨어난 해보기가 몸에 감긴 칡넝쿨을 풀고 일어나 보니 통나무배가 어느 낯선 백사장 위에 올라와 있는 게 아닌가. 가슴이 벅차오른 해보기는

"우아! 백사장이다. 이제 우린 살았다!"

하고 육지를 향해 힘껏 소리질렀다. 해보기가 여수를 출발 한 지 일백이십삼 일만에 이 섬에 도착하게 된 것은 시월부터 이듬

해 5월까지는 대개 바람이 육지에서 바다로 불기 때문이다. 이른 봄인 3월 초에 출발한 해보기는 육풍의 힘을 받은 데다가 일본 열도의 바다 밑을 통과하는 해류의 거대한 힘, 그리고 마지막 태풍이 밀어 올려주는 바람에 6월 초에 태평양 한가운데 있는 이 섬에 도착할 수 있었던 것이다. 그동안 망망대해에서 길고 먼 항해를 하며 '과연 육지를 만나 꿈을 이룰 수 있을까?' 하고 애타게 고민하며 죽을 고비를 겪고 혼절해 있다가 깨어나니 순간적으로 기쁨의 환호가 터져 나온 것이다.

### 3. 남성의 섬 상은도

해보기가 감격의 환희에서 깨어나 정신을 차리고 보니 달래가 배 위에 쓰러져 있었다. 얼른 달래를 흔들어 깨웠지만, 꼼짝도 하지 않는다. 해보기는 달래를 일으켜 따뜻한 백사장에 눕히고 오랫동안 입을 맞췄다. 뜨끈한 백사장의 열기와 해보기의 따뜻한 입김이 달래의 몸속으로 들어가 몸을 덥히자 달래가 슬그머니 눈을 떴다. 해보기는 달래를 일으켜 앉혔다. 정신을 되찾은 그들이 일어나 바라보니 눈앞에 아름다운 무지개로 둘러싸인 성스러운 산이 우뚝 서 있다. 하얀 모래밭 가상에는 물개들이 질펀히 누워 있다. 그들도 태풍에 시달려 지친 몸을 쉬고 있는 것 같았다. 이 섬은 좌우로 조금 작은 두 섬이 마치 새의 양 날개처럼 감싸고 있어 포근하고 아늑한 느낌이 어머니 품에 안긴 듯하였다.

  해보기는 우선 고픈 배를 채워야 했다. 백사장 옆 갯바위로 가니 이게 웬일인가? 바위틈에 물고기들이 커다란 함지박에 잡아서 담아놓은 것처럼 가득 차 있다. 물속이 온통 물고기들이어서 바닷속이 보이지 않을 정도다. 해보기는 살찐 놈으로 골라 두 마리를 잡아 판판한 바위에 올려놓고 옥돌을 갈아서 만든 칼로 다듬어 배로 돌아왔다. 달래는 깨어나기는 했으나 기운이 없어 일어나지 못했다. 해보기는 생선을 칼로 잘게 썰어 저며서 달래에게 먹였다. 그러나 달래는 목이 막히는지 잘 삼키지를 못했다. 해보기는 우선 마실 물을 먼저 찾아야 했다. 섬 전체의 산세를 보고 물이 있을 만한 곳을 찾았다. 뒷산 왼쪽 중턱에 있는 큰 바위 밑에 물이 있을 것 같아 그곳으로 달려갔다. 과연 바위 밑에는 맑은 샘물이 솟아 넘쳐흐른다. 해보기는 엎드려 샘물을 벌컥벌컥 마셨다. 그리고는 쏜살같이 내려가서 달래를 업고 올라와 물을 먹였다. 시원한 물을 넘긴 달래는 그제야 정신이 온전히 되돌아 왔다. 해보기는 이 바위 밑 조금 넓고 편편한 곳에 산에서 부드러운 풀잎을 뜯어다 깔고 누울 자리를 만들었다. 이곳은 따뜻하고 포근하여 아주 편안한 잠자리가 되었다. 그들은 아예 이 바위 밑을 생활터로 정하고 이곳에서 원기를 회복할 때까지 머물렀다. 이곳은 날씨가 따뜻하고 밤과 낮의 온도 차이가 거의 없어서 움막을 지을 필요도 없었다.

이 섬은 물고기들의 안식처인지 바닷가에만 나가면 각종 물고기가 우글거렸다. 산에 오르면 지금까지 한 번도 본 적이 없는 나무와 풀꽃들이 상쾌한 향기를 내뿜으며 반겨주었다. 바닷가에는 가지는 없고 몸뚱이만 자란 높다란 나무의 머리 꼭대기에 길고 넓은 잎들이 늘어져 있고 잎자루 사이에는 마치 손 모양의 열매들이 매달려있었다. 해보기가 올라가 따서 껍질을 벗기고 맛을 보니 달고 부드럽기가 환상의 맛이었다. 해보기는 이 열매를 달래에게 던져주며 '받아! 나 던진다. 너 빨리!' 하고 말하며 이 열매 이름을 〈바나너〉라고 불렀다. 그 뒤로 쉬운 발음으로 변하여 〈바나나〉가 된 것이다. 그들은 그 누구의 방해도 받지 않고 둘이서만 사랑을 속삭이며 행복을 누릴 수 있는 이 아름다운 낙원에서 시간 가는 줄 몰랐다.

해보기가 백사장에서 가운데 우뚝 솟은 뒷산을 바라보면 오른쪽 산이 동산이고 왼쪽 산이 서산이다. 해보기는 해가 떠오르는 조금 완만한 오른쪽 섬부터 더듬기로 하였다. 섬 기슭은 남쪽 백사장을 빼고는 모두 깎아지른 듯한 절벽으로 걸어서는 바닷가를 돌아볼 수가 없었다. 그래서 통나무 배로 세 섬을 한 바퀴 돌아보았다. 세 섬 어디에도 걸어서 올라갈 수 없이 바다에 접한 부분은 모두 깎아지른 절벽이었다. 그리고 섬 뒤에는 기묘한 모습의 수많은 바위기둥이 바다 위로 솟아 바위 숲을 이루고 있다. 어느 거대한 힘이 바닷속에 마치 우람한 바위 말뚝들을 박아놓은 것처럼 높이 솟아 웅장하고 아름다운 장관을 이루고 있었다. 해보기는 바위기둥 숲속을 빠짐없이 더듬어보았다. 바위기둥 숲속은 파도가 일지 않아 물결이 잔잔하고 기둥에는 각종 해초가 자라 먹거리가 많았다.

  배로 섬을 한 바퀴 돌아본 해보기는 지금 머무르고 있는 잠자리에서 곧장 바위 위로 올라가 절벽 위의 산허리를 돌아서 답사할 수밖에 없었다. 절벽 위의 산자락에는 잎사귀가 커다란 나무들이 빽빽한 숲을 이루고 있다. 이 섬에 있는 나무들은 기온이 따뜻하기 때문인지 잎사귀 하나가 사람의 몸뚱이만큼이나 컸다. 그리고 사람의 머리통만큼 큰 열매들이 한데 모아서 묶어놓은 것처럼 잎자루에 매달려 먹음직스럽게 보였다. 한 개를 따서 껍질을 벗기려고 하니 너무 단단하여 바위에 내던져 버렸다. 깨진 열매에서는 맑은 물이 흘러내렸다. 손가락으로 찍어 맛을 보니 꿀맛이었다. 깨진 곳을 벌려보니 속이 하얗다. 하얀 속을 파서 먹어보니 '아! 이처럼 맛있는 열매도 있는가?' 하고 감탄이 저절로 솟는다. '야! 자는 바나나보다도 더 맛있다.'라고 말하며 〈야자〉라고 하였다. 야자와 바나나와 각종 물고기가 널려있어 먹을거리 걱정 없고 따뜻한 이곳이 그들에겐 낙원이었다.
  야자 열매로 배를 채우고 독수리의 목덜미 아래 등거리 부분에 해당하는 중턱의 판판한 바위 위에 앉아 바위기둥 숲을 바라보면 바위 숲은 마치 독수리가 꼬리를 바짝 쳐들어 올린 꼬리 깃털처럼 보였다. 해보기는 이 독수리 깃털을 한참 동안 바라보다가 한바탕 놀라 기절을 할 뻔하였다. '아! 이 어인 해괴한 광경이란 말인가!' 바위 숲 뒤에서 검고 밋밋한 섬이 천천히 떠오르고 있다. 그리고는 등에서 새하얀 물기둥을 뿜어 올리니 바위 숲 위로 솟아오른 물방울이 사방으로 퍼지며 무지개 꽃을 피운다. 아! 그러더니 또 천천히 바닷속으로 가라앉아버린다.

넋이 나간 해보기가 한참을 바라보고 있으니 또 산이 천천히 떠올라 물기둥을 뿜어 올린다. 눈여겨 바라보니 옆에서도 조금 멀리에서도 이러한 물기둥들이 솟아오른다. 그리고 이 섬들은 떠올랐다 가라앉기를 반복하며 물기둥을 내뿜는다. '그렇다면 이 섬은 섬이 아니라 물고기란 말인가? 세상에 바다가 넓으니 이처럼 큰 물고기도 있구나!' 하고 입이 저절로 벌어졌다. 물고기가 더는 떠오르지 않자 해보기는 산에서 내려와 달래에게 뛰어가 방금 자신이 본 대로 말했다.

"에이! 거짓말, 나 놀려주려고 그러지?"

"아니야. 분명히 보았어. 못 믿겠으면 내일 함께 가봐."

이튿날 아침 식사를 마친 해보기와 달래는 뒷산으로 올라가 바위 숲을 바라보며 섬처럼 큰 물고기가 떠오르기를 기다렸다. 한나절 내내 기다려도 물고기는 떠오르지 않았다. 점심때가 되어 싸 온 고기와 열매로 요기를 하고 나서도 해보기는 바위기둥 숲

너머에서 눈을 뗄 수 없었다. 너무 지루해 자신도 몰래 저절로 하품을 토해내는 달래의 옆구리를 팔꿈치로 치며 해보기가 다급하게 외쳤다.

"왔다! 왔다!"

바로 그때 달래의 발밑 바위기둥 옆에서 고래가 내뿜은 물이 머리 위로 솟아올라 하늘을 향해 하품하는 달래의 얼굴로 쏟아졌다.

"에그머니나!"

달래는 그만, 해보기 품에 얼른 얼굴을 묻는다. 달래가 정신을 가다듬어 가까이에서 보니 물고기는 더 엄청나게 크다. 해보기가 말해준 것보다도 훨씬 더 우람한 물고기가 뿜어 올린 물은 우산처럼 사방으로 퍼지며 바위 숲 위로 무지갯빛 분수 꽃을 피워올린다. 한참 동안 분수 꽃을 피우던 물고기들은 어디론가 사라져 보이지 않았다. 그들은 날만 새면 이곳에 올라와서 달콤한 야자를 따 먹고 바위기둥 숲을 바라보며 물고기를 기다렸다. 그리고 엄청나게 큰 물고기에 놀라 고래고래 소리를 질러 이 물고기 이름을 고래라고 하였다. 이 고래들은 날마다 같은 시간이면 어김없이 몰려와 무지개 꽃 분수를 뿜어 올렸다. 그러다가 보름이 넘고부터는 고래들이 다시는 보이지 않았다.

그들이 이곳에 머문 지도 벌써 일 년이 가깝게 다가오고 있었다. 그동안 두 번이나 태풍이 불어 큰 파도가 몰려오기도 했지만, 바닷가 백사장에 하얀 물거품만 밀려왔다가 밀려갈 뿐 무슨 까닭인지 이곳은 바람이 피해 가는 것처럼 아무런 피해가 없었다. 그리고 이곳은 계절을 느낄 수 없이 청명한 초가을 날씨만 계속 이어졌다. 해보기의 활동적인 성격과 탐험에 대한 욕망은 아무런 변화가 없는 이 좁은 곳이 지루해지기 시작했다. 그의 성미로 보아 이곳에서 일 년씩이나 머문 것도 이곳이 아름답고 아늑하여 고향 같은 느낌이 든 데다가 손쉽게 잡을 수 있는 싱싱한 물고기들과 달콤한 과일들이 그를 붙잡아 두었기 때문이다. 해보기는 둥근달이 훤히 떠오른 보름날 밤 벼르고 벼르던 생각을 달래에게 털어놓았다.

"달래! 이제 이곳을 떠나자. 이 변함없고 좁은 이곳이 더는 견딜 수 없어."

"싫어. 춥지도 않고 덥지도 않고 먹을 것이 많은 이곳이 얼마나 좋아. 우리 이곳에서 계속 살자. 응?"

"이곳은 먹을 것 걱정 없고 추위, 더위 걱정도 없어 살기는 편하지만 아무런 변화가 없는 생활이 너무 지루하잖아? 우리가 살던 아름무리! 봄이면 영취산에 아름다운 연분홍 진달래 활짝 피고 여름이면 초록 세상으로 변했다가 가을이면 열매들이 익어가고 울긋불긋 단풍으로 물들어 우리들의 마음을 풍요롭게 해주었었지. 그러다가 북녘에서 찬바람이 불어와 나뭇잎을 모두 떨구면

벌거벗은 산과 들을 새하얀 눈이 포근하게 덮어주던 겨울, 그 겨울에는 또 따뜻한 봄이 그리웠었지. 계절마다 새로운 세상처럼 재주를 부리던 우리의 고향 아름무리가 얼마나 좋았어. 우리의 고향에 비하면 이곳은 너무 지루하고 재미없어. 우리 이제 떠나자."

"함부로 떠났다가 지난번처럼 또 무서운 풍랑을 만나면 어쩌려고 그래."

"아니야. 괜찮아 아주 먼 먼바다도 건너왔는데 그보다 더 먼 바다가 또 있을까 봐?"

"지금 우리 눈에 육지가 보이지 않는데 어찌 믿을 수 있겠어."

달래는 떠나는 것이 불안하고 이곳보다 더 아름다운 낙원은 없으리라는 생각에 이곳에서 눌러살자고만 우겼다. 그렇지만 해보기의 지루하고 답답한 마음과 타오르는 모험심은 그들을 이곳에 더는 머물게 하지 않았다. 날마다 달래고 어르는 해보기의 설득에 달래도 마침내 정든 이곳에서 더 살고 싶은 마음을 접을 수밖에 없었다. 그들은 이곳에 머문 지 꼭 일 년 만에 통나무배에 올라 남쪽을 향해 출발하였다.

섬으로부터 삼십 리쯤 벗어나 아쉬운 마음으로 떠나온 섬을 향해 뒤돌아보자,

'아! 방금까지도 보였던 섬이 온데간데없이 사라져 짙푸른 바다 이외에는 아무것도 보이지 않는 게 아닌가!'

이는 거센 태풍이 여성의 섬 하와도가 열정의 입김으로 만든 가림막을 걷어 버려서 다시 가림막을 씌우기 전의 짧은 틈에 상은도에 표류한 그들이 이 섬에 머물 수 있었던 것이다. 그리고 가림막 안에서 일 년 동안 가장 따뜻하고 안락하게 생활했던 그들이 상은도를 떠나 가림막에서 벗어나자 섬이 보이지 않은 것이다.

순간, 해보기는 번뜩 깨달았다.

'아! 사람이 상상하는 이상향은 멀리 있는 게 아니로구나. 바로 내 옆에 있는 사랑하는 달래와 내가 일 년 동안 행복을 누렸던 저 숨어있는 섬처럼 내가 행복하게 생각하는 곳이 바로 이상향이고 낙원이 아니겠는가! 이 낙원에서 즐거움을 느끼지 못하고 지루하다고 생각하는 순간, 낙원은 이미 낙원이 아니며 지금까지 행복을 누린 낙원은 사라져버리고 만 것이다. 그러니까 결국 낙원은 멀리 있는 게 아니고 늘 내 가까이에 숨어있는 것이다.'

이렇게 생각하며 해보기는 이미 사라져 버려 되돌릴 수 없는 낙원을 뒤로하고 새로운 낙원을 향해 삿대를 저었다.

## 4. 여성의 섬 하와도

해보기와 달래가 닷새 동안 항해를 계속하여 맨 처음 다다른 곳이 하와이 제도에서 맨 위에 있어 여인의 얼굴에 해당하는 카우아이섬의 정수리인 하날레이라는 곳이다. 해보기는 이곳으로 올

때 어떤 큰 힘이 밀어주어 빨리 날아오는 것처럼 느꼈다. 그래서 '하! 날래네이~.' 하고 말했다. 〈날래〉는 지금도 한반도 북쪽 지방에서 쓰고 있는 마치 나르는 듯 빠르다는 뜻의 〈빨리〉라는 말이며 〈하날래이〉가 알파벳으로 쓸 때 〈하날레이〉로 표기된 예맥족의 고어다. 그리고 하날레이가 북향으로 오목한 곳이어서 주변을 둘러보던 해보기가 병풍처럼 바위 절벽으로 이루어진 높은 뒷산을 보고는 놀라서 '카! 우아이!' 하고 소리쳤다. 놀람을 나타내는 느낌 소리 〈카!〉와 크기가 우람할 때 외치는 〈우와!〉는 길게 소리 내다 보면 〈이〉가 저절로 따라붙어 〈우아이!〉가 되고 두 말이 합하여 〈카우아이〉가 된 것이다. 이 섬은 아름다운 여인의 얼굴처럼 수려한 계곡과 하천, 폭포가 장관을 이루어 '정원의 섬'이라고도 부른다. 해보기는 하와이 제도 여덟 개 섬을 답사할 때마다 즉석에서 느낀 대로, 생각나는 대로, 소리 나는 대로 또 어떤 것은 모양 글자와 섞어서 섬의 이름과 섬 곳곳의 신기한 모습으로 보이는 장소의 이름을 지었다. 그래서 하와이 제도의 모든 지명이 예맥족의 고어(古語)로 지은 이름들이다.

  해보기는 카우아이섬을 돌 때 웅장한 해안절벽을 보고 야호! 하고 외치며 손나팔을 불어 〈나팔〉이라고 하였는데 이 나팔은 저절로 〈리〉 소리가 따라붙어 〈나팔리〉로 발음이 변했다. 그리고 내륙으로 들어가 수만 년 동안 물이 깎아 이루어진 절개지(切開地) 협곡과 폭포가 펼쳐내는 장관을 보면서 사방이 바다로 둘러싸인 하나의 작은섬에 이처럼 대자연이 만들어내는 신비로운 아름다움도 있는가! 하고 놀라서 '와! 이 메아.' 하고 소리쳤다. 〈메아〉는 〈머이아〉의 준말로 놀라서 의문을 나타내는 〈무엇이야〉라는 의미이다. 이 협곡 또한 해보기가 부르짖은 대로 〈와이메아〉 협곡이란 이름을 얻게 된 것이다. 그리고 우리나라의 태백산(1567m)보다 높은 산을 보고는 이 작은 섬에도 이토록 높은 산이 있나? 하고 깜짝 놀라 '와이, 얼레얼레!' 하고 소리치는 바람에 이 산 이름이 〈와이얼레얼레산 1569m〉이다. 〈얼레얼레〉라는 느낌 소리는 오늘날에도 흔히 쓰는 감탄사로 사람들이 상상을 벗어난 모습을 보고는 놀라 〈얼레얼레〉 하고 내지르는 소리다. 그리고 아이들은 이상한 행동이나 모습을 보고 〈얼레리 꼴레리〉 하고 놀리기도 하는 소리 말이다. 섬의 동남쪽에 이르러 맑은 물이 흘러 내려오는 강을 거슬러 올라가다가 두 줄기로 쏟아지는 폭포를 먼저 본 해보기가 달래에게 '와! 일루와. 봐'하고 오라고 손짓하며 소리쳤다. 그 뒤부터 이 폭포는 〈와일루아〉 폭포가 되었고 이 폭포에서 남동쪽으로 흐르는 강 이름도 〈와일루아〉 강이 되었다.

  닷새 동안 카우아이섬 곳곳을 돌아보고 하날레이에서 이틀을 더 쉬며 기운을 되찾은 해보기는 이 섬을 오른쪽으로 돌아서 두 번째로 만난 섬이 니하우섬이다. 해보기는 여인의 얼굴인 카우아이의 아래 오른쪽에 있는 섬이라는 의미로 달래의 얼굴을 쳐다보고 손가락질하며 '네(니) 얼굴 아래(하) 오른쪽(우) 섬'이라고 하여 〈니하우〉라고 하였다. 이 섬에서 하룻밤을 자고 다음 날 항해를 계속하여 세 번째로 다다른 섬이 하와이 제도의 젖가슴에 해당하는 오아후섬이다. 해보기는 이곳에서 10년을 정착하며 4남매를 낳고 기른다. 첫 아이는 상은도에서 임신하여 오아후섬에서 낳아 '오! 아(나) 후(후손)을 얻었다.'라는 뜻으로 첫아들의 이름을 〈오아후〉라고 부르고 이 섬의 이름도 오아후라고 일컬었다. 그리고 해보기가 오아후섬에 상륙할 때 첫발을 디딘 곳이 〈호놀룰루〉 백사장이었다. 해보기는 이 백사장의 아름다움에 놀라 '호! 놀룰루' 하고 소리질렀다. 호! 는 감탄사요, 놀룰루는 몹시 즐거울 때 노래하듯 '놀룰루~ 날랄라~' 하고 혀를 굴리며 내는 소리다. 이 호놀룰루는 하와이 제도에서 가장 큰 항구로 번창해 오늘날 신혼부부들은 이곳으로 신혼여행을 와서 아름다운 미래를 꿈꾸며 첫날밤을 치르는 허니 문 여행지로 탈바꿈하였다. 이는 해보기와 달래가 이곳에서 첫아들을 포함한 4남매를 낳고 복락을 누리던 곳으로 이상향을 꿈꾸는 신혼부부들을 끌어들이는 어떤 영적인 힘이 작용하고 있는지도 모를 일이다.

  이 하와이 제도에서 가장 큰 섬이 하와이다. 해보기는 이 섬에 이르러 맨 처음 눈에 띈 것이 하얗게 솟아오르는 연기였다. 그는 땀을 뻘뻘 흘리며 온 힘을 다해 연기가 솟는 곳을 향해 올라갔다.

산봉우리에 점점 가까워지자 고약한 냄새와 뜨거운 열기로 접근하기가 매우 어려웠다. 그렇지만 해보기의 탐구심은 그냥 내려오게 놔두지 않았다. 두 손으로 겨우 숨을 쉴 수 있을 정도로 입과 코를 가리고 연기가 기울러 솟아오르는 반대쪽등성이로 돌아서 올라갔다. 이 등성이는 바람이 냄새를 날려버려 참을만했다. 산모롱이 위로 올라선 순간,

"오! 할레마우마우!"

하고 소리쳤다. 분화구에서 솟아오르는 연기를 바라보는 순간, 이 모습은 마치 육지에서 흙을 퍼다가 제주도를 만들었다는 이야기를 들으며 상상했던 머리가 허연 거대한 할머니 모습으로 떠올랐기 때문이다. 마우마우는 놀라 할머니를 거듭 부르는 소리다. 그러니까 이 산의 이름은 예맥족 고어인 〈할마이〉로부터 비롯된 것이다. 연기가 솟는 분화구 가까이에는 냄새가 하늘로 솟기 때문인지 조금 숨통이 더 트였다. 그러나 고약한 냄새 때문에 오래 있을 수 없어 〈할레마우마우〉에서 서쪽으로 내려오다가 또 한 번 질겁을 할 수밖에 없었다. 산등성이에서 시뻘건 불덩이가 뜨거운 열기를 내뿜고 흐르면서 자신을 집어삼킬 듯 슬금슬금 다가오고 있지 않은가! 해보기는 엉겁결에 소리쳤다.

"마우(할마우)! 나 아래로! (내려갈게요.)"

하고 다급하게 할 자를 빼고 외친 소리 〈마우나아래로!〉가 〈마우나로아〉로 발음이 변한 활화산 이름이다. 바닷가 가까이 이르

자 김이 모락모락 피어오르는 연못이 있어서 손을 살그머니 넣어보니 알맞게 따뜻하여 몸을 씻었다. 해보기는 이 하와이섬을 돌아보며 별별 기이한 것들을 다 품고 있는 이 섬은 저 땅속 깊은 곳에다 엄청난 불덩이를 품고 있는 무서운 할머니(불의 여신)라고 생각되었다. 그래서 여덟 개의 섬 중에서 가장 큰 섬인 이 섬을 하와이 제도를 대표하는 섬이라고 여겨 하와이라고 일컬었다.

해보기가 하와이 제도를 모두 답사하고 난 뒤에 태평양 한가운데 있는 두 제도의 이름을 지을 때 어렸을 때 촌장 할아버지로부터 배운 모양 글자를 써서 일 년 동안 정박했던 위에 숨어있는 세 섬을 상은도(上隱島)라 하고 아래에 누워있는 여덟 개의 섬을 하와도(下臥島)라고 한 것이다. 상은도는 숨어있는 이상향(낙원)이라는 깊은 의미가 포함되어 있으며, 하와도는 여성을 상징하는 하와라는 이름이 성경에서 하나님이 세상을 창조하실 때 남성인 아담의 갈빗대를 뽑아 여성인 하와를 만드셨다는 천지창조 신화와도 일치하는 이름이다.

큰아들인 오아후는 상은도에서 잉태하여 성장이 눈부시게 빨라 일곱 살이 되자 어른처럼 크고 힘도 세어서 아버지와 함께 통나무 배를 타고 물고기를 잡기도 하고 사냥을 하며 하와이 여덟 개의 섬들을 두루 누볐다. 그리고 아버지로부터 살아갈 수 있는 모든 방법을 배웠다. 아이들은 두 살 터울로 낳았다. 아이가 돌을 넘기면 이 섬 이름 하나를 따서 아이의 이름으로 불렀다. 큰아들인 오아후가 열 살, 둘째 딸인 마우이가 여덟 살, 셋째 아들인 카우아이가 여섯 살, 넷째 딸인 라나이가 네 살이 되자 큰아들 오아후의 능력으로 세 명의 동생들을 보살피며 능히 살아갈 수 있다고 생각되었다. 해보기와 달래의 나이는 이제 서른한 살 되었다. 그러나 그들은 아직도 아름무리(여수)를 떠나던 스무 살 때인 그대로 젊음이 넘쳐흘렀다.

그날부터 해보기의 가슴속에서 잠자고 있던 할레마우마우 산의 불덩이 같은 용암이 서서히 꿈틀거리기 시작했다. 촌장 할아버지의

'저 드넓은 바다가 있다면 저 많은 물을 가둘 수 있는 육지가 바다 건너편에 기필코 있지 않겠는가!'

라는 말씀이 그를 참을 수 없도록 괴롭혔다. 견디지 못한 그는 둘만 있을 때 달래에게 답답한 마음을 호소하였다.

"달래! 우리 이젠 떠날 때가 되었소. 젊음이 시들기 전에 우리 떠납시다."

깜짝 놀란 달래는 한참 동안 가슴에 두 손을 얹고 흥분을 가라앉혔다. 해보기와 이곳에서 10년간 살아오면서 그가 언제 또 이곳을 떠나자고 할지 조마조마하며 살아왔었다. '염려했던 근심덩어리가 마침내 터지고 말았구나!' 하고 생각했다. 그러나 어린 자식들을 놔두고는 도저히 떠날 수 없다는 생각뿐이었다. 그렇다

고 확실한 보장도 없는 험한 바다로 작은 통나무 배에 어린아이들을 모두 태우고 갈 수도 없는 일이다.

"여보! 자식들을 버려두고 떠나면 얘들은 어찌 살아갈 수 있겠어요. 제발 마음 진정하고 떠나자는 말씀 다시는 하지 마세요."

하고 해보기의 불꽃처럼 일어나는 욕구를 잠재우려고 애걸하였다.

"큰아들 오아후는 나보다도 더 사냥을 잘하고 지혜로우니 아우들을 잘 보살피며 잘 살 것이요. 우리가 떠나도 염려할 것은 없소. 우리 떠납시다."

하고 말했으나 달래는 꿈쩍도 하지 않았다. 해보기는 하는 수 없이 큰아들 오아후에게 자신의 가슴속에 숨어 끓어오르는 심정을 말하고 어머니의 마음을 돌려보라고 응원을 청했다. 오아후는 아버지와 섬들을 탐험하며 들었던 얘기로 아버지가 언젠가는 이 섬을 떠나시리라는 것을 이미 예감하고 있었다.

"아부이! 염려 마세요. 제가 어머이의 마음을 돌려 볼게요."

하고 씩씩하게 말했다. 그리고는 기회를 보다가 넌지시 말을 꺼냈다.

"어머이! 저희는 걱정하지 마시고 아부이 말씀을 따르세요. 동생들은 제가 잘 보살피고 이끌어 가겠습니다."

큰아들 오아후와 남편인 해보기가 석 달 동안 끈질기게 채근해 대니 버틸 대로 버티다가 결국 달래도 어머니로서의 의지가 꺾이고 말았다.

"아이들이 걱정이지만 우리 오아후가 저처럼 튼튼하고 지혜롭고 동생들을 사랑하니 아내인 저는 당신을 따르겠어요."

하고 해보기에게 말했다. 다음날 해보기는 가족들을 모아놓고 벼락선언을 하였다.

"얘들아! 이 아비와 어미는 동쪽 바다를 향해 먼 항해를 하려고 한다. 내가 떠나도 오아후가 너희들을 잘 보살펴주겠다고 약속했다. 오아후는 나보다 더 지혜롭고 먹거리를 잡는 재주가 뛰어나니 내가 떠나도 걱정할 것 없다."

하고 말했다. 아이들은 아버지와 어머니가 떠난다니 슬프기는 하였지만, 그들은 이미 아버지와 어머니가 머지않아 저희 곁을 떠나리라는 것을 짐작하고 있었다. 큰딸 마우이가 엄마와 아빠가 하는 말을 엿들었을 때 충격이 컸었으나 울렁거리는 가슴을 잠재우고 특히 막내인 라나이를 부쩍 가까이 돌보며 어머니가 떠나도 아무렇지도 않다는 생각을 심어주려고 애쓰는 중이다. 그리고 아이들도 해보기와 달래를 닮아 씩씩한 아이들이었다. 막내인 라나이를 두 팔로 감싸고 있는 둘째 딸 마우이가 말했다.

"아부이, 어머이, 오아후 오라부이와 내가 동생들을 잘 보살필 테니 걱정하지 말고 떠나시어요."

마우이는 어젯밤에 어머니가 얘기해주어 부모님이 오늘 떠나신다는 것을 이미 알고 있었다. 그리하여 해보기는 아내 달래와 함께 통나무 배를 타고 또다시 해가 솟아오르는 동쪽 바다의 수평선을 향해 탐험의 길을 떠났다.

## 5, '아! 멀리 와' 대륙

유럽에서 아메리카 대륙으로 가는 대서양 항해는 거센 풍랑이 일 때가 많아 매우 어려운 항해다. 그리고 미국 남부 해안은 허리케인이나 토네이도 등이 자주 일어나 피해가 크다. 그 까닭은 남북 아메리카 사이가 오목한 만으로 되어있고 특히 멕시코만이 깊숙이 들어가 있어 대서양 중앙에서 일기 시작한 바람이 막힘없이 대륙 사이의 골짜기로 밀려 들어오기 때문에 플로리다나 서인도 제도의 섬들은 초대형 허리케인이 자주 휩쓸어 일 년이면 수차례 태풍의 피해를 겪는다.

그러나 하와이에서 아메리카 대륙으로 가는 바닷길은 잔잔할 때가 많고 여름철에는 태평양 한가운데에서 순한 바람이 육지인 멕시코 쪽으로 불어 먼 거리임에도 비교적 쉽고 빠른 항해를 할 수 있었다. 지금까지 10년이 넘는 체험으로 익힌 멀고 먼 항해로 바다의 생리를 터득한 해보기는 항해 길에 나선 지 석 달여 만에 큰 어려움 없이 거대한 육지에 다다르게 되었다. 이곳이 바로 남북아메리카 대륙의 중간지점인 멕시코의 아카풀코 해안이다. 땅끝이 보이지 않는 거대한 육지! 해보기는 이곳이야말로 태평양의 엄청난 바닷물을 가두어 담는 그릇 역할을 하는 배달국의 반대편 땅이라고 생각되었다. 해안의 백사장에 상륙한 해보기는 양팔을 벌리고 육지를 바라보며 '아! 멀리 와.'라고 외쳐 이 땅의 이름이 〈아멀리와〉였다. 해보기가 감격해 주변을 바라보는데 갑자기 바람이 일어 모래 먼지가 코로 들어왔다. 해보기가 무심코 내뱉은 말 '아! 코 풀고' 즉 〈아코풀고〉가 이곳의 지명이었으나 〈풀고〉는 자음접변 현상 때문에 〈풀코〉로 발음이 변한 데다가 에스파냐어로 표기하다 보니 〈아카풀코〉로 변한 것이다. 그리고 아멀리와는 고대인들의 받침 없는 발음으로 말하는 버릇 때문에 〈아메리와〉로 발음이 변하였다.

 이 대륙의 지명은 사천오백 년이 지난 후에 이탈리아의 탐험가인 아메리고 베스푸치(Amerigo Vespucci)라는 사람이 이곳에 와서 원주민들이 이 대륙을 〈아메리와〉라고 부르는 말을 듣고 유럽에 돌아가 이곳은 콜럼버스가 말한 서인도제도가 아니고 〈아메리와〉라는 새로운 대륙이라고 밝히자 유럽 사람들은 〈아메리고〉가 이 새로운 대륙을 자신의 이름을 따서 지었다고 넘겨짚어 생각하고 〈아메리카〉라고 불렀으나 아메리고 베스푸치가 자신의 이름을 따서 이 대륙의 이름을 명명한 것은 결코 아니다. 만약 아메리고가 제 이름을 이 대륙 이름으로 붙였다면 〈아메리고〉나 〈아메리코〉가 되었을 것이다. 그러나 〈아메리와〉는 서양인들의 거센 발음 때문에 〈와〉가 〈카〉로 음이 변해 〈아메리카〉가 된 것이다. 지금은 〈아메리카〉도 발음이 변하여 〈어메리커〉로 발음하고 있지만, 서양인들의 발음을 들으면 〈어〉 발음이 약하여 〈메리커〉로 들리니 머지않아 〈아! 멀리 와.〉는 〈메리커〉가 될 것이다.

 이처럼 한 개의 낱말은 세월이 흐름에 따라 발음하는 사람들이 달라짐에 따라 저절로 변하여 전혀 새로운 발음으로 바뀌는 것이다. 하와이의 섬들도 처음엔 예맥족의 언어로 명명된 것이지만 수천 년 세월이 흐르는 동안 발음이 조금씩 변하여 오늘날에 이른 것이다. 그러나 이곳에는 최근세에 이르러 이방인들이 드나들기 시작하여 예맥족의 고어로 부른 지명이 거의 원형 그대로 살아있다.

 아카풀코는 해안이 둥근 반원형만으로 되어있어 해보기는 천연적인 아름다운 삶터로 느껴 이곳에 정착하였다. 해보기와 달래는 이곳을 주된 생활터전으로 삼고 해보기는 틈틈이 페텐 반도와 펠렌케 그리고 유카탄반도의 밀림 등 라틴아메리카 일대를 속속들이 탐험한 뒤 아카풀코에서 6남매를 낳고 100세 상수를 누리며 살다가 일생을 마쳤다. 이는 배달국 시대에 예맥족이 최초로 태평양을 건너가서 아메리카 대륙에 정착한 사건으로 상고시대의 역사이기에 기록으로는 찾아볼 수 없지만, 이곳저곳에 흩어져 있는 흔적들을 더듬어보면 분명한 사실로 인정될만한 인류 역사의 커다란 줄기라고 할 수 있다.

이처럼 해보기와 달래는 인류의 역사상 최초이며 최고의 탐험가로 지구상에서 가장 넓고 험한 태평양을 통나무배로 건너가 광활한 아메리카 대륙의 첫 주인이 된 위대한 영웅이었다. 그러나 이 세상 그 누구도 5천여 년 전에 한반도 남쪽 끝의 아름다운 항구 여수에서 태어나고 자란 해보기와 달래라는 모험심이 강한 두 젊은 남녀가 이 세상에 존재했었다는 것도, 그리고 그가 하와이 섬들의 이름을 지었다는 것도, 또 하와이 북쪽에 상은도가 있다는 것도 알지 못했다. 다만 하와이에 사는 원주민들의 입에서 입으로 전해 내려오며 일부 음이 변한 예맥족의 고어로 지은 이름들만 오늘날까지 남아있을 뿐이다.

해보기가 죽은 지 이천 년이 지난 후에야 그의 후손들은 현대문명의 고고학자들도 불가사의로 여기는 마야문명을 일으키기에 이른다. 그리고 후손의 일부는 남으로 이동하여 남미 곳곳에 정착하고 페루의 잉카문명을 일으키기도 하였다. 그러니까 마야문명, 잉카문명 등 남북아메리카에서 찾아볼 수 있는 고대문명 모두가 동이족의 한 갈래인 예맥족의 후손들이 일으킨 문명이라고 할 수 있으며 이들 종족은 한국인과 한 혈통을 지닌 민족이라고 할 수 있을 것이다. 하와이 원주민들 역시 해보기와 달래의 후손들임은 부정할 수 없는 사실인 것이다.

## 허깨비춤

며칠간 황사가 숨통을 막더니 꽃샘바람에 밀려 어디로 날아갔는지 봄 하늘이 가을하늘보다도 더 맑고 푸르다. 양지바른 언덕에 이제 막 피어난 진달래가 부끄러운 듯 연분홍 입술에 담은 수줍은 미소가 정답다. 우배가 지금 바라보고 있는 생동하는 자연의 모습이 이처럼 아름답고 정겹게 다가오는 느낌은 세상에 태어난 뒤 처음으로 갖는 자연과의 교감이다. 산천에 각각 제 자리를 차지한 생명들은 주어진 위치에서 자신의 역할을 다하기 위해 부지런히 움직이는 모습이 눈에 어른거려 가녀린 숨소리가 들리는 듯하다. 한적한 오솔길 잔디밭 바위 위에 앉아 갖가지 수목들의 가지에서 움트는 모습을 바라보며 자연에 몰입해 있던 우배는 후다닥 자리를 털고 일어났다. '아직은 사팔 청춘! 앞으로 남은 삶이 얼만데 이렇게 기죽어 있을 수만은 없다.' 생동하는 자연의 모습이 자신의 남은 삶의 소중함을 깨우쳐 준 것이다.

김우배가 대기업에 입사한 지 25년, 그동안 3개월 전까지만 해도 사회의 상류층에 머물며 무엇 하나 부족함이 없이 여유로운 삶을 살아왔었다. 그런데 어느 날 갑자기 자신도 알 수 없는 죄목으로 두 달이 넘게 어두컴컴한 옥에 갇히고 말았다. 결국에는 무혐의로 풀려나오긴 했지만, 실업자가 되어 거리를 방황하는 신세가 되고 만 것이다. 그동안 회사를 위해 몸과 마음을 다 바친 충성이 하루아침에 무거운 죄로 변해 자신을 옭아맨 형벌의 굴레를 자신의 힘만으로는 도저히 벗어날 수 없었다. 그가 옥에 갇히기 전까지 누렸던 황홀했던 꿈은 한순간에 물거품이 되어 사라져버리고 만 것이다. 아니? 오히려 용서할 수 없는 범죄자란 낙인이 찍혀 손가락질받는 신세로 전락하고 만 것이다. 그는 무혐의로 풀려나오긴 했지만, 바깥세상 사람들은 아무도 믿어주지 않아 사회에서 발붙일 곳이 없는 유랑자가 되고 만 것이었다.

"김부장! 이번 업무는 김부장이 책임지고 완수해! 이번 일만 마무리 잘하면 상무 한자리는 김부장 몫이야."
"예, 전무님! 맡겨주신 업무 제가 책임지고 열심히 잘하겠습니다."
　사실, 부장이 상무 자리에 올라선다는 것은 군에서 영관장교가 별 따기만큼이나 어려웠다. 대기업에서 회장의 친인척이 아닌 일반사원이 상무 이상으로 올라선다는 것은 어쩌면 하늘의 별 따기보다도 더 어려운 일인지도 모른다. 회장의 친인척이 아닌 일반 사원들은 대부분 부장 자리가 정점이라는 게 일반화된 인식이다. 그래서 사내에서 직원들 간에 오르내리는 이야기는 과장이 가장 안정된 자리이고 부장이란 명칭의 회전의자에 올라앉으면 언제 의자가 삐걱거려 폐품창고에 처박힐지 모르는 신세로 파리목숨에 불과하다고 여기고 있다. 우배도 선배들이 부장으로 마감하는 사례를 수없이 많이 보아왔기 때문에 자신의 목이 언제 잘릴지 몰라 전전긍긍하고 있었던 참이다. 그런데 고맙게도 회장의 최측근인 박상근 전무의 부름을 받고 회사의 중대 업무를 맡게 되었으니 이처럼 꿈같은 상황에 가슴이 울렁거려 혹시라도 전무님이 자신의 현재의 들뜬 심정을 눈치라도 챌까 봐 겉으로는 태연한 척 내숭을 떨었다. '앞으로 10년, 아니? 잘만하면 20년의 미래가 약속되는 꽃가마 상무 자리에 올라설 수 있다니······.' 우배는 행운이라 부르는 놈이 이 세상의 수많은 사람 중에서 자신의 품에다만 꽃다발을 한 아름 안겨주어 꿈을 꾸고 있는 것만 같았다.

그가 과장으로 승진을 하던 날, 우배네 가정은 행복의 보금자리로 탈바꿈했었다. 과장이 되었다 하여 급작스레 자신의 모습이 변하였다거나 생활공간인 주택이 바꾸어 졌다거나 현금통장이 불어나서가 아니었다. 그들이 지금까지 살아왔던 25평 아파트에 전부터 쓰던 가구라든가 평상시 입었던 의복이며 불어나지 않은 그의 통장은 전과 조금도 변함이 없었지만, 가족들이 갖는 마음과 분위기가 한층 달라져 마치 큰 부자나 높은 권력을 얻은 것처럼 온 가족이 애드벌룬을 타고 공중을 나는 기분으로 들떠 올랐다.

"엄마, 이제 아빠가 과장님이야?"

"응, 오늘부터 아빠는 과장님이 되셨단다."

"와! 우리 아빠 최고다. 과장님 아빠 화이팅!"

아이들의 생기가 달라지고 아내의 얼굴에 웃음꽃이 피고 온 가족의 어깨에 힘이 넘쳤다. 「과장」 김우배의 명함에도 〈장〉 자가 따라붙어 지금까지의 생활 형편과는 아무것도 달라진 게 없었지만, 〈장〉 자의 힘은 그만큼 컸다. 「부장」으로 승진했을 때는 가족들에게 과장 승진만큼의 효과는 크지 않았다. 이미 〈장〉 자를 단 것은 오래되었고 〈과〉 자가 〈부〉 자로만 바뀌었을 뿐 오히려 세월이 흘러서 직장의 생명이 얼마 남지 않아 언제 퇴직의 날벼락이 떨어질지도 모른다는 인식이 은연중 가족들에게 작용했는지도 모른다.

그런데 부장명함을 찍은 지 3년이 다 되어갈 무렵 평소에는 면담의 기회조차 가질 수 없었던 회장의 최측근인 박전무가 그를 전무실로 부른다는 전갈을 받았다. '드디어 올 것이 왔구나. 이제 모가지가 잘리면 어떡하지? 아직은 힘이 펄펄 넘치는데……. 아이들도 대학을 마치려면 아직 멀었는데…….' 그는 이 나이에 백

수가 된다는 게 너무나도 억울했다. 그리고 눈앞이 캄캄했다. 기가 잔뜩 죽은 그는 전무실 문을 조심스럽게 두드렸다. 여비서의 안내를 받아 눈부시게 으리으리한 전무실로 들어서자 허리를 직각으로 굽혀 정중히 인사를 올렸다.

"김부장, 어서 와. 이리 앉아."

자리를 권하는 그의 답례는 의외로 부드러웠다. '회사를 그만두게 하려니까 조금은 미안한 마음도 들 테지. 저도 사람이니까.'

"김부장, 이번에 회장님께서 평소에 구상하고 계시던 방계회사 설립을 추진할 계획이야. 이 막중한 업무를 누구에게 맡길까? 고민하다가 김부장을 생각했어. 지금까지 내가 보아왔지만 김부장은 말없이 회사 일을 자기 일처럼 충실히 하는 꼭 필요한 사람이라는 결론을 내렸지. 윗분들이 말을 안 하니까 모르는 것 같지만 사원 한 사람 한 사람 성실성과 능력을 모두 꿰고 있어. 김부장의 충성도가 윗분들에게 호감을 사서 김부장을 선택하게 한 것이야. 어때 한 번 맡아 추진해 보지 않겠나?"

전무실 출입문을 두드릴 때까지의 예상과는 달리 전혀 뜻밖의 제안에 그는 날벼락을 맞은 듯 어리벙벙해지고 말았다. 정신을 가다듬어 생각해 보니 이 날벼락은 세상에서 제일 크고 오색찬란한 폭죽을 터뜨려 그의 앞날의 축복을 빌어주는 불꽃벼락임을 깨달았다. 목이 잘려 백수로 떨어질 판에 새로운 방계 자회사 설립의 막중한 임무를 자신에게 맡긴다니 얼마나 감개무량한 일인가? 김우배 부장은 구름을 타고 하늘을 나는 기분이었다. 어서 가족들에게 알려 이 기쁨을 함께 누리고 싶었다. 그러나 둘이서만 약속한 이 사실을 그 누구에게도 말할 수 없는 것이 안타까웠다. 아직은 아내에게마저도 밝힐 수 없는 그만의 비밀인 것이다. 하지만 우배의 회사 출근은 날마다 발걸음이 가벼워 흥얼거리는 노랫소리가 자신도 모르게 입에서 새어 나오는 것이었다.

그런 약속이 있고 난 며칠 후 박전무가 친히 김우배의 사무실로 찾아왔다. 김부장의 휘하 직원들은 전례가 없는 전무님의 방문에 어리둥절하여 어쩔 줄 몰라 허둥댔다. 무슨 일이 있으면 전무실로 불러서 명하는 것이 평소의 사례였기 때문에 직원들이 놀랄만한 사건이 아닐 수 없었다. 혹여 이 부서에서 담당하여 추진한 업무에 자신들도 모르는 잘못을 저질러 날벼락이 떨어질지도 모른다는 위화감에 숨조차 제대로 쉴 수 없었다. 그러나 얼핏 곁눈질로 더듬어 본 박전무의 표정으로 봐서는 업무에 대한 잘못을 질책하려고 방문한 것 같지는 않았다. 먼 거리로만 스쳐 지나치던 전무님을 가까운 거리에서 보다니 직원들은 인사말조차 제대로 하지 못하고 허리만 직각으로 굽혔다. 직원들의 인사를 대충 받는 둥 만 둥 그는 마치 모두 들으라는 듯 큰 소리로 명령을 던졌다.

"김부장 준비해. 오늘은 나와 함께 공장부지(工場敷地)를 답사해야지?"

"예, 전무님."

김우배는 비로소 회사의 막중한 핵심적인 요원이 되었다는 설렘으로 굽힌 머리가 더 무거워 코가 땅에 닿을 정도로 허리를 굽혔다. 곁에 있던 직원들은 우리 부서의 부장님이 회사의 실권자 박전무와 함께 공장부지를 답사한다니 또 한 번 정신을 차릴 수 없었다. '김부장의 파워가 그 정도로 강했나? 그렇다면 진즉부터 부장님과 좀 더 가까이해 둘걸.' 직원들 모두 마음속으로 후회가 스치는 순간이었다.

회사를 출발한 박전무의 번들거리는 승용차는 서울 시내를 빠져 나와 경부고속도로를 신나게 달렸다. 차창 밖으로 내다보이는 정경이 김부장에게는 그처럼 아름다울 수가 없었다. 그가 휴일이면 고향 방문이나 가족나들이로 평소에 가끔 달리던 고속도로이기에 아무것도 달라진 게 없는 풍경이지만 모든 게 새롭게만 느껴지는 이 마음은 어인 일인가?

안성 교차로를 통과하여 고속도로를 벗어나 서행하며 접어든 시골 풍경은 한결 신선하게 보였다. 이제 막 연두색으로 단장해 가는 나무들의 싱그러운 기운이 아지랑이처럼 피어올라 금방 세상을 초록빛으로 짙게 물들일 것만 같다. 눈을 지그시 감고 있던 박전무가 천천히 기지개를 켜며 말했다.

"창문 열지. 이처럼 청정한 시골에서는 맑은 공기를 마시는 게 보약 마시는 거나 다름없으니까."

시골길을 한참 달리던 차가 금정산 기슭의 계곡물이 맑게 흐르는 산비탈 어느 밭 가에서 멈추었다.

"이곳이 거장기업(巨場企業)의 공장이 들어설 자리야. 거장기업은 김부장이 맡아. 이제부터 김부장은 거장기업 대표이사가 되는 거야. 모든 일은 회사에서 알아서 처리할 테니 김부장은 사장 노릇만 잘하면 돼. 알았지?"

"예? 사장이라고요?"

"그래. 사장이란 말 몰라? 왜, 사장되기 싫어?"

"전무님의 배려에 너무 감격해서요. 감사합니다. 감사합니다."

김우배의 입에서는 자신도 모르게 감사하다는 말이 연거푸 튀어나왔다. 사장이라는 말에 즉흥적으로 흥분하여 감사하다고 되씹었으나 곰곰이 생각해 보니 자신이 져야 할 짐이 무겁게 느껴지기도 하였다. 김우배는 자신이 과연 거장기업의 사장 자리에 앉을 자격이 있나? 차근차근 따져보았다. 지금까지 20년이 넘게 회사 업무를 보아 오면서 익힌 노하우(know how)가 얼마인가? 회장의 자제들은 2, 3년의 대충 경험으로도 회사를 좌지우지하는 높은 자리에 올라앉지 않던가? 그는 그까짓 것 올라앉을 수 없어서 못 올라앉지 자리만 마련해 준다면야 무엇이든 어떤 사업이든 누구 못지않게 해낼 자신이 있다는 결론을 내리고 자신의 흐트러지려는 마음을 다잡았다.

언약한 후 얼마 지나지 않아 본사와 가까운 거리에 거장기업(巨

場企業)의 사무실이 차려지고 사장실 책상에는 대표이사 김우배란 명패가 빛을 발하고 있었다. 자랑스러운 대표이사 명패를 어루만지는 김우배의 가슴은 사뭇 설레었다. 사무실 입구에 늘어선 화환 중에는 회장의 이름이 발광체가 되어 그의 가슴을 더욱 뜨겁게 하였다. 창업 기념식에는 황공하게도 본사 부회장님이 직접 내방 하여 격려사를 해주는 광영(光榮) 속에 김우배는 직원들 앞에서 미래를 기약하는 열띤 연설을 하는 감격도 누렸다.

그는 생각했다. 인생이란 참으로 알다가도 모를 운명이라고, 그리고 그 황홀한 운명이 자신에게 주어졌다는 점에 대해 누군가에게 한없는 감사를 드렸다. 그 감사의 대상이 하느님이든 부처님이든 조상님이든 아니면 회사의 회장님과 박전무님이든 꼭 찍어 누구랄 것도 없이 그저 감사할 따름이었다. 그리고 수많은 부장 중에서 자신이 선택되었다는 사실이 꿈만 같았다. 엊그제만 해도 자신은 파리목숨이 아닐까? 하는 염려로 가슴 조였었다. 그런데 창업회사의 대표이사라니……. 그는 자신을 선택해 준 박전무가 한없이 고맙고 20여 년간 아무런 불평불만 없이 회사 일에만 성실하게 젊음을 쏟으며 충성을 다한 과거를 회사의 윗분들이 헤아려 준 은덕에 대하여 일천 배를 드려도 아깝지 않다고 생각하였다. 옆자리에 새 한복을 곱게 차려입은 아내는 부끄러움과 황홀함이 뒤섞여 홍조로 물든 얼굴이 더욱 예쁘게 보였다. 거장 기업 창업 기념식 참석을 통보받은 날 밤 아내는 감격의 눈물을 훌쩍이며 고마워했다.

"여보, 고마워요. 당신과 가정을 꾸린 뒤로 지금까지 한 번도 후회해 본 적이 없어. 당신은 내 보물이야."

아내는 그를 껴안고 떨어질 줄 몰랐다. 아내의 쿵쿵거리는 숨소리가 우배의 가슴을 강하게 두들겨 충격이 싱싱했다. 그날 밤 두 사람은 신혼 첫날밤만큼이나 뜨거운 사랑을 나누었다. 아이들은 아이들대로 의기가 충천하여 좋아서 어쩔 줄 몰라 발을 동동거리며 지껄여댔다.

"사장님 아빠! 아빠가 사장님 되니 나는 사장님 따님이네? 오빠는 사장님 아드님이고, 호호호!"

"야! 엄마는 싸장님 싸모님이야. 아빠가 출세하니 온 가족 모두가 출세했네? 으하하하!"

제법 목소리가 굵직하게 자란 아들이 호기를 부리는 모습을 보는 우배는 마치 자신이 왕이라도 된 기분이었다. 그리고 이제는 자신의 앞날에 그런 기분 좋은 날만 계속되리란 기대가 꿈이 아니라고 확신했다. 왜냐하면, 자신이 몸담은 회사는 나라에서도 열 손가락 안에 드는 굳건한 기업으로 최고의 권력자도 함부로 손댈 수 없는 업체이기 때문이다. 또한, 자신이 맡을 새로 창업되는 거장기업도 실제로는 본사가 모든 경제권을 쥔 기업으로 자신은 사실상 바지사장에 불과하지만 어쨌든 사장은 사장이며 이 사장이라는 이름은 아무나 붙이고 다니는 사장이 아닌 국내 굴지

회사의 방계회사 사장이라는 자부심이 남은 인생을 모두 기업에 헌신하겠다는 굳은 결심으로 출발하는 영예로운 자리인 것이다. 뿐만, 아니라 창업 기념식 및 사장 취임식 날 아침 번들거리는 고급승용차가 대문 앞에서 사장 내외를 기다리는 상황을 실감한 아내는 그 시각부터 흥분의 도가니 속에 갇히고 말았었다.

거장기업은 새로 설립한 회사여서 그동안 회사의 업무에 충실하다 보니 공사현장 행보는 아예 생각할 여유가 없었다. 이제 어느 정도 업무 추진이 진척되어 시간의 여유를 갖게 된 김우배 사장은 박전무에게 전화를 걸었다.

"전무님, 오늘은 날씨도 좋으니 바람도 쐴 겸 공사현장에나 함께 가보시지요."

"김사장! 그런 일은 아랫사람들이 다 알아서 하는 거야. 사장이 공사현장에 나타나면 잘하던 일도 멈추게 돼. 사장은 공사 다 마치면 준공식에나 가서 아랫것들 등이나 두들겨주면 되는 거지. 초보 사장이라 아직 모르는구먼? 초보 사장티 내면 사원들이 얕보니까 좀 의젓해져 봐."

박전무는 일언지하(一言之下)에 거절할 뿐만 아니라 초보 사장티 내지 말라고 충고하며 차후의 공사현장 답사까지도 막아버린다. 김우배 사장은 공사현장에 가 보고 싶은 마음을 접을 수밖에 없었다.

"김사장, 이제 회사 업무도 어느 정도 마무리되어가나 보지? 이렇게 청명한 날 사장실에 죽치고 앉아 있지 말고 나와 함께 골프장에나 가지. 공사현장보다는 필드에 가서 마음껏 즐기다 오는 게 살맛 나는 기분 아니겠어?"

김우배의 마음을 읽었는지 박전무는 고맙게도 골프장 나들이를 제안했다. 김우배의 기분은 날아갈 듯 가벼워졌다. 사장이 되고 나서 골프장 출입도 박전무가 이끌어주었다. 부장이 될 때까지 골프장 출입은 꿈만 같은 일이었다. 부장으로 승진한 뒤에 아내에게는 업무상 필요하다고 핑계 대고 퇴근 후 3개월간 연습장에 다니며 기본자세를 익히기는 하였지만, 부장으로 3년 동안 재직 시에 회사의 업무와 관련하여 필드에 출입할 기회는 거의 없었다. 퇴근 뒤 한눈팔지 않고 총알같이 집으로 돌아오던 남편의 귀가가 날마다 늦어졌지만, 아내는 골프연습을 한다는 말을 듣고 오히려 남편의 늦은 귀가를 자랑스럽게 여기는 눈치였었다.

"김사장, 필드에 몇 번이나 나가봤어?"

사장으로 취임하고 나서 새 업무 파악과 사장의 번들거리는 의자에 폼 잡고 앉아 꽃가마 타고 하늘의 구름바다를 나는 설렘도 시들어갈 즈음 사장실로 들어온 박전무가 불쑥 내뱉었다. 김우배는 3개월간 연습을 한 뒤 코치의 안내로 서울 근교의 필드에 나가서 우드를 휘둘러 본 경험이 서너 번 있긴 하였지만 가고 싶어도 자신의 호주머니 형편으로는 어림없는 일이어서 필드에 나가고 싶은 마음을 접을 수밖에 없었었다.

"필드요? 예닐곱 번 나가 봤지만, 아직 필드에는 익숙지 못해서…… 부끄럽습니다."

우배는 서너 번을 곱으로 불려서 예닐곱 번으로 말하면서도 자신이 골프그룹의 레벨이 아니었었다는 사실이 부끄러워 얼버무리고 말았다. 박전무는 우배가 호주머니의 가벼움 때문에 골프장 출입을 자주 할 수 없었다는 사실을 꿰뚫고 있었다는 듯 호기를 부리며 부추겼다.

"이제 사장다우려면 필드에도 자주 나가야지. 비용은 업무상 출장비로 처리하면 되니까 염려 붙들어 매고……."

이제는 연봉도 언제든지 마음만 내키면 필드에 나갈 만한 상류급으로 상승하였지만 박전무는 고맙게도 골프장 나들이 비용마저도 회사의 판공비로 처리하라는 호의를 베풀어준 셈이다.

필드 나들이는 신바람 나는 행사였다. 골프채 가방을 메고 뒤따르는 새파란 아가씨들의 애교가 그를 대그룹의 사장으로 사회의 최상류층에 올라섰다는 사실을 실감케 하였다. 더구나 경제계의 거물급에 속하는 박전무와의 동행은 골프장에 들어설 때부터 나타나는 것이었다. 그들이 눈에 비쳤다 하면 접대하는 직원들의 태도가 마치 왕을 모시는 내시들 같았다. 두말할 것도 없이 캐디들에게 내미는 팁도 그에 상응하는 금액으로 상승하는 것은 당연지사였다.

이제는 우배도 제법 거드름을 피우는 상류층의 사장으로 변모해 갔다. 그리고 그 거드름은 몸에 배어 회사나 골프장뿐만 아니라 가정에서도 사회에서도 스스럼없이 튀어나오곤 했다. 더구나 우배의 이러한 태도는 회사에서는 물론 사회에서도 먹혀들어 사원들도 사회인들도 거드름의 무게만큼 그를 대접해주는 것이었다. 곱씹어 생각해 봐도 사회의 그러한 현상은 그 까닭을 알 수 없었다. 그뿐만 아니라 자신이 그처럼 변해가는 모습은 스스로도 놀라운 일이었다. 다만 자신이 종전과 다른 점이 있다면 그의 지갑에는 항상 일반인들이 지니고 다닐 수 없을 만큼의 거액이 채워져 있다는 사실이고 지갑 안의 수표가 위력을 발휘하고 있는 것만은 분명했다. 어쩌면 돈의 위력이 늘 호주머니가 비어있어 힘없이 빌빌대던 과거의 〈을〉을 배불러 거들먹거리는 오늘의 〈갑〉으로 변모시킨 것이라는 결론은 쉽게 얻어낼 수 있었다.

"오늘은 김사장도 김사장 차로 움직이지."
"그래요? 오늘은 특별한 날인가요?"
"장소도 바꾸고 뒤풀이 맛도 즐겨야지. 장소를 모를 테니 기사에게 내 차 뒤만 따라오라고 해."

지금까지 십여 차례 남짓 골프장에 출입하는 동안 우배는 전무 차로 박전무의 옆 좌석에 앉아 그의 비서나 다름없이 동행하였었다. 그런데 각자 차를 움직이잔다. 오늘의 행선지는 귀동냥으로

만 들었던 처음 가 보는 골프장이었다. 들어서자마자 예약을 해 놨는지 직원들의 맞이하는 태도가 달랐다. 특히 캐디들의 빼어난 미모와 나긋나긋한 애교는 우배의 심장을 녹이는 것이었다. 티끌 하나 보이지 않는 초록 필드와 녹음이 짙어가는 주변 경관이 심장의 박동을 더욱 높여주었다. 네댓 걸음 뒤따라오는 캐디들을 힐끔 돌아본 박전무가 그에게만 들리게 귓속말로 속삭였다.

"어때! 저 아가씨 맘에 들어? 이 골프장 캐디가 아니라 특별히 주문한 아가씨들이니까 오늘 밤에 데리고 잘 놀아봐."

우배는 지금껏 여자는 아내밖에 모르고 살았다. 과장 승진 이후 동료들과 어울린 뒤풀이에 접대부들을 상대해본 적은 여러 번 있었지만, 술집을 벗어나 날밤을 지새우고 외도를 한 적은 한 번도 없었다. 말하자면 여자에 관한 한 그는 남자로서는 거의 숙맥이나 다름없었다. 그러한 우배를 동료들은 〈김열부〉라는 별명을 붙여주었다. 그러나 김우배는 〈열부〉라는 별명이 하나도 부끄럽지 않았다. 어쩌다 그의 집에 방문한 동료들의 입에서 튀어나오는 소리를 들어 아내도 그러한 사실을 알기에 믿음이 깊은 아내는 그를 더욱 신뢰하여 외도에 관한 한 그는 어떤 장애도 없었다. 하지만 아내를 속일 수 있는 경우에도 자신의 마음을 어지럽히며 철석같이 믿고 있는 아내의 신뢰를 배반하는 것이 씻을 수 없는 죄라는 생각이 앞서 기회가 와도 스스로 피해 온 터였다. 그러나 배불러 거만(倨慢)이 몸에 밴 그는 오늘만은 가진 자의 쾌락을 마음껏 누려보겠다는 유혹이 심신을 옭아매는 것이었다.

 어젯밤 거의 온밤을 새우다시피 육신의 환락에서 깨어난 김우배 사장은 늦은 아침 무거운 몸을 털고 호텔에서 나왔다. 몸은 무거웠지만, 마음만은 왕이 된 기분이었다. 회사에 들러 오늘 일을 대충 처리하고 집으로 향했다.

 "당신 어젯밤 어디서 주무셨어요?"

 대문을 열어주는 아내는 피로에 쌓인 우배를 보고 물었다.

 "자기는 어디서 자. 외국 바이오와 계약 때문에 한숨도 못 잤어. 앞으로 회사가 제대로 돌아가려면 이런 일이 자주 있을 거야. 내가 알아서 일어날 때까지 절대로 깨우지 마."

 그는 피곤한 중에도 앞으로의 외박까지 미리 못 박아 두는 지혜를 발휘했다. 자신도 모르게 아내를 입막음하는 요령이 저절로 얻어지는 것이었다. 실은 어젯밤 첫 번째 일을 치르고 나서 차기의 만남은 이미 예약해 두었었다. 늦바람이 더 세다는 말은 저절로 생긴 말이 아니었다. 꽃다운 미모의 젊은 살결은 아내밖에 모르던 우배의 심신을 펄펄 끓는 탕에 넣고 삶아버렸다. 황홀한 육신의 쾌락 속에 빠진 그는 이제야 비로소 삶의 진미를 맛본 것이라는 생각에 이 나이 먹도록 허송한 세월이 아깝기 그지없었다. 그리고 지금까지 멋모르고 보낸 세월을 보상받기 위해서도 앞으로 기회를 만들어 황홀한 무대를 더 많이 꾸며야겠다고 다짐하였다. 노글노글 삶아진 삭신은 침대에 눕자마자 깊은 잠의 수렁 속으로 빠져들었다.

 주말마다 이어지는 민중의 분노는 횟수를 거듭할수록 기하학적으로 불어나 거대한 촛불의 행렬이 광화문 앞 광장을 가득 메웠다. 남녀노소를 막론하고 현 정권을 규탄하는 목소리가 하늘 높이 울려 퍼져 촛불의 행렬은 전국 방방곡곡에서 들끓듯 불어났다. 백만 명이 넘는 민중들이 모여 규탄하는 집회임에도 군중들의 외침은 일사불란(一絲不亂)하여 흐트러짐이 없었으며 질서 있게 진행되었다. 세계 각국의 외신들은 이러한 광화문 광장 촛불집회는 국민의 참여 인원수 면에서나 질서를 지켜 진행하는 면에서 온 국민이 참여하는 민주주의의 참모습을 보여준 행사라고 극찬하며 선진 하는 대한민국의 민주주의 발전을 부러워했다.

 그러나 김우배 사장은 이처럼 우렁찬 민중의 목소리도 아무리 외쳐대 봐야 맨주먹으로 바위 치기에 불과한 힘없는 자들의 헛소리로 들려 그의 관심 밖의 일이었다. 만약 그가 지금도 사회의 말단에서 허우적거리는 서민이었다면 어떠했을까? 자신이 생각해 봐도 그는 광화문 앞 광장으로 나가 그들과 합류하여 목소리를 높였을 것이다. 그러나 그는 지금 과거의 김우배가 아니다. 그는 상류사회의 일원으로 정착하여 나라 굴지의 회사 사장으로 변신해 있는 것이다. 그런 위치에 올라 서 있는 그는 생각도 전과는 판이(判異)하였다. 민중의 목소리가 한때 높았다 할지라도 시간이 조금만 지나면 기름이 다 소모되어 촛불은 꺼지고 말 것이며 목소리는 사그라들어 과거에 그랬던 것처럼 사람들의 뇌리에서 멀어져 가리라고 생각했다. 그리고 이런 소요(小搖)는 회사의 업무와 관련지어 염두에 둘 값어치도 없다는 결론을 내렸다.

거장기업의 공장건설은 서류상으로는 차질 없이 순조롭게 진행되고 있었다. 터 닦기 공사며, 건축자재며, 노임이며, 각종 물품 대금 등 엄청난 자금이 들어갔다. 그러나 어찌 된 까닭인지 공사현장에서는 일한 만큼의 성과가 나타나지 않았다. 포크레인 한 대가 비탈진 땅을 평평하게 고르다 멈춘 뒤 연료가 다 소모되었는지 움직일 줄 모르고 을씨년스럽게 서 있을 뿐, 공장을 지을 건축자재나 물품들은 어디에 쌓여있는지 보이지 않았다. 그러나 김우배사장은 이러한 사실을 전혀 모르고 있었다.

그날도 아침에 일어나자마자 각종 일간지를 대충 훑어보던 그는 이름이 미약한 신문의 경제면에 본사 자금의 해외유출에 대해 조그맣게 2단으로 난 기사를 보았으나 항용 있는 일이여서 대수롭지 않게 여기고 출근하였다. 오후에 박전무와 골프 나들이에서도 신문기사 얘기는 먼저 언급할 필요가 없다고 생각하고 평소와 다름없는 일상의 대화만 나누었다. 골프가 끝나고 그가 예약해놓은 호텔 방에는 그녀가 목욕 재개하고 기다렸다. 오늘 밤에도 왕이 되어 밤새도록 요지경 속에서 월궁 미인과 황홀한 시간을 누린 그는 만족감에 도취 되어 집으로 돌아와 숙면에 빠졌다.

김우배가 검찰에 꿀려간 것은 아직 채 잠이 깨기도 전 이였다. 거장기업의 사무실은 물론 사장인 우배의 집은 쑥대밭으로 변하고 말았다. 우배가 왜 끌려가야만 하는지 가족들은 말할 것도 없고 우배 자신도 짐작조차 할 수 없는 일이었다. 아직 잠이 덜 깬 우배에게 들이댄 체포영장만 가지고는 유령기업을 설립하여 회사설립 자금을 모두 다 해외로 빼돌린 죄라는 사실만 확인 할 수 있는 죄목이었다. 그러나 그런 사실이 전혀 없는 우배가 어찌 된 영문인지 알 까닭이 없었다.

"회사설립 자금을 모두 해외로 빼돌린 게 사실이지?"

"나는 전혀 모르는 일입니다. 그런 적 없습니다."

"그렇다면 당신이 결재한 이 서류는 뭐야?"

"이 서류는 공장 설립과 그에 따른 재료를 사고 돈을 지급한 사실에 입각하여 결재한 것뿐입니다."

"그러면 공장은 어디다 지었어. 공장도 없고 산 물품도 없는 데 누구에게 물건값을 지불했다는 거야. 이 물건을 납품한 회사라는 것도 어디에도 존재하지 않는 유령회사야."

"유령회사라고요? 그럴 리 없습니다. 모든 실제 업무 처리는 본사에서 하고 나는 결재만 해준 것뿐입니다. 그런데 검사님도 아시다시피 우리나라 굴지의 회사에서 유령회사와 거래할 리가 있겠습니까?"

"본사가 실제 업무를 보았다고? 이 서류 어디에도 본사와 관련

된 기록이 없을 뿐 아니라 본사 직원 어느 한 사람의 서명도 찾아볼 수 없어. 괜히 자기 죄를 본사에 떠넘기지 마! 죄만 더 커질 뿐이니까. 그리고 유령회사와 거래 할 리가 없다고? 이 서류에 명기 된 회사가 어디에도 없는데 유령회사와 거래하지 않았다는 부정이 가당키나 한가? 압수된 이 서류들로 봐서는 서류만 만들어 놓고 돈은 해외로 빼돌려 숨긴 게 분명해. 숨긴 곳이 어디야? 사실대로 말해. 그래야 당신의 죄가 가벼워지니까."

그러나 우배는 전혀 모르는 일이기 때문에 그 어떤 답변도 할 수 없었다. 김우배가 일차 취조받은 다음 날 박전무가 면회를 왔다.

"김사장 지금까지 밝혀진 모든 사실을 김사장 단독 범행으로 인정하는 게 최선이야. 만약 김사장이 부인하고 나와 본사를 거론하면 걷잡을 수 없이 일이 커지게 돼. 모두가 엮어 들어가면 누가 김사장을 꺼내주겠어. 이미 서류에는 모두 김사장 결재가 나 있어서 김사장은 빠져나갈 구멍이 없어. 김사장이 단독 범행으로 인정만 하면 형량은 물론 회사공금 해외유출에 대한 추징금도 모두 회사가 처리 할 테니 그리 알고 이번 사태는 김사장 선에서 마무리하는 것으로 하지."

"그렇지만 저는 전혀 모르는 사실 아닙니까? 그런데 저보고 모든 죄를 뒤집어쓰라고요?"

"그게 바로 김사장도 살고 회사도 사는 최선의 방법이야. 김사장이 아무리 부인해도 김사장은 최종결재자로 형량만 더 무거워질 뿐이라니까. 그리고 회사에서 회사는 모르는 일이고 모두 김사장이 한 일이라고 외면해 버리면 어찌할 거야. 회사공금 해외 유출에 대한 모든 벌과금도 김사장이 책임지게 돼. 지금 김사장 재산 다 긁어모아도 아마 추징금 십 분의 일도 못 될걸? 그러면 김사장 가족은 거리 노숙자가 될밖에 별수 있겠어? 그러니 죄는 김사장 한 사람만 지고 가족들은 살 수 있게 해야지. 내 발 벗고 나서서 김사장이 철창 속에 오래 갇혀있게 하지는 않을 테니까."

김우배는 참으로 어처구니없는 죄를 둘러써야만 했다. 지난밤들의 황홀했던 꿈이 그야말로 꿈으로 변하고 말았다. 그러나 어찌하겠는가. 환락의 무대 위에서 허망한 꿈에 사로잡혀 허깨비춤을 춘 자신이 저지른 행동 때문에 죄 없는 가족들마저 길거리로 나 앉게 할 수는 없는 일이 아닌가. 속은 것이 억울하고 분하지만 두 눈 딱 감고 남이 저지른 죄를 자기 혼자 모두 둘러쓸 수밖에…….

그러나 돈이 휘두르는 무소불위의 힘은 참으로 막강했다. 서민들은 상상도 할 수 없는 거액을 해외로 빼돌린 자신이 입건된 지 2개월 만에 무혐의로 풀려나다니……. 뿐만 아니라 유령회사를 차려놓고 거래 관계 서류가 명백한 허위임이 밝혀졌음에도 혐의가 없다고 풀려난 사실에 대하여 우배 자신이 생각해도 도저히 이해하기 힘든 수사결과였다. 우배는 자신이 모든 죄를 혼자 뒤

집어쓰면서 회사에서 아무리 뒤를 잘 봐준다 해도 최소한 2년여 동안은 옥에서 썩을 각오가 되어있었다. 아내가 면회를 왔을 때도 아내에게 그리 다짐해 두었었다. 그러나 돈과 권력의 손에는 없는 죄도 만들어내고 지은 죄도 없었던 것으로 둔갑시키는 도깨비방망이가 들려져 있다는 사실을 무혐의로 풀려난 뒤에서야 알 수 있었다. 그리고 자신이 무혐의로 풀려난 것도 결코 우배 자신을 위해서가 아니라 회사가 무사하기 위해서 뿌려댄 대기업의 뇌물의 힘이라는 것을 깨달았다.

이제 와 곰곰이 생각해 보니 지금까지 자신이 한 행위는 회장과 박전무의 허수아비가 되어 주인이 흔들어 대는 대로 허깨비춤을 춘 것뿐이였다. 그러나 어찌 됐든 회사를 위하여 새를 쫓는 막중한 업무를 맡아 누구도 부정할 수 없는 큰 역할을 우배 자신이 수행한 것만은 분명했다. 이제는 자신이 회사에 기여(寄與)한 공이 누구 못지않아 회사에서 최고로 높으신 경영자 앞에서도 떳떳하게 자기의 존재를 밝힐 수 있다고 생각하니 한결 마음이 가벼워지고 새로운 힘이 용솟음쳤다. 그리고 마음속으로 힘차게 외쳤다. 내 나이 이제 겨우 사회의 중년인 사팔청춘! 남은 인생 재벌 회사의 허수아비가 되어 허깨비춤이면 어떠냐? 내 꽃피는 인생은 바로 지금부터다.

가자! 대한민국 굴지의 기업 본사 회장실을 향하여……!

# 코로나와 동방삭

신종 코로나바이러스의 확산으로 세계는 가공할 공포에 휩싸이고 말았다. 2020년, 지상의 만물이 생기를 얻어 기지개를 켜고 깨어나야 할 봄에 인간사회는 정치, 사회, 경제, 교육, 문화, 체육 등 모든 분야의 단체활동이 멈추어 날이 갈수록 생활이 마비되어 가고 있었다. 지난해 12월 중국 우한에서 시작한 코로나가 우리나라에 잠입한 시기는 12월 말경이었다. 한 달이 지난 올 1월 말까지만 해도 중국, 우리나라, 이탈리아에 환자의 수가 늘어나고 있었지만 그리 심각하게 여기지는 않았다. 그러나 코로나바이러스의 병원균을 명확하게 밝혀내지 못하여 각 분야에서 여러 가지 실험을 통해 백신을 찾으려고 발버둥 쳤으나 찾아내지 못하고 빠르게 확산하는 지경에 이르자 관계자들은 당황하고 말았다.

이처럼 병원균의 의혹을 풀지 못한 심상찮은 기미는 전 세계로의 확산을 예고하고 있었지만, 미국, 유럽 등 여러 나라에서는 코로나바이러스를 하찮게 여기며 별 관심을 두지 않았고, 심지어 미국에서는 코웃음을 치며 의학적으로 미개한 나라에서나 걱정

할 일이라고 호언 하였다. 그러나 코로나 19의 빠른 확산을 심각하게 여긴 한국에서는 질병관리본부와 보건복지부에서 날마다 확산 현황과 확진자에 대한 정보를 매스컴을 통해 보도하고 온 국민의 행동제약과 고통 분담을 호소하며 강경책을 써서 모든 국민은 거의 가택 연금 상태에 이른 것이다. 이는 코로나와의 전쟁이라 할 만큼 단호한 조치였다. 이에 한국국민은 아무런 불평 없이 나라의 정책에 지혜롭게 호응하였다.

도대체 코로나란 무엇인가? 일반인들은 눈에 보이지도 않고 자신의 피부로 느낄 수도 없었기에 의문을 가질 수밖에 없었다. 그러나 연일 보도되는 각종 뉴스에 겁먹을 수밖에 없는 데다가 정부에서는 확산을 막기 위해 강력한 지시를 내리니 정작 이런 병균이 있는지 없는지조차 알 수 없었지만, 이 보이지 않는 병균으로 인해 일상이 무너지고 삶의 균형이 흐트러지고 말았다. 특히 모든 학교가 문을 닫고 아이들이 집안에 갇히게 되자 일반 시민들은 그제야 코로나의 심각성을 피부로 느꼈다. 지당도 1월 말부터 겨우 집 앞의 매장과 근처 오금공원을 오가는 외에는 외출하지 않아 사람과 만남은 이웃에 사는 오태평씨가 전부였다. 오금공원 팔각정에서 만난 오태평씨는

"도대체 코로나가 뭐랍니까? 사자나 호랑이도 아니고 눈에 보이지도 냄새를 맡을 수도 없는 것이 세상에 원자폭탄을 터뜨린 것처럼 옴짝달싹 못 하게 하니 그러려니 하다가도 부화가 끓어올

라 못 견디겠소."

하고 갑갑증을 호소한다. 본래 오태평씨는 이름처럼 매사에 태평이어서 긍정적인 사람인데 코로나 때문에 갇혀 지내는 것이 무척 못마땅한 모양이다.

"만사태평하신 분도 갇힌 생활은 못 견디는군요. 원래 세상에서 제일 강한 것이 제일 약한 것에게 먹히는 법이지요. 동물의 제왕인 사자나 호랑이가 누구의 밥이 되던가요. 눈에 보이지도 않는 미세한 병균이 상처를 갉아먹고 내장을 파먹어 죽지 않던가요? 이게 바로 만물이 순환하는 이치이지요."

"역시 지당 선생의 지당하신 말씀입니다. 그런데 이 코로나 난리가 언제까지 갈 것 같습니까?"

"과학 문명이 발달하여 우주를 여행하는 시대에 코로나를 박멸할 의약인들 못 만들겠어요? 문제는 그 기간이지요. 빠르게 개발한다면 빨리 정상을 되찾을 것이고 시일이 늦어진다면 오래 걸리겠지요. 사람들은 날씨가 따뜻해지면 물러가리라 기대하고 있지만 박멸할 약을 만들지 못하면 잠복하고 있다가 가을이 되면 다시 발호할 가능성이 크리라고 예상할 수도 있지요. 그래서 하루빨리 완전히 없앨 수 있는 의약을 개발해야 한다고 생각합니다."

"그런데 어제 카톡 뉴스를 보니 우리나라 참 자랑스러운 나랍디다. 우리나라 장관이 영국에서 코로나 대응에 대해 연설을 했는데 만장에 박수를 받고 영국사람들은 이런 분을 자기 나라의 총리로 모셔오면 좋겠다며 환영하였다고 카톡에 떴던데요?"

"그래요? 요즈음 나라가 어수선하니 믿을 게 못 되는 얘기들이 난무해서 곧이곧대로 믿기는 어려우나 듣기 좋은 얘기로군요. 그러나 우리나라 부총리가 영국에 직접 방문하여 연설한 게 아니라 영국의 재무장관과 컨퍼런스 콜을 하여 호평을 받은 것은 사실입니다."

3월 중순이 되자 코로나의 가공할 확산으로 세계는 두려움과 공포에 휩싸여 초기에 대응한 한국의 대책을 표본으로 삼고자 하였으며 유럽에서는 코로나 방어에 우리 대한민국의 방비 대책을 배워야 한다고 극찬하기에 이르렀다.

그 한 예로 우리나라의 부총리 겸 기획재정부 장관이 영국 측의 요청으로 영국 재무장관인 리시 서낙(Rishi Sunak)과 컨퍼런스 콜을 하고 한국의 코로나 19 대응 경험을 공유했다. 홍남기 부총리는 이날 컨퍼런스 콜에서 한국 정부가 빠른 검진과 철저한 역학조사, 그리고 정보의 투명한 공개 및 확진자·접촉자의 강력한 격리를 중점에 두고 방역에 임하고 있다고 설명했다. 이어 우리 대한민국은 진단 키트 조기 개발과 드라이브 스루 진료소 운영, 자가격리 및 진단 앱 운영과 같이 ICT 기술을 활용한 창의적인 시스템 조기도입 등에 역점을 두고 추진한 방역 조치로 바람직한 성과를 거두고 있다고 소개했다. 이에 서낙 장관은 홍 부총리의 설명에 감사하며 백신 개발에 많은 시간이 소요(所要)되는 상황에서 한국의 방역 인프라 구축, 사회적 거리 두기 정책, 향후 정책 방향 등에 대해 문의했다. 특히 서낙 장관은 "한국 정부의 코로나 19 대응이 전 세계의 모범이 되고 있다." 또 "많은 나라가 한국의 경험에 주목하고 있다." 하고 언급해 눈길을 끌었었다.

오늘은 잔인한 달 4월의 첫날이다. 목련과 개나리가 흐드러지게 피었지만 모든 축제가 취소되고 모든 집회를 연기하여 행동반경의 제약을 받으니 사람들은 아름다운 꽃을 보아도 봄을 느끼지 못해 춘래불사춘(春來不似春)이라는 말을 실감케 하였다. 사월이 왔는데도 전혀 사월 같지가 않았다. 사월을 잊고 있던 어느 따사로운 아침에 지당은 긴 기지개를 켜고 가주초등학교 운동장에 나가 맨손체조나 할까 하고 한 집 건너에 있는 초등학교 교문으로 들어서는데 그만 깜짝 놀라 걸음을 멈추고 말았다. 그리고 한참을 멍하니 하늘을 올려다보았다.
아! 이 탐스러운 벚꽃!
엊그제까지도 앙상하기만 했던 메마른 가지에 새하얀 함박눈처럼 탐스러운 꽃송이가 벙글어 나뭇가지를 온통 백화가 장식하고 있는 게 아닌가! 이 화려한 순수에 넋을 빼앗긴 지당은 햇빛 찬란한 오늘 아침이 너무나 고마웠다. 하마터면 이 아름다운 기쁨을 놓칠 뻔하였다고 생각하니 아슬아슬한 스릴감마저 느껴진다. 무려 석 달 동안을 울안에 갇혀 책과 컴퓨터만 바라보았던 지당은 자연의 신비로운 힘에 넋을 잃고 말았다. 만물의 영장이라고 자부하는 인간이 눈에 보이지도 않은 미세한 세균의 횡포에 옴짝달싹 못 하고 갇혀있는 동안에도 자연은 변함없이 자신의 능력을 발휘하며 계절의 행진을 계속하고 있었다. 그동안 국가 경제는 마비 상태에 이르고 사람들은 불안에 떨고 있었지만, 자연의 운행은 멈추지 않아 인간들의 불안감을 비웃고 있다는 느낌이 강하게 지당의 뒤통수를 친다.

눈에 보이지도 않는 세균에게 포위당해 불안에 떠는 사람들!

코로나바이러스에 대적할 백신이 없기에 현재까지 유일한 방법은 환자가 다른 사람을 감염시키는 것을 차단하는 것이 최선이었다. 정부의 강력한 요구는 오직 이동을 자제하고, 손을 깨끗이 자주 씻고, 외출이 필요할 때는 반드시 마스크를 쓰라는 당부와 이미 감염된 환자를 격리 치료하여 바이러스의 확산을 막는 방법 이외에는 별다른 뾰족한 수가 없었다. 코로나는 참으로 가공할만한 위력을 지니고 이었다. 우리는 역사적으로 옛적부터 각종 괴질을 경험해 왔으며 근래에는 사스나 메르스 같은 바이러스의 발호도 겪어보았지만 이처럼 전염력이 강하고 치명적인 질병을 본 적이 없었다.

이 코로나바이러스는 온 국민을 마스크로 얼굴을 가려 멀뚱거리는 눈만 내놓고 그도 모자라 마주치는 사람마다 혹시나 하는 의심의 눈초리로 상대를 노려보는 가면을 쓴 괴물로 변형시켜버렸다. 마스크를 쓰지 않은 얼굴을 보면 자신이 마스크로 무장 하였는데도 상대방이 언짢아 눈을 찡그리며 고개를 돌리고 외면하는 비정한 인간으로 만들었다. 마스크를 한 사람끼리도 가능하면 2m 이상 떨어져 사람들이 저마다 타인을 멀리하도록 만들고 심지어는 가족 간에도 접촉을 못 하게 하여 화목한 인간미를 말살시켜버렸다. 지하철과 버스 같은 대중교통의 이용을 불안하게 하고 사람이 사람을 만나는 것을 주저하게 만든 코로나바이러스는 집단 사회에서 더불어 살아가야만 하는 사람을 외톨이로 만들어 버리는 악마가 분명했다.

아침부터 책을 읽다가 눈이 피곤해지자 지당은 날씨가 맑은 오늘은 가까운 오금공원에 가서 신선한 산소나 마음껏 마시며 가볍게 산책이나 하려고 집을 나서니 이웃집 오태평씨도 심심했던지 밖에 나와 서성거리다가 지당을 보고 반색을 하며
"차림을 보니 먼 외출은 아니신 것 같은데 어디 가십니까?"
하고 인사 겸 묻는다.
"이 코로나 난리에 외출은 무슨? 몸이 찌뿌드드하여 오금공원에 산책이나 하려고 나서는 길입니다."
"그러면 저랑 동행합시다."
우리가 사는 곳에서 150m쯤 가면 큰길 건너 맞은편이 오금공원이다. 길가 담벼락에는 이번 총선에 출마한 지역구 입후보자들

의 선거 벽보가 나란히 붙어있다. 누구 한 사람도 훼손 없이 여덟 명의 벽보가 모두 깨끗하다. 오태평씨는 선거 벽보를 물끄러미 바라보더니

"참! 우리나라 선거풍토 많이 달라졌군요. 보세요. 벽보를 아무도 손대지 않아 깨끗하지 않습니까?"

하고 반색을 한다.

"그렇군요. 그뿐만 아니라 날만 새면 차에 스피커를 달고 골목골목 헤집고 다니며 외쳐대는 바람에 잠을 설치기도 하고 아이들 공부를 방해하던 꼴불견도 사라졌지요."

"그렇습니다. 그런데 문제는 각 당을 이끄는 지도자의 자질이지요. 지역구에서는 이처럼 차분하고 조용한데 명색이 한 당의 지도자의 위치에 올라있는 사람들이 온갖 흑색선전으로 상대방을 모함하고 예의에 어긋나는 말들을 서슴없이 지껄여 대니 국민들이 눈살을 찡그릴 수밖에 없지요. 그뿐인가요? 요즘은 정보화시대로 핸드폰에 모든 정보가 들어있기 때문에 이를 이용해 거짓 정보들을 뿌려대어 상대방을 모함하고 짓밟는 통에 자칫 잘못하면 무관한 사람이 오해받고 상처를 입는 경우도 허다하지요."

"옳은 말씀입니다. 핸드폰이나 컴퓨터의 이러한 현상은 정보화시대의 단점이기도 하지요. 그렇지만 저는 우리나라 국민들의 사리 판단수준은 이미 세계 최정상에 올라섰다고 생각합니다. 이제 결과를 보면 드러나겠지만 상대를 모함하고 헐뜯고 깎아내리기

위해 혈안이 되어 날뛰는 후보들은 아마 이번 선거에 참패하고 말 것입니다. 다만 우리나라 선거풍토에서 가장 염려되는 점은 아직도 지역감정의 틀을 완전히 벗어나지 못하고 있다는 것입니다. 이는 강한 애향심으로부터 기인한 것이기도 하지만 좀 더 대국적인 견지에서 바라본다면 미국의 일개 주에 불과한 캘리포니아주의 삼분지 일이 채 못 되는 이 좁은 한반도 땅에서 네 고향 내 고향을 구분 지어 콩이야 팥이야 따진다는 것이 얼마나 어리석은 짓입니까? 교통이 발달하지 못한 옛날이라면 혹 이해할 수도 있습니다. 그러나 나라 전체가 일일생활권 영역 안에 들어있고 아무리 먼 곳도 한나절이면 당도하는 좁디좁은 땅에서 이제는 경제적으로 사회적으로 네 지역 내 지역 따지는 행태는 사라져야 할 시기에 이르렀습니다. 아마 차기 차차기에는 지역감정이라는 낱말 자체가 점점 사라지고 말 것입니다."

오태평씨와 지당은 정답게 대화하며 오금공원 산책로를 세 바퀴 돌아 집 앞에 이르러 헤어졌다.

코로나의 극성이 전혀 수그러들지 않은 와중에도 총선을 순조롭게 치러 지금까지 치러왔던 선거 중에서 가장 높은 투표율로 국민들이 주권을 행사하는 정치 참여도를 높였다. 더구나 코로나의 위험을 무릅쓰고 실시한 총선의 높은 투표율은 그동안 상대방을 헐뜯고 온갖 모략을 일삼아 사회를 불안하게 만들었던 후보자들을 잠재워 선거 후유증이 가장 적은 대선으로 기록되게 하였다. 정부에서는 그동안 국민들의 어려운 생활을 염려하여 각종 재난 지원금 지급계획을 세우고 서민들이 생활고에서 벗어나는 길을 마련하기에 이르렀다. 그리고 4월 후반기에 접어들자 날씨가 점차 따뜻해지고 온 국민의 노력한 보람이 있어 코로나 감염 환자의 수도 급격히 줄어드는 현상을 보여주고 있다.

사월도 막바지에 이르러 태양은 온 산하에 따사로운 볕을 쏟아 부어 엊그제 색동옷으로 단장하고 아름다움을 뽐내던 수목들은 꽃잎을 떨어뜨리고 싱싱한 초록 잎을 나풀거리며 녹의홍상을 자랑하도록 만들었다. 이 화창한 봄날 지당의 역마기가 발동하였다. 두 바퀴 애마를 타고 집을 나섰다. 가락 시장을 통과하여 탄천에 이르니 과연 지당과 같은 마음으로 나들이를 나온 사람들이 북적거린다. 네활개를 치며 걷거나 신나게 달리는 사람들, 자전거를 타고 페달을 돌리는 사람들의 엉덩이가 좌우로 들썩이며 춤을 춘다. 폭넓은 강물 위에 금빛 햇살이 쏟아져 잔물결에 반사된 빛들이 눈부시게 튕겨 오르니 봄바람에 늘어진 버들가지의 춤사위가 더욱 흥겹다. 강변에 숲을 이룬 빌딩들은 강물과 조화를 이루어 한강의 아름다움을 더욱 돋보이게 한다. 과거에 제3 한강교였던 한남대교 위로 내달리는 자동차들도 신이 났는지 전봇대 사이를 순식간에 통과한다. 물 맑고 풍경 좋은 한강 변을 찾는 사람들 모두 웃음꽃 핀 얼굴로 발걸음이 가벼우니 강변에서 바라보는 정경만으로도 한강수 타령을 노래하며 뱃놀이를 즐기는 여유로운 마음이다. 어디 아리수 뱃놀이가 따로 있을까?

강변에 늘어앉아 낚싯줄을 던진 강태공들은 찌를 외면하고 풍경에만 넋을 빼앗겨 어차피 도로 넣어줄 고기를 낚을 생각은 안 하고 세월이나 낚고 있다. 자전거를 몰고 상일동 입구까지 갔다가 한 바퀴 돌아서 다시 탄천에 이르니 지당의 온몸에 땀이 베어 등이 철벅거린다. 시원한 다리 밑에 자전거를 세우고 긴 의자에 앉아 땀을 닦고 있었다. 그때 얼핏 보기에 연세가 팔십이 조금 넘어 보이는 한 노옹이 연세와는 달리 힘차게 걸어와 지당의 곁에 앉는다. 그리고는 흐르는 땀을 열심히 닦고 있는 지당을 힐끗 쳐다보더니

"아직은 한창 때로구만 뭔 땀을 그리도 많이 흘린디야?"

하고 말을 걸어온다. 어찌 들으면 비꼬는 것 같기도 하고 친근감 있게 다가오는 것 같기도 한 접근이었다. 연세는 많아 보이지만 얼굴에 주름살 하나 없이 탱탱한 모습이 무척 건강하게 보인다. 그런데 말투나 억양에 판소리리듬감이 흐르고 있어 아랫녘 출신임이 분명하여 친근감을 느낀 지당은 역시 전라도 사투리로

"아따! 어르신은 쩌그 저 아랫동네 말씬디 고향이 어디신게라우~?"

하고 물었다. 노옹은 반가운 표정으로

"내 고향은 굴비로 유명헌 영광이요. 근디 거그도 말씨를 들어

봉께로 전라도가 고향인 모냥인디 어디서 왔소?"

"아이고메! 긍께로 어르신 고향도 영광이구만이라우? 저도 영광인디 알고봉께로 고향분 만나부렀네요."

"그려? 영판 반갑구만, 영광굴비야 천상 밥도둑 아니드라고?"

"그렇지요. 영광굴비야말로 나랏님 수랏상에 올리는 괴기 아니든가요? 입맛 없는 사람도 굴비 한 마리만 구어 밥상에 올려놓으면 밥 한 그릇 뚝딱 게눈 감추듯 비워 뿌렸씀께요."

지당은 저절로 흥이 솟아 임금님 수라상을 들먹이며 너스레를 떤다. 그만큼 고향 분을 만나서 친근감을 느꼈기 때문이기도 하였다.

"근디, 어르신 고향이 영광 어디신게라우?"

"나는 백수 구호동 인디 자네는 어딘가?"

"저는 홍농 단지동 이구만이라우? 긍께 서울서 보면 모도 이웃동네 아닌감요?"

"하아! 그렇고 말고 한동네 동생 만난 것 맹이시. 근디 자네는 에릴쩍의 굴비를 많이 먹어서 요로코 키가 큰가?"

"그렇당께라우. 배때기에 알 통통배서 색깔이 노오런 생조구 매운탕 끼레 놓으면 점상해서 둘이 먹다가 하나 죽어도 몰른당께요."

"보릿고개 냉기고 새보리 나서 사그 밥그럭 따둑따둑 채워 담은 보리밥에는 그저 얼큰헌 조구탕이 오구감탕 이였제."

노옹은 어릴 때가 생각나는지 먼 하늘을 올려다본다. 지당은 노옹이 자신보다 오륙 세 더 드신 돌아가신 형님 또래일 것이라고 생각하며 물었다.

"어르신 은제 서울로 올라오셨간디 우리 고향 사투리를 요로코롬 잘 허신당가요?"

"나가 서울에다 말뚝 박은지는 스무늬살 때였씅께로 벌써 육십칠 년째 되얏구만. 근디 스무살이 넘게 고향으서 살었는디 어메 아부지 한테서 배운 말이 어디로 도망가간디? 고향으서 올라 와 각고 고향말 베리고 서울말로 야지랑 까는 것덜 보먼 금메 외옥질이 나오드랑께. 그래서 나는 역부러 사투리를 썼제. 우리 고향 말 얼매나 좋은가? 전라도 사투리를 들으먼 판소리 듣는 것 맹이로 흥이 나고 정이 찹쌀떡맹이로 찰딱 붙어붕께로 나는 사투리만 써왔어."

지당은 자신이 물은 말씨에 대해서 보다도 연세에 더욱더 흥미가 끌려

"가만있자 67에다 24를 더하면 91? 아니 어르신, 그럼 연세가 아흔한 살이시라는 말씀인가요?"

하고 놀라서 물었다. 노옹의 외모와 연세를 관련지어 상상하기는 도저히 납득(納得)하기 어려워 듣고 놀라지 않을 수 없었다.

"그럼! 내가 6·25 때 참전 했는디 전쟁 끝나고 53년도에 제대 허고 고향으 와서 봉께로 나땜시 우리 식구덜이 공산당덜한테 모

다 몰살당해 불었드랑께. 나는 나라럴 지키기 위해 목심을 걸고 싸왔는디 결과는 식구들 몰싸죽음이라니 얼매나 시상이 원망시럽고 속이 상허든지 그 질로 뒤도 안 돌아보고 서울로 올라 와뿐졌제."

"아이고! 미안 허구만이라우~ 어르신 아픈 데를 건드려서……."

"인자 암시랑토 안혀. 다 삭히고 잊은 지 오래 되얐씅께 괜찮혀."

가슴에 아픈 상처를 지니고도 이처럼 건강하게 오래 살고 더군다나 10년은 젊어 보이는 것이 놀라워 나는 특별한 비결이라도 있는지 궁금하였다.

"근디, 어르신! 고로코 아픈 상처를 오목가심에 담고도 10년은 더 젊어 보이시니 삼신산 불로초를 먹고 삼천갑자를 살았다는 동방삭이를 만나 뵌 것 같습니다. 건강에 대한 무슨 특별한 비결이라도 있능게라우? 알먼 저한테도 쪼께 갈차주시씨요."

지당은 양재천에서 탄천으로 흘러드는 두물머리에 동방삭의 유래를 소개한 안내판이 언뜻 떠올라 동방삭을 들먹이며 노옹의 기분을 추겨 올렸다. 탄천 안내판에 소개된 내용은 다음과 같았다.

[탄천의 유래 - 오랜 옛날 저승사자가 염라대왕의 명을 받았

다. 18만 년을 산 능구렁이 동방삭을 잡으러 이승에 내려가라는 것이다. 그래서 저승사자는 동방삭을 잡으러 그가 사는 용인 땅에 내려왔다. 워낙 꾀가 많아 잡으러만 가면 숨어버리는 동방삭이라 저승사자는 고심하지 않을 수 없었다. 여러 가지 생각을 하다 내린 결론은 냇가에서 숯을 빠는 일이었다. 저승사자는 동방삭을 기다리며 탄천에서 숯을 빨고 있었다. 지나가던 동방삭이 이 모습을 보고 기가 막힌다는 표정으로 한마디 했다. "내가 18만 년을 살았지만, 강물에서 숯을 빠는 사람은 처음 보네." 이에 저승사자는 옳거니 네가 바로 동방삭이로구나 하고 동방삭을 잡아 저승으로 끌고 갔다고 한다. 그때부터 저승사자가 숯을 빨던 시내라는 의미에서 탄천이라 했다는 이야기가 전설로 전해 내려오고 있다.]


 지당의 말에 노옹은 얼굴에 흐뭇한 웃음꽃을 피우며
 "삼천갑자 동방삭이를 어찌코 아는가? 나가 바로 동방삭인디 자네 봉께로 깐딱 허먼 내이름 자네한테 뺏게불게 생겼네."
 하고 스스럼없이 농담을 쏟아놓는다. 지당은 한술 더 떠 가깝게 다가앉으며
 "아저씨! 제가 아저씨라고 불러도 괜찮지요?"
 "하아! 그렇고 말고 이야그 허다 봉께로 금방 정이 붙어부능구만."

"아저씨! 쩌그 저 안내판에 써놓은 동방삭의 유래 보셨지라우? 그런디 저는 이때꺼정 삼천갑자 동방삭이가 전라도 지리산 사람으로 삼신산 불로초를 캐 먹고 그렇게 오래도록 살았다고 알고 있었는디 쩌그 용인 사람이라고 써있등만이라우~. 근디 진짜로 알고 봉께로 아저씨가 삼천갑자 동방삭이였구만이라우? 아저씨 연세허고 건강허신 모습을 대조해 봉께로 왜 아저씨가 동방삭인지 인자사 감이 쪼께 오능구만이요."

"그려? 나가 동방삭이라는 이름을 얻은 내력은 쪼까 질어."

이야기를 주거니 받거니 하는 동안에 어느덧 해가 서산으로 기울어 강가에 서 있는 나무들의 그림자가 맞은편 강둑에 걸리고 있었다. 시간이 벌써 오후 다섯 시를 넘어 여섯 시를 향해 치닫고 있었다. 지당은 천천히 일어서며

"아저씨! 옷깃 한 번만 스쳐도 전세의 인연이라고 했는디 오늘 저녁에 저와 식사나 함께 하시지요."

하고 말했다. 그러자 노옹은 흔쾌한 표정으로

"그러드라고. 수서가 바로 이 우게니 수서 보리밥집에서 상추쌈이나 허드라고. 그집 된장국도 아조 맛있씅께 자네 입에도 맞을 것이네."

지당은 자전거를 끌고 노옹은 걸어서 보리밥집으로 향했다.

오늘은 그저께와는 반대 방향으로 출발하여 먼저 올림픽 공원

을 둘러보고 성내천을 돌아 정한 시간에 약속한 장소에 닿기 위해서 평소보다 조금 이른 시간에 출발했다. 올림픽 공원의 88 호숫가의 언덕에는 활짝 핀 새빨간 철쭉과 연분홍 철쭉이 엉클어져 주변 소나무와 조화를 이룬 팔각정을 선경으로 꾸며주고 있었다. 그러나 코로나로 인해 팔각정 안으로는 들어가지 못하게 금줄을 쳐 놓았다. 만약 코로나의 괴변이 없었더라면 팔각정은 아마 아침부터 앉을 자리가 없었을 것이다. 몽촌 토성을 반 바퀴 돌아 망월봉에 다다르니 망월봉 밑 언덕에도 새빨간 철쭉이 만개하여 붉은 꽃동산을 이루고 있어 산책 나온 사람들이 꽃동산을 배경 삼아 사진 찍기에 바쁘다. 몽촌호 북쪽 팔각정을 에워싼 벚나무들은 이미 흰 꽃송이를 모두 떨구고 초록이 무성하다.

성내천을 빠져 나와 잠실대교 밑에 이르니 온 가족이 자전거를 타고 나온 사람들, 남녀가 마주 앉아 고스톱을 치는 사람들, 끼리끼리 모여서 술판을 벌인 사람들로 붐빈다. 날씨가 풀리니 사람들의 마음도 풀어져 이제 점점 코로나의 공포에서 벗어나고 있다는 느낌이다. 그러나 뉴스에서는 지금까지 잠잠하던 러시아에서 코로나바이러스가 확산하는 현상이 나타나 대륙의 북쪽 추운 지방 사람들을 공포로 몰아넣고, 미국에서는 코로나바이러스 균이 변이를 일으켜 아이들의 발이 동상에 걸린 것처럼 빨갛게 부어 썩어가는 현상이 나타나고, 영국에서는 감기도 아닌 이상한 질병으로 20명이 넘는 유아들이 집단으로 입원 치료를 받고 있으나 발병의 원인마저 밝혀내지 못하고 있다는 보도가 사람들의 풀린 마음을 다시 옥죄고 있었다.

지당이 동방삭 옹과 약속한 시각은 오후 4시다. 그제 보리밥집에서 식사를 마치고 지당이 계산대로 향하여 카드를 내밀자 이미 동방삭 옹이 계산을 해버린 바람에 지당은 자신이 먼저 식사를 하자고 권하고 되려 식사를 대접받은 꼴이 되어버렸다.

"아저씨! 지가 대접해 드릴라고 했는디 되려 대접을 받어불었구만이라우~"

"아따! 먼첨 가자고 말헌 사람이 대접헌 것이여. 몇 푼도 안 되는 밥값조께 냈다고 대접헌 것이 되간디? 그라고 오늘만 만나고 그냥 끝내불랑가? 우리 자지로 만나드라고."

이리하여 오늘 오후 네 시에 같은 장소에서 만나자고 약속한 것이다. 자전거를 몰아 양재대로의 탄천교에 이르니 동방삭 옹은 이미 먼저 와 벤치에 앉아 있다.

"아저씨! 벌써 와 계시능만이라우~?"

"어이, 나도 금방 왔네. 이리와 땀조께 식히소."

지당은 자전거를 세워놓고 동방삭옹의 곁에 앉았다.

"아! 그런디 저는 밥까지 얻어먹고도 아직꺼정 아저씨 함자도 모르능구만이라우~ 함자를 뭔자 뭔자 쓰시능가요?"

"나는 본래 내 이름을 잘 안 갈차중께 남이 안 불러 주어서 내이름을 나도 잊어먹어뿌렀네. 근디 우리 아부지가 지어준 이름은 방석이여. 도방석!"

"아, 그러면 성씨가 도씬개비요이~ 이름은 방석이고."

"맞어. 그런디 서울에서 만난 고향 친구가 올디갈디 없는 디다가 몸에 병까지 들어 내가 델꼬 있었제. 근디 그 친구가 에릴 쩌 그 핵교에서 친구덜이 불렀던 별명 동방삭을 소문내 붕께로 여그 사람덜언 나를 동방삭으로 알고 나도 동방삭이 좋아 냅둔께 내 이름이 동방삭이가 되어뿔었네."

이어서 도방석 옹이 들려준 90년의 생애를 대충 더듬어 보면 다음과 같다.

원래 도옹은 영광군 백수읍 길용리 구호동의 중농인 가정에서 태어나 백수초등학교를 졸업하고 스무 살에 입대하여 6·25를 치르면서 수많은 죽을 고비를 넘겼으나 용케도 살아남았다고 한다.

"그쩍에 내가 살아남은 것은 하늘이 돌보지 않고서는 있을 수 없는 일이여. 그렁께로 나는 하늘님이 내 목심을 살레주셨는디 함부로 헐 수 있느냐고 생각 험시로 늘 하늘에 감사드리면서 살았당께. 그렁께 나이를 먹어도 요로코 건강 헌개비여."

하고 건강에는 자신이 있다고 말한다. 제대하고 고향에 돌아와 온 가족의 죽음을 접한 도옹은 서울로 올라왔으나 폐허가 된 서울에서 뜨내기가 발붙일 곳은 어디도 없었다. 이곳저곳 방황하다 머문 곳이 양재였다고 한다. 원래 양재는 남쪽 지방에서 한양으로 통하는 길목이어서 날이 저물면 한강을 건너지 못하고 양재 고개마을에서 하룻밤을 유숙하고 다음 날 아침에 한강을 건너는 곳이라 주막과 밥집이 많았던 숙박 마을이었다. 이곳에서 장사하며 살아보겠다고 마음을 정한 도옹은 고향으로 내려가 물려받은 집과 농토를 처분하고 역시 가족을 잃고 고아가 된 다섯 살 아래 누이격인 한동네 처녀를 데리고 와 양재에서 영광집이라는 굴비밥집을 차렸다. 그런데 아내의 남도 음식 솜씨가 맛있다는 소문이 널리 퍼지자 식당은 날마다 손님들로 들끓게 되었다.

"그쩍에 돈도 많이 벌고 참 행복 혔었네."

"글먼 그때 번 돈은 다 어쨌능게라우?"

"아, 돈을 어찌코 헐줄도 몰릉께로 땅으다가 묻어 두었제. 논도 사고 밭도 사고 식당도 늘려서 심부름꾼도 디리고."

그 후 고향 친구가 찾아왔는데 몰골이 거지꼴인 데다가 몸이 성찮아서 병원에 데리고 가 치료해 주었지만 이미 병원에서 수술해서 나을 수 있는 병이 아닌 데다가 갈 곳도 없는 처지여서 친구를 데리고 살았다고 한다. 그리고 친구와 함께 운동 삼아 청계산에 올라가 도라지며 더덕 등 약초도 캐고 심신을 달래다 보니 어느새 약초꾼이 되어버렸다고 한다.

"아따! 그라면 인자 지대로 삼천갑자 동방삭이가 되야뿌렀네요?"

"그려! 아그덜 쩍의 별명이 그쩍부터 지대로 자리잡은 셈이제."

장사가 잘되니 식당일 할 여자들을 세 명이나 두고 심부름시킬 아이도 두니 손님들 들락거리는 식당에 도움이 있는 것이 오히려 거치적거려 아침에 손님 맞을 준비를 마치면 청계산에 오르는 것이 일과였다고 한다. 몸이 부실한 친구를 위해 약이 될 만한 산초들을 찾다 보니 어느새 약초 박사가 되어 이제는 명실공히 청계산 동방삭이가 된 것이다. 자식들 3남매도 튼튼하게 잘 자라 하고 싶은 공부를 시키는 데 아무런 걱정이 없고 재산은 저절로 불어나니 이게 바로 하느님이 자신에게 준 복이라고 감사하는 마음으로 살았다. 그래서 연세보다 십 년은 젊게 보여 처음 만나는 자신과 비슷한 연배들은 아예 처음부터 수하 대 하듯 하였으나 괘념치 않고 받아들였다고 한다.

"긍께 아저씨는 하느님한테 나이 복꺼정 받은 셈이네요?"

"그런 셈이제. 글안해도 얼굴이 동안 인다다가 날마닥 산을 탐시로 운동을 허고 도라지, 더덕, 오갈피, 곰취, 삼지구엽초 등 보약 나물만 먹으니 늙발이가 어디 끼어들 틈이나 있었것능가?"

"글먼 아저씨는 괴기는 안 잡수시요?"

"나는 육괴기는 안 먹네. 근디 해물은 좋아허제. 글고 바다풀도 보약잉께 잘 먹었제. 어이! 육괴기 잡어먹고 사는 싸난 동물들 오래 사는 줄 아능가? 어림도 없네. 맨나 풀만 먹고사는 코끼리나 기린은 얼매나 살찌고 키가 크등가. 소도 맨나 풀만 먹고도 살찌는 것조까 보소. 풀 먹고 사는 동물덜이 훨썩 오래 산께로 그런종 알고 자네도 건강허게 오래 살라먼 워쩌튼지 괴기 먹지 말고 풀을 먹도록 허소."

"예, 저도 괴기보담은 풀을 좋아헙니다. 특히 바다풀 미역, 다시마, 김, 톳, 파래 등 해초가 보약이랑께요. 그래서 밥상에 김은 꼭 올라오지요"

"응 그라먼 오늘 저녁은 해물탕으로 해야 쓰것네. 내가 잘 아는 집 있씅께 그리 가 보세."

하고 일어난다. 해는 이미 빌딩 뒤로 숨어버린 지 오래다.


어제 내린 비가 하늘에 떠돌던 먼지를 모두 쓸고 닦아버렸는지 오늘은 하늘이 더욱 깊고 푸르다. 이처럼 맑고 찬란한 하늘아래서 산천에는 온갖 수목들이 제 마음대로 활개를 치며 갖가지 꽃을 피워 이 땅을 더욱 아름답게 꾸며주고 있다. 그러나 이 땅의 주인이라고 자처하는 사람들은 눈에 보이지도 않는 병균에 사로잡혀 숨조차 제대로 쉬지 못하는 가련한 신세가 되어버렸다. 오늘 아침 뉴스에 석 달 전까지도 자만하던 미국에 코로나가 급속도로 확산하여 감염자 수가 백만이 넘고 죽은 자가 오만명이 넘어 베트남 전쟁에서 희생된 수를 훨씬 넘어섰다고 한다. 그러니까 코로나는 수년간 베트남 전쟁에서 전사한 수보다 더 많은 목숨을 불과 석 달도 채 못되어 앗아간 셈이다. 이 얼마나 가공할 일인가. 그런데 아프리카나 남아메리카 산악지대, 인도, 동남아시아에서는 날씨가 따뜻하여 확산 속도가 느려서인지 그리 크게 번지지 않는 현상이니 어쩌면 인간의 생활환경과는 무관한 게 아닌가 하는 의혹이 앞선다. 과학 문명이 발달한 나라일수록 코로나의 확산이 심하니 사람들이 사는 생활환경이 깨끗하지 못하고 질병에 대한 의식이나 방비 태도가 불량해서 일어나는 현상이 아닌 것은 분명하다. 만약 코로나가 사람들의 생활환경 그리고 의학적인 의식 수준과 관계가 있다면 미개한 나라에서 먼저 발생하고 크게 확산했을 것이다. 그런데 코로나가 선진국에서 더 발호한다는 것은 무엇을 의미하는가. 이는 과학 문명에 오염되지 않은 자연 그대로의 땅보다는 과학 문명 세계의 생활환경에서 적응해 살아갈 수 있는 새로운 바이러스가 그 누구도 모르는 사이에 자생하고 막강한 힘을 키우고 있었다는 것을 의미한다.

그리고 인간의 두뇌가 코로나 균을 박멸할 백신을 개발하더라도 백신을 이겨내는 병원균이 변형되어 나타난다면 앞으로 인간과 코로나는 수많은 전쟁을 치러야 할 대혈전의 초기에 불과한 것이다. 앞으로 인간은 지구의 주인 자리를 놓고 눈에 보이지 않은 세균과 수많은 전쟁을 치러야만 할 가능성이 큰 것이다. 지구의 역사를 보더라도 수많은 생명이 생성했다가 새로운 생명체가 나타나면 자리를 내주고 사라지는 현상이 반복되어 오지 않았는가. 그렇다면 이 지구상에서 인류가 자리를 내어주고 지구의 새 주인이 나타날 시기가 이미 도래했다는 말인가? 만약 지구의 새 주인이 등장한다면 현재 지구의 주인인 인간의 문명을 이길 수 있는 생명체는 과연 무엇이겠는가? 이는 분명 눈에 보이지 않고 인간의 생명을 한 줌의 흙으로 되돌려버릴 수 있는 막강한 힘을 가진 미세한 세균이라야만 가능할 것이다. 그렇다면 코로나는 이미 인간의 종말을 예고하는 현상이 아닐까?

이런 생각을 하며 지당은 자전거를 몰아 탄천교 다리로 향했다. 두 번째 만났던 그제 저녁에도 식대는 도웅이 내고 말았다. 지당이 식대를 내려고 계산대로 향하자 도웅이 앞을 막아섰다.

"어이, 자네 밥값 낼려고 허지 말게. 나 돈 많은 사람이네. 근디 이 나이 먹은께로 어디 쓸 디가 읎어. 자네가 나같은 사람과 도랑도랑 이야그 험시로 동무해 주는 것도 고마운디 밥값까지 내서 쓰것능가? 앞으로 자네 만날 때마동 밥은 내가 살팅게 행여라도 자네가 밥값 낼라고 허지 말어!"

하고 단호하게 막는다.

"아저씨, 맨나 아저씨가 밥을 사면 저는 만나고 자와도 미안해서 못 나오요. 긍께로 오늘은 내가 낼라요."

"글먼 자네가 나보다 돈이 더 많은가? 그런 소리 말고 내 허자는 대로 혀! 나는 자네가 꼭 내 동상같네. 긍께 앞으로는 아자씨라고 말고 성님라고 불르소. 자네 나이도 칠십은 넘은 것 같은디 아자씨보다는 성님이 훨썩 듣기 좋지 안은가? 앞으로 자네가 뭔 일 없으면 꼭 하루걸러 만나세. 워떤가 얼렁 약속 혀! 글고 지끔

성님이라고 불러봐. 어여!"

"예, 알엇구만이라우~ 성님!"

하고 헤어졌었다. 다리 밑에 도착하니 오늘도 도옹이 먼저와 기다리고 있다.

"아따! 오늘도 자롱개 타고 오는 나보다 성님이 몬저 와부럿소이~"

"나는 오늘 동상 만날 것을 생각형께로 잠이 통 안 오데. 숯내깔(탄천) 한바꾸 돌아와서 자네만 지둘리고 있었네."

"그라요? 날마다 심심허신 개빈디 자녀들 허고 항꾸네 살지 않으신가요?"

"고상 힘시로 돈 많이 번 안식구는 오 년 전에 먼저 가뿔고 새끼들은 다 잘 여워서 뒷바라지 해주었더니 강남에서 부자로 산다네. 큰아들이 낳은 손주는 발써 여워서 낼모래면 징손자 보게 생겠네. 자식들이 같이 살자고 혀도 내가 마다고 혔네. 즈그덜 오순도순 사는디 내가 끼어들먼 못써! 낭중에 거동을 못허게 되면 요양원으로 갈팅게 당최 함께 살자고 허지 말어라고 혔네."

"글먼 뭔 재미로 혼자 사시능게라우~"

"누구 눈치 안 보고 혼자 사능 거이 훨썩 편허네. 요짐에는 돈만 주면 파출부가 뒷감장은 다 해중께 쪼깐도 걱정헐 것 읎어."

"허기사 이로코 건강허신디 새끼덜 눈치 보고 사는 것 보다 혼자 사시는 것이 몸도 마음도 훨썩 편허시겟소."

"아먼! 그렇고말고. 말동무가 없어서 쪼께 심심허기는 헌디 그렇게 자네같은 동상도 만나서 시상 이야그도 나누고 얼매나 존가."

 도옹과 대화를 나누면 지당도 시간 가는 줄 모르게 즐거워진다. 그런데 코로나가 걱정스럽다. 특히 병약한 사람이나 면역력이 약한 노인, 어린이들이 감염되면 사망률이 높기 때문이다.

 "그런디 성님! 이로코 돌아 댕게도 코로나 걱정은 안 되시능가요?"

 "어이! 나 꺽정 안허네. 지금꺼정 살아옴시로 콧물감기 한 번도 안 걸렸는디 그깟 코로나가 뭔 꺽정인가. 글고 설령 걸려서 죽는다고 혀도 나 아무런 여한이 없네. 지금까지 복 받고 산 것도 하느님 덕이고 인명은 재천잉께로 하느님이 너 그만 살고 오니라 허시면 명에 따라서 가는 것이고, 더 살고 오니라 허시면 명령대로 더 사능 거이제 사람이 지맘대로 헐 수 있당가?"

 "글먼 성님은 시방 교회에 댕기시능가요?"

 "아니? 냉택없이 남 못헐일 허고 죄짓고 삼시로 예배당에 가서는 하눌님 나 용서해 주씨요. 허고 빌먼 뭔 소용 있당가? 나는 예배당에는 한 번도 안 가봤네. 예배당에 가서 안 빌어도 하느님은 하늘에서 다 내래다 보시능 것이여. 그렇게 누가 안 본다고 양심상 부끄러운 일은 허먼 안 되야."

 "예. 그렇게 나도 고런 생각으로 살아 왔구만이라우~ 옛 말씀에 하늘을 우러러 두려움이 없고 사람을 보고 부끄러움이 없으면 그것이 젤로 큰 복이고 사람답게 사는 것이라고 해서 내 좌우명으로 삼었지요. 글고 좌우명대로 살려고 깜냥에는 노력을 많이 했당게요."

"그려? 내가 가만히 인상을 봉께로 동상 얼굴에 고로코 씌여 있데. 그래서 내가 더 호감이 갔다네. 시간도 얼추 저녁 때가 되야가는디 오늘은 그만 일어나세. 글고 나가 육괴기는 안 먹어도 오리괴기는 먹네. 그래서 약오리찜을 시케 놓았는디 동상은 워쩐가?"

"약오리찜이요? 그거 참 좋은 보약이지라우. 성님은 어쩌면 식성도 저와 똑 닮았을 께라우~?"

"그려? 나는 동상이 혹시 싫어헐까 봐 시킴스로도 걱쩡을 혔는디 아조 잘 되얏네. 서너 시간 넘게 삶아야 헝께 아마 지금쯤 다 되얏겄네. 어서 가세."

동방삭 옹과 지당이 걸어가는 머리 위로 음지여서 늦게 피었던 하얀 벚꽃 잎이 천천히 날아내린다.

# 폭우(暴雨)

　연일 장대비가 쏟아지고 있다. 해마다 지나가는 장마는 보통 6월 말부터 7월 말까지였고 사람들은 대체로 이 시기를 장마철이라고 생각한다. 그리고 대개 장마철이라 해도 이삼일 비가 오다가 날이 개고 날이 개었다가 비가 와서 경사가 급한 우리나라 지형의 특성상 많은 비가 내려도 금방 물이 서해로 흘러 빠져나가기 때문에 날이 개면 평온한 일상으로 되돌아가기 마련이다. 그런데 올해는 어찌 된 영문인지 장마전선이 중부지방에 열흘 이상을 머물며 오르락내리락 폭우(暴雨)를 뿌려대고 있다. 더욱이 기상청에서는 이 장마는 8월 중순이 되어도 멈추지 않고 계속되리라고 예보하며 호우경보를 발령하였다.
　그런데 올 장마의 특이한 현상은 인간들이 벌이는 전쟁처럼 어느 한 지역을 겨냥하고 집중적으로 공격하는 양상으로 전개되어 300mm~500mm가 넘는 폭우를 순식간에 내리퍼부어 경사도가 조금만 가파른 산도 견고하게 버티고 있던 바위 밑의 흙을 깎아내리는 바람에 거대한 바위가 굴러떨어지고 아름드리나무가 뿌리 뽑혀 떠 내려와 마을을 덮쳤다. 이 산사태는 저수지 둑을 무너뜨리는 역발산(力拔山)의 위력으로 돌변하여 마을을 할퀴고 수많은 수재민을 발생시켜 귀중한 생명을 앗아가고 삶의 터전을 뭉개버리는 천재지변을 일으켰다.

산골 마을 사람들의 수십 년 동안 평온한 보금자리였던 집들이 무너져 떠내려가고 개천을 끼고 들어선 낮은 지역 마을 사람들이 수백 년 조상 대대로 살아온 마을을 덮쳐 물바다를 만들었다. 논밭과 비닐하우스는 황토와 모래에 파묻혀 황무지가 되고, 아스팔트 도로는 엄청난 물의 힘을 견디지 못하고 뜯겨나가 개천으로 변했다. 이러한 사태는 갑자기 예고도 없이 순식간에 일어나기 때문에 주민들은 영문도 모르고 물벼락을 맞아 행방불명이 된 시신을 찾지 못하고 종적을 알 수 없는 사람이 태반인 데다가 겨우 몸만 빠져나온 사람들도 거대한 수마의 소용돌이에 고향마을을 송두리째 잃어버리고 만 것이다.

애써 지어놓고 수확을 기다리는 농작물은 말할 것도 없고 수백 년간 이 농토에 뿌리 박고 살아온 전답이 모래언덕으로 혹은 강바닥처럼 변해버렸으니 장마가 멀리 가버린다 해도 발붙일 터전이 사라져버린 것이다.

겨우 목숨을 건진 수재민들은 조금 높은 곳에 있어 물에 잠기지 않은 학교나 창고에 임시로 대피시켰으나 장마가 지나가고 수해를 복구한다고 해도 수마가 할퀴고 떠내려 가버린 마을은 이미 사라져 버려 돌이킬 수 없는 상황에 이르렀다. 그런데 이 장마가 8월 말경이나 되어서야 끝날 것이라고 예보하고 있으니 수몰 지역 사람들은 살아갈 앞날이 어둡기만 했다. 그래서 관계기관에서는 이 비가 끝나면 가까운 인근에 새로운 마을을 조성하여 수몰민들을 이주시킬 수밖에 없다는 의견이 일고 있는 실정에 이른 것이다. 이는 폭우로 인하여 기존 마을이 사라지고 새로운 마을이 생기는 것으로 우리나라의 지형을 바꾸고 행정구역을 새로 편성해야 하는 천재지변이 발생한 것이다.

"당신 그걸 말이라고 해요? 나는 못 해! 당신과 헤어졌으면 헤어졌지 나는 못 하니까 그리 알아!"

아내는 얼굴에 시뻘겋게 핏대를 올리며 내쏘았다. 평소에 아내의 성정으로 보아 이처럼 강하게 거부하고 나오리라고는 미처 생각을 못 했다. 요즈음 며느리들이 시부모 모시는 것을 자신의 팔자에도 없는 불행으로 여기고 있는 실태여서 홀로 사는 노인들이 많다고 한다.

아파트 이름을 발음하기 어려운 알파벳으로 길게 붙여서 시골에서 올라오는 노인네들이 찾아올 수 없도록 만들고 심지어는 택시 기사도 찾지 못해 헤매다가 시골로 되돌아가게 한다는 얘기가 나돌 정도로 며느리들이 가진 수를 써서 시부모 모시기를 기피하는 현 실태를 순호도 대충 짐작은 하고 있었으나 아내의 심성이라면 다소 싫은 내색을 하더라도 달래고 얼러 합의 할 수 있으리라 믿으며 말을 꺼낸 것이다. 그런데 예상외로 자신의 아내가 이처럼 온몸으로 거부하고 나오자 순호는 그만 말문이 막히고 말았다.

이제 거동이 어렵게 된 부모님은 순호에게는 더없이 고마운 분들이다. 지금까지 자신들의 몸은 돌보지 않고 정성을 다하여 고이 길러주신 부모님의 사랑은 신앙심이라고 할 만큼 지극한 것이었고 이런 부모님을 외면하는 처사는 인간으로서는 차마 해서는 안 될 짓이고 용서받을 수 없는 불효자가 되고 말 것이라는 점이 가슴을 옥죄고 있었다. 그뿐만 아니라 자신이 의견을 먼저 내놓고 아내의 이처럼 도리에 어긋난 태도에 기를 꺾이고 만다면 평생을 아내에게 짓눌려 기를 펴고 살지 못할 것이라는 예상은 불을 보듯 뻔한 일이다. 차후에 일어나는 가정사에도 자신의 의견을 반영하지 못하고 아내에게 끌려다닐 것이 분명한 것이다.

"여보! 다시 한번 생각해 봐요. 지금까지 부모님께서 건강하실 때 얼마나 우리에게 잘하셨소. 늙으신 몸으로 곡식이며 채소 등 농작물을 가꾸신 것도 자신들을 위한 것이 아니라 모두 우리를 위해서였다는 것을 당신도 잘 알지 않소? 그런데 이제 거동이 불편하게 되자 나 몰라라 한다면 천벌 받을 일이 아니겠소? 그러니 우리 지극정성으로 효도는 못 할지라도 우리 사는 형편대로 보살피며 모십시다."

"요즈음에는 친부모도 안모시고 모른 척 외면하는 세상에 어느 미친년이 양부모를 모신다요? 나는 그리는 못 허니 당신 혼자 양부모 따로 모시고 살든지 말든지 알아서 하세요."

하고 박절하게 내쏘았다.

"나는 부모님을 친부모니 양부모니 구분하여 생각해 본 적은 한 번도 없소. 나는 분명 친부모 이상으로 자신들을 희생하여 키우고 보살펴주신 부모님을 그냥 부모님이라고만 여겨왔었소. 다시는 친부모니 양부모니 하는 말은 앞으로 다시는 내 앞에서 입 밖에 내뱉지 마시오."

"흥! 온 머릿속에 효심 덩어리가 박혀있는 당신이나 마음 내키는 대로 하고 나에게까지 강요는 말라니까요!"

아내는 끝내 매정하게 고개를 돌리고 나가버렸다.

그러니까 올 장마처럼 예보를 뒤엎는 집중호우가 농작물과 마을을 휩쓸어버려 수많은 생명을 앗아간 과거 기록은 꼭 30년 전의 일이었다. 장마는 매년 여름철이면 해마다 치르는 행사처럼 스쳐 지나가는 기후변동의 한 과정이지만 비교적 큰 장마는 10년마다 주기적으로 오는 것이 예사다.

그런데 30년 전에 몰려왔던 장마와 태풍은 장마철이 아닌 9월에 일어났던 일이다. 중국에 상륙한 제17호 태풍 '도트'가 동쪽으로 방향을 틀어 1990년 9월 8일 서울을 통과하는 중 북쪽의 저기

압과 연결되면서 중부지방에 장마 기류가 형성 발달하였다. 그해 9월 9일부터 12일까지 4일간 한냉(寒冷)한 대륙기단과 일본 남쪽 해상의 고온다습한 해양기단이 우리나라 중부지방에 정체하며 집중호우를 뿌려댄 것이다.

이 태풍이 몰고 온 강우는 한강 전 유역에 집중적으로 비를 뿌렸는데 경기도 이천 581mm, 수원 529mm, 강화 512mm, 홍천 508mm, 양평 491mm, 서울 486mm의 강우량을 기록했다. 경기도 이천, 수원의 시간당 최대강우량은 각각 59mm와 56mm로 기록적인 것이었고, 1일 최대강우량은 경기도 수원이 296.3mm였다. 이처럼 하늘이 구멍 뚫린 듯 폭포처럼 내리퍼붓는 비를 멍하게 바라만 볼 수밖에 없는 무기력한 상태에서 엄청난 인명피해와 재산피해를 인간의 힘으로는 어찌해 볼 도리가 없었다.

9월 9일부터 12일까지 나흘간 중부지방의 집중호우는 평균 452mm의 강우량을 기록하면서 곳곳에 크고 작은 수많은 수해를 발생시켰고, 한강 수위는 집중호우와 한강수계 댐들의 방류량 증가로 인도교 수위는 11.27m를 기록했다. 이 홍수로 인하여 한강 하류의 수위는 급상승하였고 일산 제방의 하단이 무너져 경기도 서북부의 고양시 일대를 물바다로 만들었다. 그래서 한강의 제방 붕괴를 발생시킨 대표적인 홍수로 기록되고 있다.

한강의 격류가 고양시 지도면 신평리 강둑을 무너뜨리고 쏟아져 들어가 민가와 농지를 덮으며 계속 능곡과 일산 쪽으로 퍼져

나가 수막산까지 물바다를 이루었다. 지붕만 보이는 민가에는 가축들과 미처 대피하지 못한 주민들이 지붕 위로 올라가 구조를 기다리는 상황이었다. 농경지 5,000여ha가 침수되고 불의의 사고로 이재민이 된 5만여 명의 주민들은 행주산성 등 인근 고지대로 대피했으나 대다수주민들은 미처 피하지 못하고 물바다 한가운데서 구조를 기다려야만 했다.

이처럼 3일간 줄기차게 퍼부은 폭우는 한강 대홍수를 일으켜 126명이 사망하고 37명이 실종되었으며 187,265명의 이재민이 발생하고 5,203억 원의 재산피해를 가져왔다. 1990년의 '한강 대홍수'가 계기가 되어 동강댐이라는 이름으로 널리 알려진 영월댐 건설이 추진되었지만, 청정지역인 동강을 보전해야 한다는 환경단체의 강력한 반발 때문에 중단되었다.

과학 문명이 고도로 발달한 오늘날에도 하늘의 재앙은 인간의 힘으로 막아낼 도리가 없어 하늘의 뜻에 맡길 수밖에 없는 것이 오늘의 현실이다. 2020년인 올해에도 중국 중남부의 대홍수, 미국 동부의 대홍수로 인해 수십만 명의 이재민이 발생하고 수많은 사람이 수중고혼이 되었다고 한다. 지구상에서 가장 문명이 발달한 선진국이며 세계 최강의 부국인 미국에서도 이러한 천재지변의 재해를 미리 막지 못하는 것이 인간 능력의 한계가 아니겠는가.

30년 전 9월 10일 월요일이었다. 일요일인 어제부터 내리는 비가 그치지 않았으나 주기태씨 아들 순호는 개울 건너 1km쯤 떨어진 학교에 갔다. 한낮이 가까워지자 빗줄기가 더욱 강해져 개울물이 불어나기 시작했다. 기태씨는 헛간채에서 가을걷이 대비를 하느라 가마니를 손보고 있는 머슴을 불렀다.

"이보게, 복섭이! 이처럼 비가 많이 오면 개울물이 불어나 아이들 학교에서 파하고 건너오다가 사고 날 수 있으니 일손 멈추고 어서 가서 순호 데려오게."

예상 밖으로 비가 많이 내리니 이제 겨우 여덟 살로 2학년인 외아들 순호가 걱정되어 한집에 사는 복섭이에게 이르는 것이었다. 실제로 이 개울은 비가 올 때면 갑자기 물이 불었다가 빠졌다가 하는 변덕이 심해 도깨비 여울이라고도 하며 장마철에는 이 도깨비 여울에서 가끔 사고 소식이 전해오기도 하였다.

"예, 얼른 다녀오겠습니다."

하고 머슴 김복섭이는 우비를 걸치고 학교로 갔다. 아직은 물살이 그리 세지 않아 건널 만하였다. 학교에서는 일기예보를 듣고 오전 수업만 하고 학생들을 귀가시켰는지 교문에 다다르자 아이들이 우르르 떼로 몰려나온다.

"순호야! 순호 어디 있니? 순호야아!"

하고 두리번거리며 순호를 불렀다.

"아저씨! 나 여깄어요."

하고 순호는 환하게 웃는 얼굴로 달려온다. 순호는 복섭이의 손을 잡고 깡충거리며 정답게 집으로 돌아온다. 도깨비 여울에 이르자 물은 점점 더 불어나 무릎을 넘을 것처럼 보였다. 징검다리 돌들은 이미 물에 잠겨 보이지 않고 물살의 모양이 불룩한 부분이 디딤돌이다. 조금만 지체하면 물이 더 불어나 건너기 어려울 것 같아 복섭은 서둘러 순호를 업었다. 비가 많이 내려 물은 더 불어 올랐으나 늘 건너다니는 개울이기에 어느 지점에 디딤돌이 박혀있는지 짐작으로 알 수 있고 바닥이 얕으니까 혹시 빠져도 별문제 없이 나오리라는 자신감에 복섭이는 순호를 등에 업고 개울을 건너기 시작했다.

마을 아이들도 불어난 물에 더럭 겁이 났으나 나이가 열 살이 넘은 고학년 아이들은 용기를 내어 복섭이 아저씨의 뒤를 따라 건너기 시작했다. 복섭이가 순호를 업고 개울 중간쯤 이르렀을 때였다. 언제 어디서 떠 내려왔는지 난데없이 큰 나무토막이 복섭이의 허벅지를 후려치는 게 아닌가.

복섭이는 중심을 잡으려고 안간힘을 써 보았으나 허사였다. 순호를 업은 채 비틀거리다가 그만 징검다리 아래쪽으로 쓰러지고 말았다. 엎친 데 덮치듯이 그 순간에 누런 황토 흙탕물이 한꺼번에 쏟아져 내려와 순식간에 개울을 건너던 아이들과 복섭이를 집어삼키고 말았다. 흙탕물 소용돌이는 아이들 여섯 명과 복섭이를 삼키고 쏜살같이 동강으로 달아난다.

평소 때의 유속이라면 물에 빠졌을지라도 헤엄쳐 건널 수 있는 개울이다. 그러나 폭우가 쏟아져 산비탈을 쓰다듬고 내려오는 흙탕물의 속도는 평소 때의 유속보다 수십 배 빠른 속력으로 내달아 동강 물과 합류하여 아이들과 복섭이는 자취도 없이 사라져 버렸다.

천둥과 번개로 겁을 주는 우렁찬 비는 앞이 캄캄할 정도로 퍼부어대는데 아무리 기다려도 순호를 데리러 간 복섭이는 감감무소식이다. 마당으로 나와 사립문을 열고 밖을 내다보던 기태씨 내외는 어안이 벙벙하여 숨이 멎을 지경이다. 뒷골 저수지 둑이라도 무너졌는지 시내는 말할 것도 없고 사립문 앞 채소밭까지 흙탕물이 차올라 논밭은 고사하고 마을 어귀의 집들이 물에 잠겨 겨우 지붕만 남아 저곳이 누구네 집 지붕이로구나 하고 짐작만 할 수 있을 뿐 마을 앞들 건너 산기슭까지 흙탕물이 차올라 너울거리는 바다가 아닌가!

"예, 말이요. 주인 양반, 온 동네가 물바단디 우리 순호 물에 빠졌으면 어쩐다요?"

골말댁은 안절부절 정신없이 내뱉는다.

"말이 씨 될라고 여편네가 방정맞게 씨왈거리기는……. 걱정 말어! 우리 순호는 복섭이가 잘 데리고 있다가 이 물이 빠지면 데리고 올 테니."

말은 그렇게 의연한 척하고 내쏘았지만, 속마음은 기태씨가 더 무겁고 답답하다. 순호가 어떤 아들인가. 삼대독자인 데다가 아내 골말댁은 자식을 낳지 못하다가 시집온 지 10년이 넘어 들어선 아기가 거꾸로 들어앉아 하는 수 없이 제왕절개수술로 꺼내었기 때문에 다시는 아기를 낳을 수 없게 되어버렸다. 그러니 순호는 더욱 귀한 금자동이가 된 것이다. 그런 귀한 자식을 만약에 용왕님이 데려갔다면 기가 막혀 까무러쳐 죽고 말 일이다.

뒷산 능선 등성이로는 사람들이 주룩주룩 쏟아지는 비를 맞으며 올라가고 있다. 마을이 온통 물에 잠기자 목숨을 건지기 위해 산등성이로 큰물을 피해 올라가는 중이다. 저 무리 속에 복섭이가 순호를 데리고 끼어있을지도 모른다는 생각이 앞서자 기태씨는 도롱이와 밀짚모자를 쓰고 뒷산으로 가기 위해 서둘러 나섰다. 사립 밖으로 나오니 어느새 물이 텃밭을 넘어 마당으로 밀려들고 있다. 다시 집으로 들어간 기태씨는 다급하게 아내에게 소리친다.

"여보! 당신도 빨리 나오시오. 조금 있으면 우리 집도 물에 잠길 테니 어서 피해야 하겠소. 큰놈 깨워서 요로 단단히 묶어 업고 나오시오."

골말댁은 뒷방에서 잠자고 있는 다섯 살 난 큰놈을 업고 뒷산으로 오른다. 큰놈은 복섭이의 아들이다. 복섭이 아버지는 기태씨네 집에서 머슴을 살았다. 기태씨네 머슴 아들 복섭이는 스무 살이 되자 서울로 가서 공장에서 일하다가 여직공인 금옥이와 눈이 맞았다. 금옥이가 임신해서 배가 불러오자 공장에서 쫓겨나 아기를 낳고는 핏덩이를 복섭이에게 안겨주고 달아나 버렸다. 복섭이는 아기를 버리자니 죄짓는 일이요, 고아원에 맡기자니 이제 막 낳은 핏덩이인지라 하는 수 없이 아기를 안고 고향으로 돌아와 기태씨네 집에서 아버지의 뒤를 이어 머슴으로 들어앉은 것이다.

사실 머슴이라고는 하지만 기태씨와 복섭이는 어릴 때부터 한 집에서 자라 형제간이나 숙질간처럼 사이가 가깝고 기태씨 내외는 복섭이를 머슴으로 생각하지 않았으며 복섭이 역시 아버지 적부터 살아온 집이었기에 남의 집이라는 생각을 한 번도 해본 적이 없이 내 집처럼 여겨왔다.

기태씨 아들 순호가 세 살이 되어 젖을 뗄 때가 되었기에 복섭이 아들 큰놈은 골말댁 차지가 되었었다. 아기를 밴 금옥이가 애 밴 것을 숨기느라 무명 배를 아랫배에 칭칭 두르고 갖은 애를 썼던 까닭에 워낙 부실하게 낳은 데다가 골말댁의 끝 젖과 우유로 큰놈을 키우다 보니 다섯 살이 되었는데도 큰놈이라기보다는 작은놈이지만 첫아들이니 큰놈이라 부른 것이다. 큰놈은 다섯 살이 되었지만 이제 막 돌 지난 아기나 다름없이 빈약하였다.

뒷산 등성이인 산소 등에는 근동 마을 사람들이 모두 몰려들어 북적거린다. 사람들은 조금이나마 비를 피하려고 산소 등 솔밭 큰 소나무 밑에 무리 지어 웅크리고 비가 그치기만을 기다리는 수밖에 없다. 기태씨는 이리저리 살펴보았지만 복섭이와 순호는 보이지 않는다. 근동 마을 사람들이 모두 산소 등으로 물 피난을 온 셈이지만 평소 때 마을 인구수의 반도 채 못 된다. 그렇다면 이곳에 오지 않은 사람들은 어찌 되었단 말인가? 기태씨 내외는 만나는 사람마다 붙잡고 묻는다.

"혹, 우리 순호랑 복섭이 못 봤소?"

하고 물었으나 모두 고개를 살래살래 젓는다. 그때 저만치 소나무 밑에 쪼그리고 앉아 양 무릎 사이에 고개를 처박고 있던 꼬마가 기태씨의 말을 듣고 고개를 번쩍 들고 뛰어오더니

"순호랑 아저씨랑 6학년 형들은 모두 물에 떠내려갔어요."

"아니, 어디서? 네가 직접 보았니?"

"예 저랑 작은 아이들 몇 명이 보았어요. 순호는 아저씨가 업고 형들이랑 건너다가 개울 중간쯤에서 큰 통나무가 아저씨를 치고 떠내려갔어요."

"너, 우리 순호를 아니?"

"예, 순호랑 같은 반이에요."

"그럼 너는 왜 건너지 않았니?"

"흙탕물이 많이 흘러 내려오니까 저학년들은 겁이 나서 건너지 못하고 순호는 아저씨가 업고 건너니까 무척 부러웠어요."

이때 순호 또래의 한 아이가 또 급히 달려와 소리친다.

"저도 보았어요. 갑자기 큰 통나무가 떠내려오더니 눈 깜작할

사이에 순호를 업은 아저씨를 때리니까 아저씨와 순호가 흙탕물 속에 빠져 떠내려갔어요. 너무 무서웠어요."

이 말을 들은 골말댁은 기가 막혀 넋을 잃고 쓰러져버린다.

9월 중순이 넘자 범람하던 물이 빠져나가고 마을과 작은 들은 바닥이 드러났으나 마을은 초토화되어 이곳에 마을이 있었는지 조차도 짐작할 수 없을 정도로 황무지가 되어버렸고 조금 높은 곳에 자리한 집 세 채만 겨우 옛 모습을 되찾았다. 인근 군부대를 동원하여 복구작업에 열을 올렸으나 세 채의 집 외에는 집이 더는 들어서지 않았다. 사람들 대부분이 수마에 목숨을 잃었고 살아난 사람들도 가족을 잃은 사람들이 많아 정나미가 떨어져 이 마을에서 떠나버려 마을 자체가 사라져버린 것이다. 방제 사업 본부에서 수몰된 시신을 수색하였으나 바위틈에 끼어있는 두 명의 시신만 찾아냈을 뿐 복섭이와 순호를 포함한 다섯 명의 시신을 끝내 찾아내지 못하고 말았다.

골말댁의 심애병(心哀病)은 날로 깊어져 사경에까지 이르렀다.

"여보! 하늘이 데려간 것을 어쩌겠소. 이제, 그만 마음 돈독히 먹고 기운 차리시오. 그리고 하늘이 우리 순호 데려가고 대충 아들을 주신 것이니 큰놈을 우리 아들로 삼고 잘 키웁시다. 당신이 정신을 차리지 못한다면 큰놈은 누가 키우겠소. 그러니 이 미음 먹고 기운 차려서 하느님이 주신 우리 아들 순호를 잘 키웁시다."

그때부터 김큰놈은 주기태씨의 아들 주순호가 된 것이다. 기태씨는 순호의 사망신고를 하지 않고 큰놈이를 순호라 여기고 키워왔기 때문에 주순호는 호적 나이가 제 실제 나이보다 세 살이나 위였다. 더욱이 어릴 때 발육이 느려서 호적상으로 열 살인 아이가 실제로는 다섯 살로밖에는 보이지 않아 나이를 물어본 사람들은 놀라기 일쑤였다. 그러나 기태씨는 괘념치 않고 자기 아들로 키웠다. 골말댁의 순호에 대한 사랑은 지극정성이었다. 학교에 입학시킨 후 하루도 빠짐없이 데려가고 데려오고를 6년간이나 계속하였고 혹여 순호가 조금 아픈 기색만 보여도 자신의 몸을 돌보지 않고 정성으로 보살폈다.

순호가 초등학교를 졸업하고 중학교에 들어가자 3년 동안에 죽순처럼 성장하여 중학교를 졸업할 무렵에는 아버지인 기태씨보다 키가 더 컸다. 기태씨 내외는 날마다 이처럼 성장하는 순호를 볼 때마다 사람들이 흔히 말하는 복이란 놈이 가슴에 저절로 안겨 들어오는 것 같았다. 순호가 원하는 일이면 무엇이든 들어주고 돈이 드는 일이 생겨도 아낌없이 내어주었다. 순호가 중학교를 졸업하자 고등학교부터는 서울로 유학을 시켜 순호는 부모님의 보살핌으로 아무런 걱정 없이 대학까지 마치고 취업을 하게 된 것이다.

순호가 대학을 졸업하고 군 복무를 마친 뒤 취직을 한 그해 가을 어느 날 아버지가 순호를 불렀다. 순호가 고향 마을버스 정류장 앞에서 내리자 개울 건너 누렇게 익은 벼들이 살랑살랑 고개를 흔들며 맞아준다. 매월 집에 올 때마다 수시로 보는 모습이었지만 황금 물결 일렁이는 논밭을 배경으로 들어서 있는 아담한 고향 집이 오늘따라 새삼스럽게 정다워 보인다. 지금까지 평범한 시골집이라고 무심코 보아왔었는데 우리 집이 이처럼 아름답고 어머니 품처럼 아늑한 곳이란 것을 처음 느껴보는 것이다.

"아! 이처럼 포근한 내 집을 이제야 알아보는구나. 이 바보, 멍텅구리!"

순호는 자신을 나무라며 사립을 들어선다.

"어머니! 저예요. 순호 왔어요."

하고 큰소리로 어머니를 부른다. 어머니는 부엌에서 헐레벌떡 뛰어나오시며 순호를 껴안는다.

"아이고! 내 새끼, 순호 왔구나. 그러잖아도 아버지가 오늘 네가 온다기에 너 먹이려고 씨암탉 한 마리 잡아 삶고 있다. 어서 들어가자."

하고 꼈던 팔을 푼다. 마당 가 감나무 밑 그늘의 평상에 앉아 부채질하고 계시던 아버지가

"순호야! 이리 오너라. 초가을이라 아직은 선선한 평상이 더 좋으니라."

하고 부르신다. 순호는 평상에 올라와 넙죽 큰절을 올렸다. 어머니가 삶아 내오신 통닭 다리 하나를 쭉 찢어 순호에게 건네준

다.

"아나 어서 먹어라. 객지에서 아무리 잘 먹는다 해도 집밥만이야 하겠냐?"

"예, 어머니도 함께 드세요."

"여보! 나는 막걸리 한잔 먹고 싶소."

"아이고, 닭 가져오느라고 술을 깜박 잊었네요."

어머니는 득달같이 내달아 막걸리 술병을 가져오신다. 부모님과 통닭 안주에 막걸리도 한잔 마시고 배가 부르니 고향 집이 이렇게 편안하고 좋다는 생각이 새삼스럽게 솟는다. 한참 동안 이 얘기 저 얘기 도란도란 나눈 뒤 아버지께서 자세를 고쳐앉으시더니 정색을 하고 말을 꺼낸다.

"순호야! 올해 농사 가을걷이가 끝나면 전답을 모두 팔기로 했다."

"아니? 무슨 말씀이세요? 지금까지 대대로 농사짓고 살아온 전답을 파신다니……?"

"네가 공부 마치고 직장도 얻어 서울에 자리 잡았으니 네가 살 집을 한 채 마련해 주려고 한다."

"아버지! 저는 제 한 몸이니 원룸이나 하나 얻어 살면 됩니다. 그런 생각 접으세요."

"아니다. 너도 이제 장가를 들어야 할 게 아니냐? 요즈음 처녀들은 집 없는 총각에게는 시집을 오지 않는다고 나도 들어 알고 있다. 그리고 나도 이제 늙어 농사짓는 일을 더 할 수 없으니 텃밭과 집만 놔두고 전답은 모두 팔아야겠다. 그러니 서울에 올라가는 길로 네가 살 집을 알아보거라."

"아버지, 그러지 마셔요. 제가 살 집은 제가 돈을 부지런히 모아 마련해 보도록 할 테니 전답은 팔지 말고 정 농사짓기 어려우시면 세를 놓으세요."

"벌써 계약을 하고 계약금을 받았으니 그리 알고 집을 알아보거라."

"아버지, 그러시면 부모님께서도 함께 사실 집을 찾아볼께요."

"그리 할 것 없다. 우리 내외는 텃밭에서 운동 삼아 채소를 가꾸면 식생활은 염려할 것 없으니 부모 걱정은 말아라. 그리고 하루속히 장가들어 할애비 할미 품에 귀여운 손주 새끼들 안겨줄 생각이나 하여라."

"그러시면 아버지, 나중에 부모님 모실 것을 생각해서 단독주택을 알아보겠습니다."

"그럴 것 없다. 요즘 젊은이들은 아파트에서 살기를 좋아한다는데 네 장래 아내가 될 며느리를 생각해서 아파트를 마련하는 것이 좋겠다."

이듬해 봄에 순호는 20대 중반의 총각이 34평 아파트의 주인이 되었다. 직장 생활 초년의 총각이 홀로 평수가 넓은 아파트에서 살고 있다는 소문이 퍼지자 직장 내에서도 처녀들의 인기가 대단하여 쉽게 마음에 맞는 처녀를 고를 수 있어서 별로 고민하지 않고 장가도 들었다.

그 후 10여 년 동안 자식도 남매를 낳아 부모님의 소원도 풀어드렸다. 서울에서 두어 시간 거리에 있는 고향 집에 매월 둘째 주 토요일이면 식구들을 데리고 찾아가 부모님을 뵙고 인사를 드려 왔었다.

지난해 봄 어느 날이었다. 순호의 직장 생활은 진급도 순탄하여 이미 과장의 위치에 올라있었다. 사무실 밖에서 볼 일이 있어서 지점장과 이야기를 나누고 있는데 직원이 순호 전화기를 들고 헐레벌떡 뛰어와 건네주며

"과장님! 병원에서 전화가 와서 급한 일인 것 같아 가져왔습니다. 얼른 받아보세요."

하고 내민다. 그러고 보니 전화기를 책상에 놔둔 채 밖으로 나온 것이다. 전화를 받아 보니 아버지가 밭에서 일하시다 쓰러져 위독하시다는 내용이었다. 부리나케 차를 몰아 병원으로 달려갔다. 어머니 말씀을 들으니 텃밭에 고추 모를 심다가 앓는 소리가 나서 돌아보니 아버지가 밭고랑에 쓰러져 계시더라는 것이다. 급히 119를 불러 병원으로 모셔온 것이라고 한다.

"노인네들은 흔히 밭에서 일하다가 쓰러지기 예사니 괜찮을 것이다. 다만 너에게 알려야 할 것 같아 전화하였다. 염려 마라."

"어머니 무슨 말씀이세요. 그런 일이 일어나면 저에게 제일 먼저 알려야지요. 앞으로 어떤 일이 생기면 저한테 먼저 전화하세요."

하고 다짐을 하였다. 의사는 생명에는 지장이 없는데 앞으로 좌측 팔다리가 마비되어 퇴원해도 스스로 운신하기는 어려울 것이라고 한다.

"그러면 치료하여 정상으로 되돌릴 수는 없습니까?"

"노인이시라 더 심해질 염려는 있으나 정상으로 되돌릴 가망은 없습니다."

병원에서 한 달간 입원 치료를 한 뒤 퇴원하였다. 퇴원하는 날 어머니께 말씀드렸다.

"어머니! 서울로 가십시다. 그래야 병이 나셔도 얼른 큰 병원으로 모시고 갈 수 있지 않겠습니까?"

"아니다. 네 아버지 병은 내가 아는 병이니 시골로 모시고 가서 내가 수족 노릇 하면 된다. 그리고 서울 아파트에서는 갑갑해서 나 못산다. 지금까지 살아온 산골짝 시골집에서 맑은 산소 마시며 사는 것이 네 아버지 병에도 훨씬 좋을 테니 부모 걱정은 말아라."

하고 고집을 부려 어머니의 주장을 꺾지 못하고 시골 고향 집으로 모셔다 드렸었다. 그리고 매달 둘째 주 토요일이면 어김없이 고향 집을 찾아가 부모님을 뵙는 것이 일과였다.

그런데 지난달 둘째 주 토요일 집에 가니 아버지는 차도가 없이 그대로인데 어머니의 걸음걸이가 이상했다. 아무리 여쭈어도 괜찮다고만 하여 옆집 아주머니에게 물으니 어머니가 장날 장을 보고 도깨비 여울을 건너오시다가 디딤돌이 기우뚱하여 미끄러지는 바람에 물에 빠져서 가까스로 나오기는 했는데 발목이 심하게 겹질려 걷기가 불편하시다고 한다.

"아주머니, 그러면 저에게 전화하시지 왜 그냥 내버려 두셨어요?"

"그러잖아도 순호에게 전화하려고 하니까 얼마 안 있으면 우리 순호 곧 올 텐데 회사에 다니는 아들에게 전화해서 괜히 걱정하게 하고 바쁜 사람 오라 가라 해서 되겠느냐고 극구 말려서 전화를 안 했다네."

하고 말한다. 순호는 당장 집으로 돌아와

"어머니! 오늘 밤과 내일은 휴일이니 모래 월요일 날 당장 서울로 가십시다. 병원에 입원하여 치료받고 퇴원하면 아버지 모시고 서울에서 사십시다."

"순호야. 내 걱정일랑은 하지 마라. 발목 조금 삐었다고 사람이 죽는 것이 아니니까 염려할 것 없다. 아직은 네 아버지 수발들고 생활하는 것이야 걱정 없으니 나중에 내 몸도 운신하기가 어려우면 그때 따라가마."

하고 마다신다. 그러나 집으로 돌아온 순호는 부모님 걱정 때문에 하루도 마음 편할 날이 없어 생각 끝에 아내에게 부모님을 서울로 모셔오자고 조심스럽게 말을 꺼냈던 것이다.

아내는 일주일째 집에 돌아오지 않았다. 아내와 다툰 다음 날 퇴근하여 집에 오니 아이들과 아내가 보이지 않았다. 여행용 가방 두 개가 사라지고 아내와 아이들의 옷장이 헐렁하게 비어있으니 마음먹고 나간 것이 분명했다. 아내에게 전화하고 싶었으나 거동이 불편한 부모님을 꼭 모셔와야만 한다. 이번 일만은 아내에게 지고 싶지 않았다. 아내의 성품으로 보아서 처가댁으로 간 게 틀림없다. 그러나 아내에게 자신이 먼저 전화하면 한풀 꺾이고 들어가는 것이나 마찬가지다. 생각 끝에 처가의 빙장어른께 전화를 드렸다.

"빙장어른! 저 순흡니다."

"응, 주서방인가? 전화 올 줄 알고 기다리고 있었네. 아이들과 지원이는 잘 있으니 염려 말게. 그리고 이번 일은 자네 생각이 옳네. 자네 장모랑 내가 잘 타일러서 보낼 테니 걱정일랑 말게나. 그리고 자네한테 전화 왔단 말은 지원이한테 하지 않겠네. 지원이 마음을 돌리려면 시간이 좀 걸릴 테니 그리 알고 기다리시게."

"예 감사합니다. 빙장어른, 저는 그리 알고 기다리겠습니다. 그동안 강녕하시길 빌겠습니다. 안녕히 계십시오."

하고 전화를 끊었었다.

오늘은 일기예보에 집중호우가 예상된다고 한다. 시골에 계시는 부모님이 걱정되었으나 30년 전의 대 홍수에 마을이 수몰되어 사라졌을 때도 고향 집만은 마당에 물이 조금 찼을 뿐 아무렇지도 않았으니 염려 없으리란 생각이 앞선다. 이번 토요일에는 꼭 고향 집에 방문하겠다고 결심하며 잠자리에 들었다.

이튿날 아침에 일어나 TV를 켜니 중부지방에 대형 폭우가 쏟아져 곳곳마다 도로가 잘려나가고 저수지 제방이 여러 군데 무너져 홍수 피해가 크다고 보도한다. TV 화면에는 누런 황토물이 범람하여 강둑을 넘어서 온 들판이 물바다를 이루고 들녘에 있는 집들이 지붕만 남아 보트를 타고 마을 사람들을 구해내는 위급한 상황이 전개되고 있다. 비는 오전 내내 작달비를 퍼부어대고 있다. 순호는 점심을 먹고 아무래도 걱정이 되살아 올라 고향 집에 가봐야겠다고 조퇴하고 차를 몰았다.

비는 폭포처럼 쏟아져 와이퍼를 최대한 가동했지만 그래도 앞이 보이지 않는다. 순호는 서행하다가 졸음쉼터에 들어가 차를 멈추었다. 폭우는 쏟아지는 양이 시간과 분 단위에 따라 달라지기 때문에 조금 있으면 구름이 비켜 가서 강우량이 줄어 들리라 예상하고 기다렸다.

빗줄기가 조금 가늘어지자 다시 차를 몰았다. 고속도로에서 지방도로 접어들어 30분쯤 달리니 고향마을이 가까이 다가온다. 면사무소를 지나 마을로 가는 삼거리에 이르니 경찰이 차를 더

운행할 수 없다고 막는다. 하는 수 없이 차를 면사무소 주차장에 놔두고 비옷을 입고 길을 나섰다. 비바람이 몰아치는 날에는 우산은 무용지물이 된다. 오히려 우산이 뒤집혀 떠밀려가기 일쑤고 비는 비대로 맞을 수밖에 없다. 이곳에서 시오리를 걸어야만 마을에 닿는다.

들 가운데 낮은 도로는 이미 물에 잠겨 보이지 않는다. 이곳이 고향이 아니라면 길을 나설 엄두도 낼 수 없었을 것이다. 중학교 다닐 때까지 이곳에서 마을로 걸어서 통학하였기에 들길이 물에 잠기면 어느 산길로 가야 하는지 훤히 꿰고 있기에 자신 있게 길을 나선 것이다.

비는 점점 더 강하게 쏟아져 내리고 오솔길 바닥은 빗물에 씻겨 이미 길의 기능을 잃었지만, 길에는 나무가 서 있지 않아 숲 사이로 트인 곳으로만 가면 된다. 가끔 길가의 나무가 뿌리뽑혀 쓰러져 길을 가로막고 누워있다. 순호의 마음은 조급해진다. 등과 가슴팍에는 빗물인지 땀인지 분간하기 어려운 물이 마구 흘러내린다. 마을 옆 산소 등에 올라서면 바로 순호네 집이 지척으로 바라다보인다. 온 힘을 다하여 산소 등 위로 올라섰다.

아! 그런데 우리 집이 보이지 않는다. 집 뒷산이 깎여나가 시뻘건 황토 절벽으로 변하고 우리 집 자리에는 토산이 덩그러니 뭉쳐 쌓여있다. 산사태가 일어나 뒷산이 무너져 순호네 집을 덮쳐버린 것이다. 이런 사태라면 운신이 어려운 아버지를 절룩이는 어머니가 모시고 피했으리란 기대는 아예 접을 수밖에 없다. 순호는 땅바닥에 절퍼덕! 주저앉아 하늘을 우러러본다.

"아! 이럴 수가! 하늘도 무심하시지, 그처럼 착한 분들을 이럴 수가!"

순호의 얼굴에 사나운 폭우가 꽂혀 상처가 날 지경이지만 아픈 줄도 모른다.

"어머니!~~~ 아버지!~~~"

무덤처럼 변해버린 집을 향해 고함쳐 부르는 순호의 눈에는 장대비보다도 더 굵은 피눈물이 솟아 가슴을 적시고 흘러내린다.

# 돼지꿈

 일어나자마자 불볕이 이글거리는 사막의 한 가운데에 덩그러니 놓인 것처럼 심한 갈증으로 숨이 막힌다. 더듬더듬 벽을 더듬어 스위치를 찾았다. 강렬한 불빛이 두 눈에 꽂혀 눈을 뜰 수가 없다. 가느스름하게 실눈을 뜨고 책상 위를 더듬는다. 주전자가 손에 잡혀 꼭지를 입에 물고 맹물을 벌컥벌컥 들이켜고 나니 온 몸이 나른하게 가라앉는다. 생각이 조금 전 꿈으로 돌아가자 뭉게구름 위를 날아오르는 것처럼 몸이 저절로 둥실둥실 떠오른다. '아! 이게 분명 내가 꾼 꿈이지? 이 꿈이 결코 꿈이 아닌 사실이지? 아니? 분명히 꿈은 꿈이야. 꿈을 꾸고 깨었으니 꿈은 꿈이고 꿈을 꾼 것은 꿈이 아닌 사실이고 그 꿈은 분명 내가 꾼 꿈이니 결국 조금 전까지 일어났던 일들이 꿈이고 사실이 아니겠는가.' 나는 조금 전에 꾼 꿈이 자신의 꿈이라는 사실이 무지개를 타고 하늘을 오르는 것처럼 황홀경에 빠져들어 숨이 가쁘다. 돼지꿈도 돼지꿈 나름이지. 어미 아비 두 마리와 토실토실 살찐 일곱 마리의 새끼돼지가 종종거리며 어미를 쫄랑쫄랑 따라와 내 가랑이를 빙글빙글 감고 도는 꿈이 어디 아무나 꿀 수 있는 흔한 꿈인가! 나는 꿀꿀거리는 새끼돼지를 보듬고 환하게 웃었다. 검은 새끼돼지는 내 품에 안기는 순간 노란 황금색으로 변해버린다. 그리고 꿈속에서 본 장소는 분명히 큰 고모네 집 마당이었다.


나는 친구들보다 호적상 생년월일이 서너 살이 높았다. 한글을 〈개글〉이라 고 하며 고서만 뒤적이는 아버지가 면사무소에 가는 이장에게
"자네, 우리 아들놈 호적에 올리고 오게."
하고 부탁하니 그때는 아이들이 서너 살이 되어서야 호적에 출생신고를 하던 시절이어서 이제 돌을 막 넘어서 우리 나이로 두 살인 아이를 이장이 세 살 먹은 아이로 신고하는 바람에 나는 내 나이보다 1년이 빨라서 내 또래 친구들보다는 생년월일이 3~4년 위로 호적에 올라있다. 그래서 고등학교 2학년 때 서너 살 위인 형들과 군대에 입대하였다.
그러기 전에 중학교 2학년에 오른 3월에는 체육 선생님이 키가 큰 학생들을 무작위로 뽑아다가 배구를 시키는 바람에 2년 동안 오전 수업만 하여 중학교 정규 수업을 할 수 없었고, 고등학교 1학년 때에는 지난해 전국 고교농구 선수권대회에서 우승한 농구 명문 고등학교 코치와 감독 선생님이 전라남도 광주시에서 개최하는 전국배구선수권대회에 장신선수를 스카우트하려고 왔다가

키가 아주 작은 외사촌 형과 나란히 걸어가는 나를 보고는 홀랑 반해 학비는 물론 합숙비도 면제니 몸만 오면 된다고 꾀는 바람에 서울의 농구 명문고 후보선수로 1년 동안 농구를 하였다.

그런데 실제로 합숙 훈련에 임해보니 운동경기 중에서 가장 고된 운동이 농구였다. 축구는 포지션에서 가볍게 뛰다가 공이 오면 그때부터 속력을 내서 움직이니 전 후반 90분을 뛰고 무승부 때에는 연장전까지 뛸 수 있다. 그리고 배구 역시 포지션에서 가볍게 움직이다가 공이 오면 힘을 쏟는 운동이기 때문에 5세트 경기를 할 때면 두 시간이 넘는 긴 경기를 할 수 있다. 그러나 농구는 경기장 안에 들어가면 쉴 틈 없이 초고속으로 움직여야 하는 운동이기 때문에 인내와 끈기와 체력이 받혀주지 않으면 견뎌내기 힘든 운동이다.

나는 1년 동안 후보선수로 활동하다가 이미 시작이 늦었고 또 체력의 한계를 느낀 데다가 현역군 입대 영장이 나와 스스로 자퇴하고 실제 나이보다 1년 빨리 입대하여 군 복무를 마치고 제대하였다. 제대 후에 시골 고등학교에 3학년으로 복학하여 졸업은 하였지만, 막상 사회에 나와 보니 앞길이 막막하였다. 운동선수도 아닌 그렇다고 공부도 제대로 하지 못한 어중이를 받아줄 곳은 아무 데도 없었다. 나는 시골말로 〈반거칠이〉가 되고 말았다.

내가 군 복무 중에 아버지가 농토만 날리지 않았더라도 나는 아마 농사꾼이 되었을 것이다. '묘량면 면장 할래? 단덕리 이장 할래?'물으면 '단덕리 이장 하겠다.'는 얘기가 나올 정도로 아주 큰 9개 마을로 형성된 단덕리는 남쪽에 바다를 막은 간사지 들이 바둑판처럼 아스라이 열려 있는 곡창지대로 단덕리 이장은 단지 마을에 있는 참판공 제실 대청에 리 사무소를 차려놓고 직원 2명이 사무를 보는 대단위의 구역이었다. 작은 면 단위보다도 경작지가 넓고 인구가 많았다. 평소에 한시나 읊으면서 일반 행정사무와는 거리가 먼 아버지가 윗마을 친구분과 이장 자리를 놓고 마을주민들의 선거로 경쟁을 벌였다는 것도 상상하기 어려운 일이려니와 행정업무에 밝은 서기 출신과 평소에 고서나 주무르며 한학만 하던 아버지와의 투표에서 아버지가 거의 몰표 하다시피 이장에 당선되어 상대방 친구를 좌절케 했다는 사실도 믿어지지 않았다.

  결국, 마을 이장 3년 만에 압류가 들어와 논밭만 날리고 말았다. 내가 제대하고 보니 이미 농토는 다 날아가고 텃밭과 시골집만 덩그러니 남은 상태였다. 그렇다고 비록 벤치에 앉아 있던 후보선수였지만 서울 장충체육관에서 리그전을 펼치고 나오면 화이트칼라 여고생들이 멋모르고 키가 제일 큰 나에게 사인해 달라고 몰려와 잔뜩 헛바람만 들어있었던 왕자 병 환자가 자신의 처지를 인식하고 막 노동판에라도 뛰어들기에는 굳어있는 칼날이 너무도 날카로웠다. 그때 찾아온 행운이 바로 돼지 꿈이었다.

  먹구름 속에 갇힌 하늘에서는 물 폭탄을 쏟아붓고 연사흘 동안

밤낮을 구별할 수 없는 암흑이 계속되었다. 온 들녘이 바다로 변해버렸기 때문에 바둑판처럼 경지정리가 잘 된 간사지 논에서 거의 다 자란 벼들이 물에 잠겨 모두 썩어가고 있는 형편이었다. 시골 사람들의 가슴은 근심 걱정으로 뜨거운 불길이 솟아올라 밤잠을 설쳤다. 특히 논농사를 많이 짓는 집에서는 한숨 소리로 지붕이 내려앉을 지경에 이르렀다. 우리 집 바로 앞집인 순태네 집은 물이 큰길을 넘어 마당과 부엌까지 차올라 이삿짐을 싸느라 바쁘게 서둘러 댔다. 비가 오는 이틀 동안에는 큰물 구경도 하고 텃밭에 고인 물을 빼느라 삽질 괭이질로 바쁘게 서둘러 대다가 사흘째 되는 날에는 우리 집도 물이 텃밭까지 차올라 마당 가에다 물막이 둑을 쌓아야만 했다. 장대비를 맞으며 오전 내내 삽질을 하고 나니 온 삭신이 녹작지근하게 풀어져 갱신할 수가 없었다.

분명히 돼지인데 온몸에 잉어처럼 노란 비늘이 돋아 있다. 잉어인가 하고 자세히 살펴보니 잉어는 튀어나온 콧구멍을 벌쭉거리며 네 발을 허우적거리는 돼지다. 황금빛 비늘 돼지가 들판을 헤엄쳐 우리 집 마당으로 들어온다. 그리고 마루에 앉아 바다가 된 들판을 바라보고 있는 내 품으로 번개처럼 뛰어든다. 나는 깜짝 놀라 깨어보니 꿈이다. 점심을 한술 뜨고 난 지친 육신에 잠이 급습하여 항복하고 말았던 참이다. 그런데 아! 이게 어찌 된 일이냐? 임시방편으로 막아 놓은 둑이 터져버린 우리 마당으로 진짜 검은 돼지 한 마리가 헤엄쳐 들어오고 있는 게 아닌가. 이건 분명

꿈이 아닌 현실이다. 꿈에 본 황금빛 비늘 돼지는 아니지만, 돼지는 분명 안간힘을 다하여 허우적거리며 나를 향해 헤엄쳐 다가온다. 그리고 애처로운 모습으로 구조신호를 보내며 애걸하고 있는 것처럼 보인다. 나는 얼른 광에서 가마니 한 장을 꺼내 돼지를 싸안아 헛간으로 몰아넣고 밥을 주었다.

사흘간 물 폭탄을 쏟아붓던 비가 그치고 언제 그랬냐는 듯, 해가 쨍쨍 내리쬐는 7월이지만 들녘에 가득 찬 흙탕물에 벼 포기가 썩어가는 것처럼 사람들의 가슴마다 어두운 그늘이 끼어 애간장이 썩어가고 있었다. 이 흙탕물이 다 빠져나가려면 앞으로 며칠이나 더 기다려야 할까? 물이 다 빠지고 나서도 이 너른 들판에 아직 덜 썩은 벼 한 포기라도 건지기 위해 흙탕물을 씻어주려면 불쌍한 농사꾼들의 허리가 얼마나 더 휘어져야만 할꼬? 집집마다 걱정으로 밤잠을 설치는 판에 나는 아버지가 농토를 다 날려 버렸기 때문에 그런 큰 근심 하나는 던 셈이다.

물속에 잠겼던 마을 앞 큰길이 드러날 만큼 물이 빠진 석양 무렵에 전답이 없어 일도 없고 나처럼 근심할 게 없는 공술이 아저씨가 어정어정 다가온다. 가난한 집에 태어나 남에게 술 한 잔 살 형편이 못되어 평생 공술만 얻어 마시고 다니는 팔자가 성씨가 나씨 인데다가 묘하게도 어릴 때 부모가 작명가에게 부탁하여 지어준 이름이 공술이다. 그런 나공술이 아저씨가 히죽히죽 웃으며 다가와 불쑥 내뱉는다.

"수봉아, 느그집에 어저께 뒤야지 한 마리 들어왔담서?"

"야, 지금 헛간에다가 묶어 놓았구만이라우~ 쩌그 우게 어느 동네 누구네 뒤야지일 것잉께로 내일에나 왜장치고 댕김서 찾어 가라고 헐랑마요."

"아니? 그럴 것 없다. 고래로 내 집에 들어온 목심은 내치는 것이 아닌 벱이여. 내 집 대문 앞에 놔둔 업동이럴 내치는 것 봤냐? 업동이 키우데끼 동물도 내 집에 들어오면 내치덜 않고 키우는 벱이란다. 아, 추운 겨울에 여시새끼도 내 집 허청에 들어오면 안 굶기고 멕여 키우다가 날이 풀리면 보내주는 것이 사람의 도리 아니간디?. 글고 설령 뒤야지 임자가 나타나도 한번 너무 집에 들어간 짐생은 찾어가덜 안는 것잉께로 늬가 잘 키워라."

"에이~ 그래도 넘우 뒤야진디 내 집에 들어 왔다고 어찌코 내 것 맹글것소? 쥔 찾어 주어야제라우~"

"그려? 늬 맴이 정 그러면 어쩔 수 없제. 근디 '우리 뒤야지요!' 허고 나타날 어뜬 쥔이 있을랑가 모르것다."

우리 집에 돼지 한 마리가 들어와 키우고 있다는 소문은 삽시간에 인근 마을에 널리 퍼졌지만, 며칠을 기다려도 주인은 나타나지 않았다. 우리 집 헛간은 돼지우리로 개조되었고 달포가 지나자 게걸스럽게 먹어대는 돼지는 배가 불러오기 시작했다. 먹성을 잘하니 살이 쪄서 그러나보다 하고 생각했는데 그게 아니었다. 두 달이 지나자 배는 더욱 부풀어 오르고 우리 집에 들어온 지 70

여 일만에 경사가 났다. 돼지는 튼실한 새끼를 무려 11마리나 낳았다. 우리 집 경사는 근동에 소문이 퍼져 구경 오는 이웃 마을 사람들로 북새통을 이루었다. 그도 그럴 것이 장마와 물난리로 질병이 창궐하여 전국의 돼지가 씨가 마를 지경인지라 새끼 돼지 가격이 하늘 높은 줄 모르고 치솟는 형편이었고 특히 암돼지 가격은 평소의 세배를 호가하는 시기에 제 발로 헤엄쳐 들어온 돼지가 건강한 새끼를 11마리나 낳은 우리 집은 로또복권이 저절로 굴러 들어온 샘 이어서 구경 온 사람들 모두가 부러워하지 않을 수 없었다.

새끼 돼지가 달포가 넘어 이제 젖을 떼고 장에 내다 팔아야 할 시기가 도래한 어느 날, 들 건넛마을 윗동네 사는 학교 동창 친구 현수가 찾아왔다. 이런저런 얘기 끝에 정색하고 말을 내놓는다.

"야! 수봉아, 늬네 집에 들어온 뒤야지 사실은 우리 친구 준태네 뒤야지여야. 지난 장마에 뒤야지를 잃었었지. 그런데 네가 굴러들어온 뒤야지를 키운다는 말을 듣고 잘 되었다 싶어 말을 안 했단다. 그리고 또 지난 장마에 키우던 뒤야지 떠내려 가버려 잃은 사람이 한두 사람이 아니니까 자기네 뒤야진지 아닌지도 모르는 일이고 그런데 네가 키운 뒤야지가 새끼 낳은 것을 보면 준태네 뒤야지가 틀림없어. 그때 준태 허고 내가 암내 낸 뒤야지를 끌고 가서 교미를 붙였으니까. 뒤야지는 114일 만에 새끼를 낳거던?"

"오메! 그래야~ 그라먼 지금이라도 진짜 쥔이 나타났쓩께 우리 뒤야지 준태한테 돌려 주어야제?"

"아니? 그런 뜻이 아니고 사실이 그렇다 그 말이제. 만약 준태가 그 말 들으면 자기네 뒤야지가 아니라고 펄펄! 뛸 것이다. 그런디 그 사실을 알고 있는 내가 가만히 있을 수가 없어서 늬한테 알려준 것이다."

"그래? 그라먼 내가 으째야 쓰겄냐?"

"응, 내 생각에는 늬가 준태한테 이런저런 말 말고 친구니까 준다고 험스로 새끼 암놈 수놈 두 마리만 선물 허먼 좋겄다."

"두 마리 각고 되겄냐? 내가 두 마리만 갖고 준태 다 주면 좋겄는디?"

"야! 행여라도 그런 소리 마러. 준태가 절대로 안 받을 것잉께. 기냥 모린치끼 허고 두 마리만 선물 혀!"

"알았다. 글먼 준태 두 마리 너 두 마리 줄팅게. 내일 뒤야지 새끼 구경허자고 험시로 준태 허고 항꾸네 우리 집으로 오니라."

"야! 내가 괜히 늬네 뒤야지 욕심나서 그런 것 같잖아? 나한테는 그럴 필요 없어. 내비 두어."

"야! 글먼 내가 맥없시 준태한테만 뒤야지를 준닥허먼 준태가 받겄냐? 긍께 암말 말고 친구가 뒤야지새끼 준닥헝께 가져다가 키우자고 험스로 늬가 준태 꼬셔서 댈꼬 와. 글고 정 껄쩍지근 허먼 그 새끼 잘 키워서 새끼가 또 새끼 낳으면 그때 갚으면 돼제.

앙그냐?"

5년이 지난 후 나는 어렸을 때의 꿈과는 전혀 엉뚱한 돼지 아비가 되어 제법 그럴듯한 양돈장 사장으로 변신해 있었다. 어미 돼지는 고맙게도 매년 새끼를 두 배씩 낳아 식구를 늘려 주었고 새끼들 역시 아무 탈 없이 잘 자라 그중 세 마리가 어미돼지로 변신해 튼실한 새끼들을 생산해 내는 통에 [업돈양돈]은 그동안 새끼를 내다 팔아 가용 돈을 쓰면서도 식구가 이백여 마리로 늘어나 규모가 날로 커갔다.

"오메! 뜬금없이 배야지에 돈복을 까득 배야각고 들어 온 뒤야지가 신부꺼정 델꼬 왔는감네. 신부가 영판도 이뿌게 생겠네."

"큼께 마시! 신부가 날로 깨물라도 비렁내 한나도 안나게 생겼구만? 요것이 다 타고난 수봉이 지 복 아니겠능가?"

"에렛을 때부텀 천재라고 소문 안 났간디? 갈치기만 잘했어도 민장도 허고 군수도 헐 인물인디 아깝다고 쎄를 찬 사람덜이 많었었제."

"한문책만 딜다보던 즉아부지가 뭇헐라고 갱험도 읎는 이장질을 나설 것잉가? 맥읎시 살림 다 어퍼불고 집만 안 남었든갑네."

"근디 다시 일어나고 장개도 가는 것이 즈그 할아부지 적 살림 다시 일으킬랑갑제. 맹?"

"이것이 모도 3년 전 장매쩌그 뒤야지가 새끼 배 각고 온 복 아니드라고?"

 재작년에 장가가던 날 온 동네 사람들이 마치 자기네 경사이기라도 한 듯 즐거워하고 부러워했었다. 사실 장가 복이 터진 것도 저절로 업 돼지가 들어 와 살림살이가 날로 늘어가는 것을 사람마다 부러워하여 나이 찬 딸을 가진 사람이면 신랑감으로 욕심을 낼만 한 총각으로 부상하였기 때문이었다. 이런 위치에 떠오른 나는 맞선 상대의 신붓감 중에서 내 마음대로 고를 수 있는 행운을 거머쥐어 총각들의 부러움과 질투심을 한 몸에 받는 스타 아닌 스타가 되었다. 행운은 계속되어 시집온 아내는 이듬해 새끼 돼지보다도 더 귀엽고 예쁜 딸을 낳아주고 지금은 둘째 애를 배어 머지않아 식구 한 명이 더 늘어날 것이다. 그리고 친구들도 내가 준 새끼 돼지를 잘 길러서 양돈업자로 자리를 잡아갔다.

 그러나 누가 알았으랴? 이미 하늘이 정한 운명을……. 5년 전 그때처럼 마치 하늘의 보가 터진 듯, 땅 위의 생명을 아랑곳하지 않고 막무가내로 내리퍼부은 비가 가져온 재앙! 집도 가구도 모두 떠내려가고 겨우 몸뚱이만 건져 학교 강당에 수용된 도시의 저지대사람들, 가진 것 모두 투자하여 공들인 비닐하우스가 쓰레기 더미로 변하여 빈 털털이가 된 농촌 사람들, 각종 양식장의 스티로폼이 갯바닥을 뒤덮어 생활터전인 바다만 오염시키고 절망의 바다에 침몰하여 허우적거리는 어촌 사람들, 인간의 힘으로는 막아내기 어려운 하늘의 재앙이 아니겠는가. 그리고 이러한 일들은 시간이 해결할 수밖에 없는 상처다.

  그런데 엄청난 수마가 할퀴고 간 시름이 조금씩 삭아 들어 상처가 아물어 갈 무렵, 미리 대기하고나 있었다는 듯 각종 신문방송에서 돈콜레라 발생과 확산현장을 연일 긴급뉴스로 뿌려대기 시작했다. 관계기관에서 사력을 다한 방역 방제 작업으로 수선을 떨어대는 보람도 없이 전국 각처에 산재한 돼지들의 목숨을 돈콜레라가 한순간에 쓸어 가버릴 줄을 예상한 사람은 아무도 없었다.

  똥오줌을 둘러쓰고 우리 안의 돼지들이 토실토실 살찌는 모습에 벙글거리던 양돈업자들의 함박꽃웃음을 현미경으로만 볼 수 있다는 돈 콜레라균이 KO 펀치 한 방으로 일그러뜨려 버렸다. 주인이 돼지우리 근처에 기척만 하면 비대한 몸뚱이 끝에 달린 작은 꼬리를 잽싸게 흔들어 대며 반갑게 맞아주고 똥그란 눈알 굴리며 밥 달라고 꿍꿍대던 돼지들이 눈에 보이지도 않아 세상에 그런 병균이 실지로 있다는 사실조차 믿기지 않는 세균의 공격에 그리도 허망하게 쓰러져 죽는단 말인가?

  어제까지만 해도 생기로 가득하여 뜨거운 열기가 뭉게뭉게 피어올라 하늘 높은 줄 모르고 승승장구하던 [업돈양돈]은 하루아침에 죽음의 아수라로 변하고 말았다. 아직 목숨이 살아있는 돼지들까지 한 구덩이 속에 몰아넣고 생매장하던 그 날, 나의 운명도 저 밑바닥의 수렁 속으로 처박히고 말았다. 5년간 쏟아부은 노력이 물거품처럼 자취도 없이 사라지고 돌이킬 수 없는 깊은 상처만 남은 빈손! 늘어난 식구들을 위해 세상과 싸워야만 하는 맨주먹은 20대 후반의 창창하게 남아있는 인생을 밑바닥에서 일어설 수 없도록 만들어버렸다. 〈소도 언덕이 있어야 비빈다.〉는 속담을 실감하는 것 외엔 육신 하나로 일어서기란 등에 얹힌 짐이 너무 무거웠다.

지금까지 5년간 온 힘을 기울여 쌓은 공든 탑이 일순간에 무너지고 꿈은 산산조각이 되고 말았다. 1970년대 초만 해도 국가가 경제개발을 위해 노력하던 시기여서 개인이 사업하다 천재지변으로 망하면 국가가 돌봐줄 여력이 없었다. 그러한 사정은 개인의 운수소관이라 여기던 때여서 실패한 사람은 고작 하늘 보고 삿대질이나 하며 자신의 타고난 운명을 탓할 수밖에 별다른 도리가 없었다. 막막한 자신의 미래를 위해 이리저리 탈출구를 찾던 나는 이 난관을 헤쳐나가려면 그래도 사람들이 많이 모여 사는 도시로 나가는 수밖에 없다는 결론에 이르자 할 수 없이 시골집을 처분하고 광주로 나왔다.

막상 광주로 나와 보니 시골집 처분한 돈으로는 살림 붙일 집 한 칸 얻기가 어려워 광주천 변두리 오두막에 셋방을 얻어 이사했다. 살림은 붙였으나 당장에 살아갈 형편이 막막하여 막노동일을 찾아 헤매었다. 경제개발에 박차를 가하던 때여서 몸으로 때우는 막노동 일은 많아 끼니 걱정은 안 하고 어렵게나마 살림은 꾸려나갔다. 아이들을 집에 떼어놓을 수 있게 된 집사람은 양동시장에 나가 채소가게 심부름도 하고 채소도 다듬어주고 시래기를 얻어다가 반찬도 하며 어찌나 살림을 알뜰하게 꾸려나가던지 통장에 저금액이 불어나는 재미로 고된 줄도 몰랐다. 이제 몇 년만 더 버텨나가면 전세 칸이라도 얻어 갈 수 있다는 희망으로 내외가 몸을 돌볼새 없이 발품을 팔며 아등바등 몸부림치고 있는데 갑자기 5.18 광주 민주화운동이 일어나자 전두환 정권은 광주를 역적 도시로 몰아 광주광역시는 암흑도시로 변하고 말았다. 노동자마저 일감이 없게 되자 나는 다시 살길을 찾아 헤매야 하는 처지가 되고 말았다.

 온갖 궁리를 다 하던 나는 그래도 사람이 많이 사는 서울로 가면 살길이 트이겠지? 하고 막연한 생각으로 셋방을 빼서 서울로 올라왔다. 그러나 주머니에 가진 돈으로는 가난뱅이들이 사는 변두리 오두막에 월세방 얻기도 힘들었다. 보증금을 깎아주는 대신 월세를 올려주기로 하고 방을 얻어 짐을 풀었으나 살아갈 앞날이 캄캄하기만 하였다. 이사 온 다음 날 어찌할까? 궁리하며 석양에 집 앞 골목에서 애꿎은 담배만 빡빡 빨아대고 있는데

 "이 집 아랫방으로 이사 왔소?"

 하고 언덕길을 올라오던 사람이 묻는다.

 "야, 어지께 이사 왔구만이라우~"

"나도 이 집에 사요. 내가 본께로 오두막 사글세 얻어 온 것을 보니 형편이 어려운 것 같은데 할 일은 있소?"

하고 또 묻는다.

"아니, 없구만이라우~ 인자보톰 알아봐야지라우."

"뭔 기술은 있소?"

"지금꺼정 날품팔이 막노동일만 허고 산 사람이 뭔 기술이 있것소?"

하고 말하니

"그럼, 잘 되었소. 내가 맡은 일에 일손이 하나 부족하니 내일부터 나랑 항꾸네 일합시다. 일당은 제대로 쳐줄팅께."

하고 말하는 게 아닌가. 나는 너무 반가워서

"고로코롬만 해 주신다면 열심히 허것구만이라우~"

하고 감지덕지하였다.

"나는 대망건설에 다니는 김도지요. 내일 아침 일찍 나와 함께 갑시다."

하고 약속하였다. 알고 보니 이 사람도 전라남도 해남 사람으로 몇 년 전에 올라와 막노동으로 시작하여 지금은 소수의 일꾼을 거느리는 노동판의 십장으로 이 집 아래채에 전세를 들어 사는 사람이었다. 나는 좋아서 부리나케 방으로 뛰어 들어와 아내에게

"나 일자리 얻었네. 아래채 전세 사는 사람이 노동판에 십장으

로 일허는디 나보고 항꾸네 일허자고 안 허는가? 서울로 오자마자 일자리를 얻었으니 오기를 잘했네. 내일 아침에 일찍 밥 주소."

하고 말하니 아내도 좋아서 어쩔 줄을 모른다. 다음 날 이른 아침 나는 김도지 십장을 따라 일터로 향했다. 현장에 가니 아침밥부터 주었다. 다음부터는 아침밥을 안 먹고 와도 되었다고 생각하니 그도 고마운 일이었다. 드넓은 땅을 골라 아파트 짓기가 한창이다. 나는 그날 자제 나르는 일부터 하였다. 건축 일을 하려면 우선 자제의 종류와 이름부터 파악한 뒤 일을 배우는 것이 원칙이었다. 광주에서 이미 수년간 건축공사 막노동일을 하였으나 닥치는 대로 하였기 때문에 아파트 건축에 필요한 자제나 쓰임새에 대하여 익힐 일이 많았다.

하루 일을 마치고 집에 돌아오니 아내가 밝은 얼굴로

"고생했소. 나도 새 일감을 얻었쓰께로 내일부터 돈벌이를 허게 생겼소."

하고 기뻐하는 게 아닌가.

"그새 뭔 일감을 어떻게 얻었어?"

하고 물으니

"오늘 아칙에 당신이 가고 나서 아래채 십장네 아줌마가 오더니 돈벌이 안 헐라냐고 물어서 있기만 허면 어떤 궂은일이라도 헐란다고 헝께로 그러면 내일부터 성냥을 담자고 혀서 그렇기로 했구만이라우~"

"뭔 성냥을 담어?"

"공장에서 성냥곽 허고 성냥개비를 맹글어 주면 곽에다가 성냥개비를 나란히 담아주면 된다는디 이백오십 곽씩 한 상자 담으면 칠백 원 준다고 헝께 부지런히 혀서 한 푼이라도 보탤랑만요."

다음 날부터 아내는 성냥을 다섯 상자씩 담아 하루에 3,500원씩 벌게 되었다. 이날부터 우리의 꿈은 사글세를 면하고 두어 칸 방이라도 전세를 얻는 것이 꿈이었다. 그동안 아이들은 자라서 초등학생이 되었지만, 전세를 얻어 가려면 남들이 보내는 학원은 꿈도 꿀 수 없었다. 그렇게 5년을 모은 우리는 방 세 개짜리 지하방을 전세로 얻게 되었다. 아들과 딸이 열 살이 넘어서 제 방 하나씩 주자면 방이 세 개는 있어야 했기 때문이다.

전셋집으로 옮기던 날 아이들은 좋아서 콧노래를 부르며 제방을 청소하고 정리하는 모습을 보며 우리 내외는 가슴이 벅차올랐다. 그날 밤 아내는

"여보! 내년에 보리가 중학교에 들어가야 허는디 영어학원 하나만이라도 보냅시다."

하고 말했다.

"보리만 보내서 쓰간디? 보람이도 내년이면 5학년이 되니께 둘 다 영어학원에 보내세."

하고 말하면서 그동안 꼬불쳐두었던 쌈짓돈 100만 원을 내놓

앉다. 아내는 행복해서 입이 함지박만 하게 벙글어졌다. 고생고생하고 살고 있지만, 오늘 같은 날이 있으니 세상은 살만하다고 생각되었다. 이제부터 우리 목표는 오두막집이라도 내 집을 갖는 게 꿈이었다.

　나는 그 꿈을 이루기 위해 노동판에서도 가장 위험하고 힘든 일을 자청하였다. 위험수당이 붙어 그만큼 일당이 높기 때문이다. 아내도 식당에 취직하여 설거지 일을 하며 삼 년을 고생하다 보니 아이들을 중학교에 보내고 학원도 두어 개씩 보내면서도 저금통장은 제법 불어났다. 밤이 되어 온 가족이 모이면 집안에서 웃음꽃이 피기도 하였다. 그러나 내 복은 여기까지였다.

　아파트 5층 공사장에서 외벽을 바르던 나는 12층 외벽이 무너져 덮치는 파편에 맞아 아래로 떨어지고 말았다. 그러나 다행히 쌓아둔 모래 위로 떨어져 목숨은 살았으나 떨어지면서 행거에 부딪혀 왼팔이 잘려나가는 바람에 팔 병신이 되고 말았다. 이 사고에서 죽은 사람이 다섯 명이나 되었다. 사고 현장에서 살아남은 사람은 나 혼자뿐이었다. 기절한 나는 어떤 상황에서 어떤 사고를 당했는지 전혀 기억나지 않았다. 의식을 되찾아 눈을 뜨니 아내가 옆에 쪼그리고 앉았다가
"간호사님! 깨어났어요. 조수봉씨 깨어났어요."
하고 간호사를 불렀다. 의사와 간호사가 와서 살펴보고는 아내

에게

"이제 조수봉씨 목숨은 건졌소. 그러나 앞으로 정신적 고통이 심할 겁니다. 마음을 안정시키려면 보호자의 정성이 필요하니 각별하게 잘 보살피시오."

하고 물러갔다. 의식이 돌아온 뒤에야 나는 내 팔이 잘린 것을 보고 눈앞이 캄캄하였다. 내가 놀라 절망하는 것을 본 아내는

"당신은 조상님이 돌봐 주셨어라우. 사고 현장에서 일하던 사람 중에서 당신만 살아났당께요~ 월매나 다행이요."

하고 한숨을 '푸후우!' 하고 내쉬었다. 다음날 오후에 십장 김도지와 회사 부장이 왔다. 고부장은

"조수봉씨! 당신은 천운이요. 병원비 걱정은 말고 치료 잘하시오."

하고 말했다. 고부장이 먼저 봉투 하나를 내밀고 가고 나서 십장은

"현장에서 일하던 다섯 명이 모두 목숨을 잃고 자네만 살았네. 얼마나 다행인가? 자네가 다 낳아서 퇴원할 때까지 모든 비용은 회사에서 책임진다고 약속했으니 염려 말고 치료 잘하시게."

하고 갔다. 팔이 다 아물 무렵 십장 김도지가 문병을 왔다.

"수봉이! 자네 팔을 현장에서 일하다가 잘렸으니 의수족을 달아주어야 한다고 내가 강력히 주장했네. 그래서 회사에서는 자네 팔을 달아주기로 했네."

하고 말했다. 그 뒤 며칠이 지나 회사 고부장과 십장 김도지가 병원으로 왔다. 고부장은

"조수봉씨는 회사의 정식 직원이 아니고 일당 근로자이기 때문에 해당이 안 되지만 회사에서 특별히 배려하여 의수까지 달아주기로 하였소. 다른 회사 같으면 어림없는 일이요. 고마운 줄 아시오."

하고 말했다. 나는 고맙다고 인사를 하는 수밖에 없었다. 입원한지 석 달 만에 퇴원하였다. 그동안 아내는 간호하느라 식당일을 그만두었기 때문에 일자리를 잃고 말았다. 나는 이제 40 초반인데 먹고 놀 수밖에 없는 백수건달이 되고 말았다. 의수를 단 내가 일할 곳은 없었다. 아이들은 커서 교육비는 많이 드는 데다가 아내마저 벌이를 잃고 말았으니 앞으로 살아갈 길이 막막하였다. 네가 탄식하는 모습을 보고 아내는

"여보! 당신이 안 죽고 살아난 게 얼마나 다행이오. 입에 풀칠이야 못 헐랍디여? 내가 내일부터 일자리 알아볼랑께 걱정마러요."

하고 안심시키고 다음 날 아침 일찍 집을 나섰다. 전에 일하던 식당에 가서 일할 참이었다. 아내는 사고 나기 전부터 식당에서 설거지하는 일을 그만두고 수입도 낳을 테니 손님에게 서빙 일을 하라고 하였으나 남편이 있는 여자가 외간 남자 손님과 접촉하는 것이 싫어서 마다하였었다. 그러나 이제는 어쩔 수 없는 처지가

되고 말았다. 남편의 벌이 없이 여자 혼자 남매를 대학까지 보내려면 남을 속이거나 남의 물건을 훔치는 나쁜 일 외에는 그 어떤 일이라도 하여 돈을 벌어야 했다.

아내는 처음에는 어색하고 부끄러웠으나 내 집에 오는 손님이라고 생각하니 더 공손히 손님으로 모셔야 한다는 생각이 들어 손님들을 스스럼없이 대하게 되었다. 간혹 추근대는 손님들도 있었지만, 이제는 가볍게 받아넘기는 슬기로움도 터득하였다. 그리고 간혹 손님들이 팁을 건네주어 주방에서 설거지할 때보다 수입이 쏠쏠하였다.

나는 아내가 손님들에게 서빙 한다는 사실을 알았지만, 아내를 원망할 마음은 추호도 없었다. 다만 한창 일할 나이인 40대 초반에 병신이 되어 젊은 아내를 남들 앞에 내놓을 수밖에 없는 자신의 운명이 서글프고 원망스러웠다. 하지만 아내 앞에서는 그런 내색을 조금도 하지 않고 참아내야만 하니 그것이 괴로웠다. 그리고 한창나이에 병신이 되어서 할 일 없이 집에 죽치고 있거나 밖에 나가 얼쩡거리는 방황이 더 고통스럽고 힘들었다.

지금까지 나는 지난 30여 년의 긴 세월을 거의 자포자기하며 살아왔다. 어떤 이는 "왜 바보 같이 자포자기를 해? 차라리 죽는 게 낫지." 하고 바보 멍청이라고 비웃을는지 모른다. 그러나 비빌 언덕마저도 없는 황량한 무인지경에 덩그러니 서 있어보지 않은 사람은 모른다. 가슴속에 웅크리고 있는 모든 욕망을 내려놓고 비워야만 그나마 목숨을 이어갈 수 있다는 것을……. 그리고 때때로 과거에 묻혀 현실의 고통을 위로하며 살아가는 방법밖에는 다른 뾰족한 수가 없다는 것을……. 남 말하기 좋아하는 사람들은 "미래의 꿈을 먹고 살아야지 왜 바보같이 지나 가버려 되돌릴 수 없는 과거를 먹고 살아?"라고 또 비웃을지도 모른다. 그러나 패자에게 돌이켜 생각에 젖을 수 있는 아름다운 과거마저 없었다면 생명을 유지해나가기 힘들었을 것이다.

어쩌면 과거로부터 얻어낼 수 있는 가능한 꿈은 로또복권 같은 황당한 꿈이 아닐 수 없다. 사실 황량한 들판에서 벼락 맞기보다 어렵다는 복권 1등이 매주 오륙 명씩이나 당첨된다는 거짓말을 믿는 사람은 없다. 그러면서도 1등 당첨을 꿈꾸며 매주 호주머니를 털어 복권을 사는 사람들에게 복권의 꿈마저 없다면 그들의 좌절은 더욱 깊어 사회악으로 변질할 가능성이 짙은 것이다.

이제 몸부림치던 삶의 현장에서 은퇴하고 모든 걸 내려놓은 나에게 갑자기 찾아온 60여 년 전의 모습! 큰고모네 집에 가려면 작은 고개를 넘고 산굽이를 돌아 더 높은 고개를 넘어야 한다. 할머니는 나를 데리고 큰 딸네 집으로 나들이를 자주 하셨다. 60년이 지난 지금도 생각만 하면 고모네 집 앞의 마을 안길, 넓은 마당, 장독대에 어우러진 해바라기와 봉숭아, 마당 가운데 평상, 헛간 옆의 외양간, 외양간 옆의 돼지우리, 그리고 그 위에다 대로 엮어 만든 둥글고 긴 닭장들이 눈앞의 현실처럼 훤히 보인다.

나는 고종사촌 형과 수량동 저수지에서 멱 감고 고모네 마당으로 들어섰다. 그 순간까지는 열 살 적의 모습이 분명했다. 그런데 웬 돼지들이 마당에 가득 찼다. 돼지들이 눈에 들어오는 순간, 어느새 나는 지금의 모습으로 바뀌어 있다. 얼른 더듬어 돼지들을 세어보니 검은 바탕에 흰 점박이 어미돼지와 검은 수돼지, 그리고 새끼돼지 일곱 마리가 신나게 놀고 있다. 내가 대문을 열고 들어서며 눈이 마주치는 순간 어미돼지가 나에게로 꿀꿀거리며 다가와 내 무릎과 허벅지에 몸통을 비벼댄다. 그 모습을 본 새끼돼지들이 한꺼번에 우르르 몰려와 가랑이 사이를 빙글빙글 돈다. 토실토실한 새끼돼지 한 마리를 보듬어 안는 순간 돼지는 황금 색깔로 변한다. 깜짝 놀라 깨어보니 꿈이다.

돼지꿈! 스물다섯 살 때 온 몸뚱이에 황금빛으로 잉어 비늘이 돋아났었던 돼지꿈이 번개처럼 뇌리를 스쳐 갔다. 돼지꿈은 돈 꿈, 복 꿈이라고 하지만 50여 년 전 그때 꾸었던 꿈의 효력은 5년을 넘지 못했다. 어쩌면 그 꿈 때문에 내 일평생 삶이 삭막한 밑바닥이었는지도 모른다. 그러나 이제 황혼에 접어든 인생, 그때처럼 꿈의 효력이 5년만 이어져도 좋다. 아니? 3년만 이라도 좋으니 그때처럼 가슴 설레는 황홀한 행운이 따라주면 얼마나 좋을까. 내 막다른 밑바닥 삶에서 마지막으로 하늘이 베풀어주는 화려한 클라이맥스가 되겠지? 그러나 아무리 생각해 봐도 지금의 나에게 행운이 따라줄 가망이란 국물도 없다. 나의 주변을 눈 씻고 봐야 행운이 따라올 만한 건더기가 없기 때문이다.

그렇다면? 행운을 꿈꾸어 볼 데라곤 복권밖에 없지 않은가?

그래, 꿈꾸자. 로또복권의 꿈!

세상에서 가장 게으른 자들이 꾸는 꿈!

세상에서 가장 능력 없는 자들도 꿀 수 있는 꿈!

세상에서 아무런 기댈 데가 없는 자들이 마지막으로 기대보는 꿈!

수없이 무너지고도 호주머니에 몇 푼만 들어있으면 또 꿀 수 있는 꿈!

복 꿈은 발설하자마자 복이 달아나버리고 만다는데 입을 꼭 다물자. 그리고 복이 들어와 배가 불러서 저절로 들켜버릴 때까지 아내한테도 입을 꽁꽁 잠가놓고 열지 말자. 다짐 또, 다짐하며 아내 몰래 숨겨둔 통장을 한 푼도 남김없이 털어 복권을 샀다. 이 복권 중 하나만 1등으로 당첨된다면……?

나의 눈앞에 북극의 오로라(aurora)가 현란하게 춤을 춘다. 아! 황홀하다.

내 생애의 마지막 새 기와집 짓기 작업이 시작되었다.

# 포옹(抱擁)

정모는 야간 아르바이트를 하려고 편의점으로 가는 길이였다. 저녁 일곱 시에 가까워 서서히 어둠이 내리고는 있었지만, 여름철이어서 아직은 먼 곳까지도 잘 보였다. 안산공원 느티나무 아래에서 정모네가 사는 골목길 맞은편의 연립주택 지하방에 사는 노인이 중고등학생 또래로 보이는 아이들에게 둘러싸여 있는 모습이 얼핏 눈에 들어왔다. 이 노인은 안산공원과 공원을 낀 골목길 세 곳의 거리를 청소하는 할아버지다. 한 달 내내 골목길과 공원 청소를 해 봐야 한 달에 동사무소에서 받는 돈은 고작 십오만 원이다. 그런데 이 노인이 손자 또래의 아이들에게 봉변을 당하고 있었다.

"너희들 담배 피우면 머리 나빠진다. 담배 피우지 마라."

"당신이 뭔데 이래라저래라 참견이야?"

"이 공원은 금연구역이다. 금연구역이라는 글씨가 너희들 눈에는 안 보이냐?"

"이런 싸가지없는 꼰대가 우리 부모도 못 갈치는 우리를 갈치러 들어?"

그중 한 아이가 눈을 부라리며 두 손으로 노인의 가슴을 세차게 떠밀어 버리자 노인은 공원 쥐똥나무 울타리 위로 쓰러진다. 그러자 다른 놈들도 달려들어 노인을 질근질근 밟는다. 이 모습을 본 정모는 피가 거꾸로 솟아올랐다. 한걸음에 달려가 그중 가장 덩치가 크게 보이는 놈의 멱살을 잡고 주먹으로 후려갈기며 소리쳤다.

"야! 이놈들아, 너희들은 부모도 없냐?"

그러자 그중에서 제법 덩치가 크고 무리의 대장처럼 보이는 놈이 두 주먹을 움켜쥐고 정모의 위아래를 훑어보며 소리친다.

"이 새끼 봐라. 너는 뭔데 남의 일에 나서. 야! 한 놈이니까 밟아버려!"

하고 오른발 옆차기로 정모의 가슴을 향해 발을 날린다. 정모는 피하지 않고 날아오는 놈의 오른발을 왼팔로 걷어내고 주먹으로 얼굴을 가격하였다. 얼굴을 맞은 놈은 비틀거리다가 얼굴을 감싸 쥐고 주저앉아 버린다. 무리 중에서 가장 덩치 큰 두 놈이 주먹 한 방에 맥을 못 추고 쓰러지는 모습을 본 다른 놈들은 자신들의 힘으로는 제압할 수 없다고 생각했는지 걸음아 날 살려라! 하고 도망쳐 버린다. 그리고 정모에게 맞은 두 놈도 얼굴을 감싸 쥐고 내빼 버린다. 정모는 쓰러져 있는 노인을 일으켰다.

"할아버지! 얼른 병원으로 가서 진찰해 보시지요."

"응! 고맙네. 나 괜찮네."

하고 가슴이 막히는지 콜록콜록 기침을 심하게 한다.

"어쩌다가 아이들한테 그런 봉변을 당하셨어요?"

"아! 그런 것인가. 그놈들이 이 시간만 되면 공원에 와서 어찌나 담배를 심하게 피워 대는지 숨이 막힐 지경이었네. 그리고는 담배꽁초를 제대로 끄지도 않고 아무 데나 픽픽 던져버리는 바람에 마른 나뭇잎에 불이 붙을 위험도 있어서 한 번쯤 버르장머리를 가르쳐놔야겠다고 생각하고 있었는데 오늘은 마침 더 어린놈조차 어울려 여러 놈이 담배를 피우고 있길래 좋은 말로 타일러서 보내려고 했더니만 다짜고짜 발길질부터 해대지 않는가? 참! 세상 말세야, 말세!"

하고 하늘을 보고는 허허하고 헛웃음을 날린다.

"할아버지! 정말 병원에 안 가보셔도 되겠어요?"

"이까짓 것 갖고 병원에 갔다가 치료비만 몽땅 나오면 어찌 감당하게. 아파도 쪼께 참으면 그만이지."

하고 옷에 묻은 먼지를 툴툴 털고는 비틀거리며 가신다. 정모는 아르바이트 근무 시간에 늦을까 봐 바삐 서둘러 편의점으로 향했다. 그런 일이 있은 지 두어 시간쯤 지난 아홉 시경에 사복형사 두 명이 편의점으로 오더니 다짜고짜 정모의 손에 쇠고랑을 채운다.

"아저씨! 왜 이러십니까?"

"아까 안산공원에서 학생들 때렸지? 미성년자 폭행 상해죄로 고발이 들어왔어."

"나는 아이들이 할아버지를 집단으로 구타하길래 참을 수 없어서 그런 나쁜 짓을 더는 못하게 떼어놓으려고 그랬는데요?"

"그러니까 학생들을 때린 것은 분명한 사실이구먼, 경찰서에 가서 그런 변명은 하고 따라오기나 해."

"지금 편의점을 비울 수는 없습니다. 오늘 저녁에 근무하고 내일 아침에 경찰서로 가겠습니다."

"현행범이 무슨 잔말이 많아. 편의점 주인 전화가 몇 번이야 빨리 전화해."

정모가 전화번호를 찍고 신호가 울리자 형사는 전화를 낚아채고

"아, 편의점 주인이죠? 나 형사요. 지금 근무하는 알바가 현행범으로 체포되어 연행하니 지금 당장 편의점으로 오시오."

편의점 사장이 오자 정모는 전후 사정을 말할 틈도 없이 경찰서로 연행되었다. 경찰서에 들어서자마자 기다리고 있었는지 아주머니 세 명이 살쾡이처럼 눈을 부라리며 욕설을 퍼부어댄다.

"생긴 것은 멀쩡한 놈이 깡패 짓거리를 해? 야! 이 싸가지 없는 놈아 내 귀한 아들 얼굴 병신 되면 어쩔래. 너 그러고도 무사할 줄 알았냐?"

하고 정모의 멱살을 잡고 흔든다. 형사는 멱살 잡은 손을 풀어

내며

"사모님, 진정하시고 앉아 계셔요, 저희가 알아서 잘 처리할 테니."

"아직도 세상에 저런 깡패놈이 버젓이 있다니 도대체 대한민국 경찰들은 뭣들 하는 것이여? 저런 놈들이 활개를 치게 내버려 두어? 이봐. 경찰 아저씨! 당신 일 똑바로 안 하면 큰코다칠 줄 알아! 알았어?"

하고 형사에게도 명령조로 반말을 지껄여댄다. 그리고는 분을 참지 못하겠다는 듯 씩씩거리고 가쁜 숨을 내쉰다. 그날 밤 정모는 형사의 조사에 사실대로 말했다. 중고등학생으로 보이는 어린 놈 다섯이 노인을 집단으로 구타하며 짓밟는 것을 보고 참을 수 없어 말리느라 두 놈에게 각각 한방씩 주먹을 날린 것뿐이라고. 그리고 그날 밤 경찰서 구치소에서 세웠다. 이튿날 오후에 정모 부모님이 경찰서로 왔다.

"야, 이놈의 자석아! 늬가 뭐났다고 남의 일에 나서서 집구석을 요로크름 못살게 맹그냐? 모난 짓거리 안 허고 바르게 살어라고 정모라고 이름까지 지었등마는 모난 돌이 정 맞는다고 괜히 남의 일에 나서서 주먹 휘둘러야 이놈아? 늬가 맥읍시 일을 저질러 버리는 통에 인자는 사글셋방마저도 쫓겨나 길거리로 나앉게 생겨 부렀다. 아이고! 이놈에 팔자가 먼 팔잔가 모르것다."

하고 아버지가 정모의 멱살을 잡고 흔들어댄다. 전후 사정을 알고 보니 두 학생이 병원에 입원하여 전치 5주 진단을 받고 입원 치료비 일체와 피부 전문병원에서 안면 피부관리를 받는 비용이 한 명당 천만 원씩 이천만 원이니 이 돈을 내놓지 않으면 합의를 해주지 않겠다고 한다는 것이다. 그것도 상대방의 형편을 생각해서 정신적인 피해보상금은 요구하지 않았다고 한다. 그리고 피해자가 합의를 해주지 않으면 정모는 미성년자 폭행 및 상해죄가 적용되어 적어도 일 년은 훨씬 넘게 감옥살이를 할 수밖에 없다는 것이다. 오늘 오전에 앞집 할아버지가 경찰서로 찾아와서 어제 일어났던 모든 상황을 이야기하고 정모가 큰 잘못이 없다는 것을 변명하니 아이들 어머니들이 떼로 몰려들어 아이들한테 집단구타를 당했다면 어디 그 증거를 내놓아 보라고 윽박지르며 만약 증거가 나타나지 않으면 영감도 남의 귀한 자식들 몹쓸 놈으로 만드는 허위고발자로 집어 넣어버릴 테니 그리 알고 잠자코 있으라고 우격다짐을 놓는 통에 할아버지는 입을 꼭 다물고 있다가 돌아가 버렸다. 그리고 입원한 학생들은 한 명은 국회의원 아들이고 또 한 명은 재벌 집 아들이며 나머지 학생들도 검사와 부잣집의 아들들이라고 한다. 정모는 대한민국에서 그 누구도 함부로 할 수 없는 막강한 권력자와 재력가의 아들들을 구타한 괘씸죄에 된통 걸린 셈이다. 사건의 전모와 정모의 사정을 속속들이 파악하고 딱하게 여긴 형사가 들이대 봐야 맨주먹으로 바위 치기이니 일찌감치 손들고 굴복해 버리는 것이 낫다고 얼핏 귀띔으로 들려준 얘기다.

"아버지! 이천만 원이면 우리 집 전 재산인데 아버지는 일하실 수 없고 어머니도 코로나 때문에 식당에서 잘린 판에 이천만 원을 긁어내면 어찌 살아가겠어요. 차라리 제가 교도소에서 썩을 테니 사글셋방 보증금 절대로 빼지 마세요."

하고 말한다. 아버지는 정모의 어깨를 두드리며

"아이고, 이놈아! 말이 그렇지, 청춘이 구만리 같은 네놈 신세는 어쩌고 우리 식구가 모두 고생을 하더라도 네 호적에 빨간 줄은 안 올라가게 해야제."

하고 눈물 바람을 한다. 어머니는

"아가! 정모야. 식구들은 염려 말고 어찌하든지 네 몸 잘 챙기고 있거라."

하고 콩알 같은 눈물을 내쏟는다.

본래 정모네는 전남 영광군 홍농읍 성산리 질마재에서 살았다. 논 다섯 마지기와 밭 서 마지기를 일구며 살았는데 2002년도에 조성된 영광원자력발전소의 한마음공원 부지로 집과 전답이 수용되어 보상금 이천만 원을 받은 정모 아버지 최길주씨는 어찌할 것인가 아내와 의논하였다.

"정모 아빠, 우리 서울로 가십시다. 우리 정모가 이제 내년이면 일곱 살로 초등학교에 들어갈 나이인데 기왕이면 서울로 가서 아그덜 공부도 시켜야 안 될께라우~."

"그래. 우리 다릿심 팽팽헌디 일부러라도 그리 헐란저그나 기왕지사 잘된 일인지도 모르니 이참에 큰맘 먹고 서울로 뜨세. 나는 노동일을 허고 다지금도 식당 일이라도 허면 아그덜 갈치는 돈이사 못 벌 것능가?"

하고 큰맘 먹고 서울로 올라왔다. 그러나 그 돈으로는 전세는 고사하고 웬만한 집은 사글세 보증금도 낼 수 없는 형편이었다. 하는 수 없이 보증금 이천만 원을 주고 방 세 칸짜리 연립주택 지하방을 얻어 이듬해 정모는 가까운 학교에 입학시키고 정모 아버지는 건설 노동일에 나섰다. 정모 어머니는 둘째 애가 들어서 배가 불러 정순이를 낳은 후 정순이가 세 살로 유아원에 맡길 수 있게 되자 이곳저곳 식당을 찾아 헤매다가 일을 얻게 되었다. 정모 어머니는 식당에서 심부름하고 설거지하는 일이 논밭에 나가 뙤약볕에서 들일을 하는 것보다는 한결 쉬운 데다가 월급도 제법 쏠쏠하니 날마다 콧노래를 흥얼거리며 출근했다. 간혹 집적대는 남정네들이 있었지만, 마음만 굳게 먹으면 얼마든지 참아낼 수 있었다. 그리고 몇 달을 지내다 보니 요령이 생겨 농을 농으로 받아들이는 여유도 갖게 되었다. 매월 아이들 학비며 생활비를 지출하고 남은 돈을 저축해 가니 그런대로 시골에서 농사짓는 것보다는 훨씬 나아 재미가 쫀득쫀득 따라붙었다. 아이들은 아이들 대로 옹골지게 커가니 하루 내내 고생을 해도 고생이 고생으로 여겨지지 않아 날마다 온 식구가 모이는 밤이면 지하방에서는 함박꽃 같은 웃음꽃이 피어났다.

 정모는 시골에서 올라온 촌놈 말씨에 지하 방에서 살다 보니 가난뱅이 촌놈이라고 같은 반 아이들이 깔보고 제가 할 청소나 궂은일을 정모에게 시켜도 자신은 시골에서 올라온 촌놈이니 그러려니 여기며 다투지 않고 아이들이 시키는 대로 하였다. 그리고 집에만 오면 열심히 공부하였다. 정모 부모는 그런 정모가 대견스러웠다.

 "엄마! 나 태권도 학원에 보내주세요."

 "왜? 누가 너를 때리든?"

 "아니요. 그렇지만 중학교에 가면 태권도 학원에 다니면서 운동을 하지 않은 아이들은 나쁜 애들이 많이 괴롭힌 데요."

 "그래? 알았다. 개미 쳇겟돈을 내서라도 너 하고 싶은 공부 다 시켜줄 테니 다음 달부터 태권도 학원에도 다니거라."

 그래서 정모는 초등학교 6학년 때 검은 띠를 따냈다. 초등학교를 졸업하고 중학교에 들어가자 촌놈 티를 벗고 반에서 공부도 상위그룹에 올랐다. 그런데 호사다마라고 아버지가 건설현장에서 사고로 다리를 다쳐 절름발이가 되어 더는 일을 할 수 없게 되고 말았다. 아버지는 정식 직원이 아니고 일당 근로자이기 때문에 치료비와 위로금 몇 푼밖에 받지 못했다. 이제는 정모 어머니의 식당 월급에 온 식구가 매달릴 수밖에 없게 되었다. 정모는 하는 수 없이 아침으로는 신문 배달을 하고 태권도 학원에도 다닐 수 없게 되었다. 정모는 새벽에 일어나 신문을 돌리고 학교에 갔다. 그래도 공부는 뒤떨어지지 않아 상위그룹을 유지해나갔다. 그리고 대학에 들어가서는 아르바이트를 할 수밖에 없었다. 방학 때는 건축 공사장에서 먼지를 뒤집어쓰고 노동일을 하였다. 대학을 졸업하고는 바로 입대하여 군 복무도 마쳤다. 이제 거리낄 것이 없는 대한민국의 떳떳한 젊은이가 된 것이다. 정모는 자신이 원하는 직장에 취직만 하면 되었다. 지난 일 년 동안 백방으로 뛰어다니며 취업공고만 보면 원서를 내고 수차례 취직 시험을 치렀으나 자신의 예상과는 달리 모두 낙방이었다. 어머니도 갑작스러운 코로나의 발광으로 식당일이 잘려서 정모는 하는 수 없이 다시 편의점의 아르바이트를 하다가 이런 황당한 꼴을 당하게 된 것이다.

 정모 부모님은 지금 사는 지하방 주인을 찾아가 사정을 말하고 열흘 안에 집을 비울 테니 사글세 보증금을 좀 급히 빼달라고 애걸하였다. 지금까지 이 지하방에 들어와서 월세 한번 제날짜를 어기는 일 없이 18년이나 살아왔기 때문에 주인도 그동안 보증금을 올리지 않고 있었다. 그리고 주인은 정모네와 정도 들고 이 집 사정을 잘 알고 있어서 두 말없이 월세 보증금 이천만 원을 돌려주었다. 주인에게서 받은 이천만 원은 영모네처럼 가난한 사람에게는 네 식구 목숨이 달린 전 재산이었다. 그러나 정모를 미성년자 폭행죄로 고발한 사람들에게는 있어도 그만 없어도 그만인 호주머니의 쌈짓돈이나 마찬가지다. 정모는 할아버지가 손자뻘인 아이들에게 집단으로 구타당하는 것을 보고 정의감에서 치솟은 울분을 참지 못해 주먹 한 번 휘둘렀다가 온 식구들의 생계가 걸린 전 재산을 국회의원과 재벌 집에 빼앗기고 합의를 볼 수밖에 없었다. 이런 내막을 아는 사람은 혀를 끌끌 차며 안타까워하였다. 그러나 어찌하랴! 오늘날의 대한민국 세상이 모다 그런 것을, 권력과 금력의 힘이 모다 그런 것을, 백 개 가진 놈이 한 개 가진 놈의 것을 빼앗는 약육강식의 현실이 모다 그런 것을…….

이튿날 정모는 구치소에서 나왔다. 그러나 지금 당장 급한 일이 사글셋방을 얻어서 지금 사는 방을 비워주는 것이었다. 어머니는

"내년에 네 동생 정순이 대학에 합격하면 등록금 내려고 꼬불쳐 둔 돈인데 이 형편에 가시나 대학은 어떻게 보내겠냐? 이 돈으로 보증금 내고 얻을 수 있는 방이 있나 알아보거라. 나는 내일부터 건물 화장실 청소일 자리라도 있는지 알아볼란다."

하고 오백만 원을 내놓으신다. 정모는 현재 사는 곳에서 이 돈으로는 어림없는 일이어서 아예 지하철을 타고 산동네로 향했다. 버스 정류장에서 가까운 산동네 입구에 부동산이 있어서 들어가 물어보니 단칸방도 보증금 오백만 원짜리는 귀하다고 한다. 더구나 방 세 개라면 최소한 보증금 천만 원은 있어야 산동네 위쪽 오

두막집이라도 알아볼 수 있단다. 정모네는 부모님 방 하나와 여동생인 정순이 방, 그리고 자신의 방까지 셋은 있어야만 한다. 정모는 산동네 꼭대기라도 좋으니 한번 가 보자고 부동산 사장과 길을 나섰다. 가파른 길을 한참을 올라가 슬레이트 지붕의 허술한 집 대문을 열고 들어갔다. 주인 할머니는 지금 세 들어 사는 사람에게 칠백만 원을 내주고 도배도 새로 해야 하니 천만 원을 받지 않으면 안 된다고 한다. 정모는 가족들과 의논해 보겠노라고 말하고 돌아왔다. 밤에 식구가 다 모인 다음 이러한 사정을 말했다.

"오빠! 방 두 개짜리만 얻으면 되요. 제가 먼 산동네에서 여기까지 어떻게 통학하겠어요. 이제 졸업이 반년 밖에 안 남았어요. 학교 졸업할 때까지 혼자 자취하는 친구와 함께 있기로 약속했으니 제 걱정은 마세요."

하고 말한다.

"그래? 나도 오늘 내내 돌아다녀 보았지만, 청소 일자리도 구할 수 없으니 다 큰 가시나 밖으로 내보낼 일은 아니다만 어쩔 수 없구나. 방 두 개짜리라도 알아보아라. 나도 내일 또 일자리 알아볼란다."

"어머니, 그러면 저와 함께 가서 집을 알아보고 집에서 가까운데 혹 일자리가 있는지 알아보아요."

"그래, 그러자꾸나."

정모는 어머니와 함께 산동네로 향했다. 부동산에서는 방이 두 개이고 보증금 천만 원짜리 옥탑방이 있다고 하여 주인을 만났다. 이 층 옥상에 들인 옥탑방은 이제 새로 증축하여 방도 깨끗하고 남향인 데다가 전망이 좋아서 뒷산과 시가지가 한눈에 보였다. 지금까지 살아온 지하방에 비하면 대궐 같은 집이다. 그러나 보증금이 문제였다. 옥탑방 주인아주머니는 보증금 천만 원이 아니면 안 된다고 잘라 말한다. 정모는 이 옥탑방이 맘에 들어 사정하였다.

"주인아주머니. 저는 젊고 건강합니다. 우리 어머니도 놀지 않고 일하시면 사글세는 밀리지 않고 낼 수 있습니다. 급한 사정이 있어서 그러니 저의 건강한 젊음을 믿고 보증금 오백만 원만 받고 오백만 원은 매달 사글세로 계산하여 낼 테니 이 방을 저희에게 내주실 수는 없겠습니까?"

하고 솔직하고 당당하게 사정을 말했다. 한참을 망설이며 생각하던 주인아주머니는

"보아하니 젊은이가 믿음직스럽게 생겼는데 그럴만한 사정이 있다니 내가 양보하지요. 우리가 사는 2층 위에 들이는 방이어서 아이들이 딸린 집이면 어찌할까 하고도 생각했었는데 부모님과 젊은이가 들어오신다니 그러시구려."

하고 허락하였다. 정모는 이층집 옥상에 올린 방 두 개짜리 옥탑방을 계약하고 빈방이니 다음 날 바로 이사 하였다.

정모는 오늘도 인터넷에서 모집 광고를 보고 이력서를 챙겨 들고 강남으로 향했다. 두 군데에 이력서를 제출하고 나왔다. 강남 대로에 오가는 차들은 거의 모두가 외제 차들뿐이다. 저 차 한 대당 가격이 수천만 원에서 수억 원에 이를 텐데 팔 차선 넓은 도로에 이처럼 수억 원에 달하는 차들만 꽉 차서 굴러다니니 강남에 와서 보면 우리나라에는 모두 부자들만 사는 나라가 분명하였다. 대로변의 호화로운 빌딩들은 하늘을 찌를 듯이 높이 솟아 인도에서 하늘을 올려다보면 하늘이 손바닥으로 가릴 정도로 좁았다. 정모는 값비싼 외제 차들과 드높은 빌딩들을 바라보는 순간, 자신도 모르게 위압감을 느꼈다. 그동안 정모는 스물다섯 살이 된 지금까지 빌딩이나 외제 차들을 보고 이처럼 위축되는 감정을 느껴보기는 처음이다. 높은 빌딩을 보면 그저 '저 건물은 참 높은 건물이다.' 하고 막연히 바라보았을 뿐이다. 잠실 석촌호숫가에서 롯데빌딩을 바라볼 때도 '아! 우리나라에도 저처럼 높은 빌딩이 있다니 참으로 자랑스럽구나.' 하고 느꼈을 뿐 오늘처럼 뼈저린 박탈감으로 자신의 처지가 비참하다고 느껴본 적은 없었다. 으리으리한 외제 차를 보고도 그저 어느 잘사는 사람이 타고 다니는 차라고 대수롭지 않게 여겼을 뿐이다. 그런데 사글세 보증금 천만 원이 없어서 주인아주머니에게 오백만 원을 월세로 낼 테니 깎아달라고 사정하여 옥탑방으로 이사한 자신의 처지가 새롭게 가슴을 짓누른다. 서울에서 대학을 버젓이 나오고 군 복무도 마쳤지만, 제 일자리 하나 얻지 못해 일 년 동안이나 헤매고 있는 자신이 너무도 초라하고 비참하게 여겨진다. '아! 이래서 상대적인 박탈감 때문에 사람들은 악한 사람이 되어가고 범죄를 저지르게도 되는구나.' 하는 생각이 가슴속 깊이 파고든다. 그리고 이런 마음을 갖게 되면 선량한 사람도 점차 억하심정을 지니게 되고 사회에 대한 불만이 커지면 본의 아닌 범죄를 저지르기에 이르게 될 것이라 여겨진다. 이는 공평하지 못한 인간사회가 선량한 사람도 악인으로 만들어버리게 된다는 논리가 성립되어 정모의 마음을 어둡게 하였다. 그리고 자신의 이러한 감정이 두려워지기까지 하였다. 정모는 어두운 상념에 싸여 지하철역을 향해 힘없는 발걸음을 옮기고 있었다.

"야! 너 정모아냐?"

누군가 등덜미를 친다. 돌아보니 대학 때 동아리를 함께 하던 이병수라는 친구다. 그와 절친은 아니었지만, 그도 시골에서 올라와 자취하며 대학을 어렵게 다닌 친구로 그의 자취방에도 몇 차례 가본 적이 있었다.

"어! 너 병수구나. 반갑다."

"정모야, 너 구직 원서 내고 오는 길이지?"

"네가 그걸 어떻게 알았어?"

"야! 척 하면 입맛이지. 우리 모처럼 만났는데 술이나 한잔하자."

"그래 좋아. 우리가 졸업한 지가 삼 년째니까 꼭 삼 년만이구나."

"그렇지. 여기는 부자 동네라 우리 같은 처지에는 맞지 않아. 우리 종삼으로 가자."

하고 앞장선다. 정모는 병수를 따라서 지하철 3호선을 타고 종로 3가에서 내렸다. 종로 3가 역에서 나와 비좁은 골목으로 들어서니 강남과는 비교도 할 수 없는 오륙십 년 전의 허름한 술집 밥집들이 늘어서 있다. 병수가 들어간 집은 천장이 낮고 서까래가 시커멓게 그을린 한옥을 개조한 집이었다. 요즈음 갑자기 사람들을 공포로 몰아넣은 코로나 때문에 그런지 탁자는 빈 곳이 많았다.

"야! 정모. 너 보나 마나 호주머니 비었을 테니 오늘은 내가 쏜다. 실컷 마셔보자. 아줌마! 여기 우선 빈대떡 한 접시 하고 막걸리 세 병!"

하고 주방을 향해 소리친다. 둘 이는 배가 출출한 김에 막걸리 두 잔씩을 단숨에 비웠다. 빈속에 술이 들어가니 얼큰하게 취기가 올라왔다.

"야! 정모야. 이놈의 세상 울화통이 터져 못 살겠다."

병수는 다짜고짜 울분을 토해낸다.

"야, 임마! 대학 다닐 때는 순하디순했던 네가 이 뭔 소리냐?"

"우리 부모님은 자신의 생명보다 더 아끼시던 문전옥답을 팔아서 서울로 자식 대학 보낼 때는 큰 벼슬이나 딴 것처럼 좋아하셨는데 대학을 졸업한 지 3년씩이나 이러고 있으니 시골 부모님한테도 면목이 없고 스스로에게도 화가 나서 미칠 것 같다."

"너는 공부를 아주 잘 했었잖아. 그런데 지금까지 취직을 못 했다니 나는 이해 할 수가 없다. 그동안 취직 시험은 한 번이라도 본 게냐?"

"취직 시험? 그게 시험인 줄 아냐? 미리 뽑을 놈 다 정해놓고 공개채용 한다고 떠벌려 돈 없고 빽 없는 놈들 잔뜩 약만 올리는 게 요즘 시험이란다. 너는 아직 그런 것도 모르냐? 이제 보니 너 완전히 순진한 인생 초짜구나?"

"에이! 그래도 그렇지. 이 선진국 대열에 올라선 나라에서 그렇게까지야 변했을까. 네가 세상을 잘 못 본 겔 게다. 자, 술이나 한 잔 더 들고 마음 풀어라."

정모는 막걸리병을 들어 병수의 잔을 채우고 제 잔도 채웠다.

"야! 나 대학 졸업하고 2년간 수많은 공개 채용 시험에 원서를 집어넣었지만, 지금까지 한 번도 붙어보지 못했다. 그리고 작년 일 년 동안에는 안 해본 일이 없었다. 지난가을에 길에서 포장마차를 해서 몇 달간 용돈도 벌어 아주 장사 길로 들어서려고 마음먹었었는데 난데없이 코로나가 세상을 뒤집어놓는 통에 장사도 접을 수밖에 없었다. 이제는 코로나 땜에 그 어떤 장사도 다 틀린 일이고 오늘 마지막으로 공개 채용 시험에 원서를 집어넣고 오는 길에 너를 만난 것이다."

"회사 입사 시험이 그리도 비리가 많다면 공무원 시험이나 보지. 국가에서 시행하는 공무원 시험이야 정당하게 실력으로 뽑을 게 아니냐?"

"공무원 시험? 야! 말도 마라. 요즈음 4년제 대학교 버젓이 졸업한 놈들이 공무원 시험공고만 나오면 얼마나 떼로 몰려드는지 합격하기가 하늘에서 별 따기다. 그것도 일 년에 한 번 뽑는 시험이니 한 번 떨어지면 또 일 년이나 기다려야 한다. 이처럼 취직하기가 어려운 세상이다. 이 순진한 초병아."

"그럼, 너는 이번이 마지막이라고 했는데 이번에도 안되면 어쩔 셈이냐?"

"나는 그냥 떠나기가 아쉬워서 한 번 넣어 본 것이지 합격 되리라고는 아예 생각도 않는다. 시골에 전답은 나 때문에 다 팔아 치워서 남은 게 없고 조상 대대로 물려받은 야산이 있어서 아버지가 계발하실 생각 중이라고 하시니 늙으신 아버지께 맡겨 둘 수 없고 내려가서 땅이나 일구고 살련다. 야, 정모야! 너 정 할 일 없으면 우리 고향으로 내려와라. 나하고 과수원이나 일구게. 그리고 네가 일군 땅은 너에게 그냥 줄 수는 없으니 네가 농사 짓는 동안만은 땅 세 한 푼도 안 받고 무료로 대여해줄 테니 마음 내키면 언제든지 연락해라."

하고 전화번호를 찍어준다.

"나는 이번에 안 붙으면 내년에 있을 공무원 시험 준비나 하려고 한다."

"그래? 그럼 아주 잘 되었다. 우리 시골집 넓은 데 부모님만 계시니 방이 텅텅 비어있다. 조용한 시골에서 고시 공부하듯이 들입다 파 봐라. 숙식은 공짜로 제공해 줄 테니 어쩌냐? 한 번 깊이 생각해 봐라."

"그래? 집에 가서 신중히 생각해 보마."

"정모야! 생전 술잔에 입도 안 대던 네가 어쩐 일이냐? 얼른 일어나 콩나물국에다 말아서 밥 한술 떠라."

하고 어머니가 깨운다. 정모는 아직도 정신이 몽롱하다. 어제 병수와 밤늦도록 술을 마시고 지하철이 끊길까 봐 서둘러 지하철을 탔던 것까지는 기억이 어렴풋이 떠오른다. 그리고 그 후로는 필름이 끊겼다.

"어머니! 나 언제 어떻게 들어왔어요?"

"응, 네가 생전 그런 일이 없었는데 열한 시가 넘도록 오지 않아 밖으로 나가 기다리고 있는데 열두 시가 다 되어서야 술이 잔뜩 취해 비틀거리며 올라오는 것을 주인 알까 봐 조심조심 데리고 올라왔다. 그런데 네가 갑자기 웬일이냐? 아직은 이 에미가 무슨 일을 해서라도 이 가정을 꾸려나갈 테니 걱정일랑 마라. 나는 네가 마음 상해 어찌 될까 봐 조마조마 외나무다리를 걷는 심정이다."

"어머니! 제 걱정은 마세요. 어떤 경우에도 저는 삐뚤어지지 않을 자신이 있어요. 정 취직이 어려우면 공무원 시험을 준비하렵니다."

"그래? 생각 잘했다. 나도 이리저리 알아보니 전에 식당에서 함께 일했던 아줌마가 정 할 일이 없으면 환자 돌보미 일자리를 마련해 볼 테니 기다리라고 연락이 왔다. 돌보미 일이 힘은 들어도 한 달에 백 이십만 원은 받는다고 하더라. 생활은 꾸려 갈 수 있을 테니 너는 걱정하지 말고 공무원 시험 준비나 열심히 해라."

"예, 알았어요. 어머니."

그날부터 정모는 초심으로 돌아가 새로운 마음으로 공무원 시험 준비에 들어갔다. 아침 일찍 일어나 뒷산으로 올라가 체조하고 내려와서는 하루 종일토록 책에 파묻혀 씨름하였다. 그런데 11월이 말이 되자 방 문제가 불거지고 말았다. 겨울 방학에 들어갔다가 내년 개학하자마자 졸업이기 때문에 정순이 친구가 몇 달간 방을 비워두고 방세만 낼 수 없어 방을 빼고 시골로 내려간다고 한다. 그러면 정순이가 지낼 방이 없어지는 것이다. 그렇다고 끼니 걱정마저 해야 할 형편에 정순이 방을 따로 얻어준다는 것은 상상도 못 할 일이다. 정모는 하는 수 없이 병수에게 전화를 걸었다. 병수는 그동안 고향으로 내려가 잘 있다고 전화가 왔었다.

"병수야. 그동안 잘 있었냐?"

"야. 정모 네가 먼저 전화를 하다니 내일은 해가 서쪽에서 뜨겠다."

"어째 공기 좋은 시골 생활에 재미는 좀 붙었냐?"

"그럼! 차라리 다 버리고 내려오니 이리도 마음이 편한 것을 내가 멀라고 지금까지 온갖 오염으로 병든 서울에서 뭉그적거리고 있었는지 모르겠다."

"그래? 네가 그렇게 생각한다니 참 잘된 일이다. 그런데 말이야. 그날 밤 종삼에서 내게 한 말 지금도 유효하냐?"

"뭐, 뭐라고? 다시 한번 말해 봐!"

"내가 네 집에 내려가 고시 공부하면 숙식은 무료로 제공해 주겠다고 한 말 말이야. 남아일언 중천금인데 설마 몇 달도 못 되어서 변심한 것은 아니겠지?"

"아! 물론, 물론! 네가 온다면 쌍수를 들고 마중 나가지. 생각 내키면 꾸물대지 말고 후딱후딱 내려와라! 너 언제 내려올래?"

"열흘 후 12월 1일 날 내려갈게."

"야! 열흘씩이나 어떻게 기다리냐? 내일 당장에 내려와! 그날 너 방황하는 것 보고 이리될 줄 짐작하고 네 방은 이미 도배 다 해 놓았으니 불만 뜨끈하게 넣으면 된다. 빨리 내려와라."

"여기서 정리할 것도 좀 있고 공부할 책도 더 준비해야 하니 그날 내려가겠다."

"그래. 그사이에 마음 변치 말아야 한다. 알았지?"

그날 밤 정모는 시골 친구네 집으로 내려가서 공부하겠다고 부모님께 말씀드렸다. 어머니는 반가워서 어쩔 줄을 모르신다.

"정모야, 참 잘된 일이다. 서울에서는 극성을 부리는 코로나 때문에 걱정이 많았는데 네가 공기 맑은 시골에 가서 공부한다니 한결 마음이 놓이는구나. 너를 보내고 나면 내가 간병일 하고 네 동생은 아르바이트하면 살아갈 일은 걱정 없으니 집안 식구들은 걱정하지 말고 어쩌든지 네 몸만 건강하고 공부 열심히 하여라. 아이고 하느님 감사합니다. 우리 정모를 좋은 곳으로 이끌어주셔서……."

하고 두 손을 모으고 기도한다. 정모는 어머니가 하늘에 기도하는 모습을 처음 보았다. 지금까지 어머니가 정모 자신이 조금이라도 마음 상할까 봐 얼마나 노심초사했는지 알만했다. 정모는 어머니의 사랑과 가족을 생각해서라도 제 뼈를 깎는 인내와 고충을 견디며 기필코 공무원 시험에 합격하리라고 다짐하였다. 11월 30일 날 여동생 정순이는 집으로 돌아왔다.

"정순아! 너에게는 정말 미안하다. 이 못난 오빠의 실수로 너 대학 진학을 못 하게 만들어 버렸구나. 내가 공무원 시험에 합격하면 첫째로 할 일이 너를 대학교에 보내는 일이다. 틈틈이 손에서 책은 놓지 마라. 나는 시골로 내려가면 공무원 시험에 합격하지 않으면 절대로 집에 돌아오지 않겠다. 내년이 될지 내후년이 될지 기약 없는 일이다. 이제부터는 네가 이 집 가장이라 여기고 내가 없는 동안 너는 부모님을 잘 모셔야 한다."

"오빠! 염려 말아요. 그리고 제가 진학 못 한 일에 너무 부담 갖지 마세요. 아버지 어머니는 제가 잘 모실 테니 오빠 몸 건강하고 집안 걱정은 마시고 공부만 열심히 하셔요."

하고 오빠의 손을 꼭 잡는다.

다음 날 아침 정모는 터미널에서 보령행 버스를 탔다. 12시에 터미널에 도착하여 내리니 병수가 기다리고 있었다. 병수가 운전하는 차를 타고 10여 분간 달리니 큰 저수지가 나왔다. 저수지를 바라보는 식당에 들러 점심을 먹었다. 식사 후 마당으로 나온 병수는 저수지를 바라보며 점잖은 말투로 변했다.

"이 저수지는 청천저수지라고 하지. 이름 그대로 푸르고 맑은 저수지야. 구슬처럼 맑은 물이 흘러내리는 옥계천, 길현천, 석우천, 황룡천, 창대천, 의평천, 대천천 등에서 모여드는 물이 어느 한 곳에도 오염원이 없어 맑을 수밖에 없다네. 내가 사는 곳은 한 10분쯤 올라가면 옥계천 중간쯤에 있네. 차에 오르지."

차에 오른 뒤 10여 분쯤 계곡을 따라 운전하여 어느 마을에 이르렀다. 이 마을 입구에 옥동(玉洞)이라는 표석이 한문과 한글로 새겨져 있다. 마을 서편 기슭에 동남향의 집 마당으로 들어가 차에서 내렸다. 병수의 부모님께 인사를 드리고 마당으로 나오자 병수는 정 남쪽에 보이는 산을 가리킨다.

"저 산이 오봉산(五峯山)이야. 이 옥계 계곡물은 오봉산 북쪽의 기슭에서 시작되지. 그리고 저 높은 뒷산이 오서산(烏棲山)이네. 우리 집은 오서산을 조산으로 오봉산을 안산으로 들어앉은 셈이지. 그리고 우리 집 동쪽에 낮은 야산이 내가 과수원으로 개발할 산이라네, 자네는 일하려고 온 게 아니라 공부하려고 왔으니 자네 시간은 일주일에 하루만 내가 빼앗겠네. 그것도 일하려고 빼앗는 게 아니라 둘이 일주일에 일요일 날만 하루씩 산에도 오르고 바닷가에도 가고 이 고장 곳곳을 누비며 귀경 삼아 운동 삼아 바람을 쐬는 것일세. 그리고 겨울철에는 일할 수 없으니 내년 봄까지는 나도 그동안 체험한 것이 많아 내가 평소 꿈꾸던 글을 써서 문단에 등단할 계획이니 오히려 내가 더 글에 파묻혀 자네를 심심하게 할 것이네."

그리고는 동남쪽을 향하여 들어앉은 집에서 정면으로 바라다보이는 산을 가리킨다.

"저 산이 바로 성인이 사신다는 성주산(聖住山-500m)이야, 그런데 이 성주산은 북으로 약 6km 떨어진 능선 위에 성주산(聖住山-677m)이 또 하나 있지. 즉 성인이 두 분이 사이좋게 내왕하면서 사신다는 전설이 전한다네. 그래서 이 고장 사람들은 꼭 사이좋은 친구를 한 명 사귀며 네 것 내 것 가리지 않고 모든 것을 친구와 함께 나누며 사는 것을 최고의 복락으로 여기지. 나는 자네가 보령 터미널에 내리는 순간부터 내 몸 같은 단 하나의 친구로 내 가슴속에 자네를 담아 버렸네. 정모는 곧 병수이고 병수는 곧 정모일세. 어떤가? 내 마음속에 기꺼이 갇히겠나?"

하고 단도직입적으로 묻는다. 정모는 거리낌 없이 대답한다.

"좋아! 내 기꺼이 자네 마음속으로 들어가 주지. 그리고 내 마음속에도 자네를 가두어 버리겠네."

둘 이는 서로를 힘차고 뜨겁게 포옹하였다.

# 왕모의 변신

 오늘도 왕모는 사람들이 많이 다니는 큰길을 피해 한적한 골목길을 어슬렁거린다. 배가 잔뜩 고팠기 때문이다. 이런 골목을 돌아다녀 봐야 먹을 만한 것을 줍는다는 것은 꿈에 떡 얻어먹기다. 그러나 이런 동네에 있는 골목 가게에서는 주인 할머니가 졸고 있는 틈에 빵 하나 슬쩍 집어오기는 아주 쉬운 일이다. 어떤 가게는 아예 주인의 모습이 보이지 않을 때도 있다. 부자들이 사는 동네에서 쓰레기통을 뒤지면 멀쩡한 먹을거리가 널려있지만, 부자 동네에는 가기가 싫다. 혹여 거리에서 아이들을 만나면 어찌나 호들갑을 떨고 괴성을 질러대든지 생각만 해도 진절머리가 난다. 그리고 부자 동네 가게들은 맑고 튼튼한 유리 벽 안에 맛있는 아이스크림이나 단팥빵, 햄버거를 먹음직스럽게 진열해 놓아 지나다니는 사람들의 마음을 유혹하고 있지만, 손님이 많이 들락거리는 데다가 멀리서 몰래 눈요기나 할 수 있을 뿐이어서 오히려 더 배가 고팠다. 그래서 왕모는 가난한 사람들이 사는 산동네에 오곤 한다. 이 산동네는 가파른 언덕에 벽이 허물어지거나 지붕의 슬레이트나 양철이 할머니의 이가 빠진 것처럼 듬성듬성 빠져나가서 온전한 모습이 아니다. 그러나 오두막집들이 게딱지같이 다닥다닥 이마를 맞대고 붙어있는 이런 동네에서는 어쩌다 사람과 눈이 마주쳐도 부자 동네만큼 호들갑을 떨고 발광하지는 않았다.

저만큼 허리가 꼬부라진 할머니가 폐휴지를 가득 실은 수레를 힘겹게 끌며 겨우겨우 언덕길을 오르고 있다. 왕모는 살그머니 다가가 뒤에서 수레를 밀었다. 할머니는 갑자기 수레가 가볍게 느껴져 뒤를 돌아보았으나 아무것도 보이지 않았다. 힘겹게 오르던 언덕길을 가볍게 다 올라온 할머니는 수레를 멈추고 '혹시 짐이 쏟아져 버렸나?' 하고 수레 뒤로 돌아갔다가

"에그 머니!"

하고 깜짝 놀라 뒤로 네 벌떡 넘어지려는 것을 가까스로 수레에 실려있는 상자를 잡고 멈출 수 있었다. 할머니가 놀라는 것도 무리는 아니었다. 얼굴에 온통 검고, 붉고, 노랗고, 흰 털이 뒤죽박죽 뒤덮여 할머니의 눈에는 백여우로밖엔 볼 수 없는 작은 꼽추가 까만 눈알만 말똥거리며 서 있지 않은가. 이 모습은 서 있는 것도 아니고 네발 달린 짐승처럼 엎어져 있는 것도 아닌 괴상한 모습인 데다가 털북숭이 얼굴의 긴 턱이 오른쪽으로 비뚤어져 있어 보는 순간 기절하지 않은 것만도 다행인 몰골이었다. 한참 후에 정신을 차린 할머니는

"에이! 징그러워. 저리 가. 저리 가!"

하고 손을 내저으며 쫓으니 원숭이처럼 생긴 아이는 무참하게 서 있다가 어슬렁어슬렁 반은 기어서 아래로 내려간다. 할머니가 짐을 내려놓고 그래도 제 깐에는 힘겨운 나를 생각해서 도와주었는데 내가 너무 야박했나? 하고 생각하니 후회가 되어 사립을 열고 나와 보았다. 아이는 옆집 골목 담에 기대고 앉아 콩알 같은 눈물을 뚝뚝 흘리고 있는 게 아닌가. 할머니는 '저 아이가 짐승은 아니고 사람인 게 분명한데 지금까지 얼마나 많은 사람에게 멸시를 받고 온갖 어려움을 견디며 살아왔을꼬?' 하고 생각하니 측은하여 집으로 데리고 왔다.

"너 배고프지?"

하고 물으니 아이는 고개를 끄덕인다. 할머니는 라면 둘을 끓여 식은 밥을 말아서 아이와 함께 저녁을 먹었다. 아이는 얼마나 배가 고팠던지 게눈 감추듯 순식간에 다 먹어치우니 할머니는 혀를 끌끌 차며 자신의 몫을 덜어주었다. 할머니는 저 어린 것이 등은 잔뜩 굽은 꼽추인 데다가 얼굴마저 저리 흉측하니 어디 가서 밥 한 그릇 얻어먹기는 진작에 틀린 일이고 보는 사람이면 누구나 징그러운 짐승으로나 여길 텐데 당장 내쫓기도 그러니 이를 어쩌나? 고민하다가 물었다.

"너 지금 몇 살이냐?"

"열세 살이요."

열세 살이면 중학교 갈 나이인데 얼굴에 털이 잔뜩 나서 나이를 알아보기 어렵지만, 눈과 코 입술을 자세히 보면 제 나이보다도 어린 태가 났다.

"그럼. 이름은 있냐?"

"예, 제 이름은 왕모에요."

하고 대답한다. 왕모란 이름을 가진 것을 보면 제집도 있고 부모도 있을 텐데 이리 떠도는 것을 보면 부모와 사람들에게 버림받은 것이 분명했다.

"왕모야, 너 갈 곳 없지? 오늘 밤엔 여기서 나하고 함께 자자."

할머니는 그날 밤 왕모와 함께 잤다. 좁은 방에 둘이서 자니 혼자 잘 때보다 잠자리가 따뜻하여 편안히 깊은 잠을 잘 수 있었다. 아침에 일어나니 다른 날보다 훨씬 몸이 가벼웠다. 할머니는 왕모와 아침을 먹고 여느 날처럼 혼자 수레를 끌고 나왔다. 왕모가 조금 뒤떨어져 따라왔다. 그리고는 상자 거두는 일에 앞장서서 돕는다. 오늘은 할머니가 평소에는 하루 내내 돌아야 하는 거리를 오전에 돌아 수레에 가득 싣고 집에 와서 점심을 먹을 수 있었다. 점심을 먹고 난 후 할머니는 왕모의 처지가 불쌍하여 혀를 끌끌 차며

"아이구! 너는 어쩌다가 이런 몰골로 태어났냐?"

혼잣말로 한탄하였다.

"저는 처음부터 이런 모습으로 태어난 게 아니에요."

하고 왕모가 가슴에 맺힌 이야기를 꺼냈다.

왕모는 강남의 부잣집에서 둘째 아들로 태어났다. 부잣집 아들인 데다가 얼굴이 귀엽게 생기고 공부도 잘하여 초등학교 3학년 때까지 선생님의 귀염을 받고 동무들의 부러움을 받으며 자랐다. 그런데 어느 날부턴가 갑자기 얼굴에 난데없이 털이 하나씩 돋아나기 시작하였다. 예쁘던 얼굴에 흉측한 털이 돋아나는 어처구니없는 일을 당한 왕모의 어머니는 고민 끝에 단골로 다니는 피부과 전문병원으로 데리고 가서 진찰을 받았으나 피부과 전문의들도 까닭을 밝혀내지 못했다. 그래서 하는 수 없이 얼굴에 마취 주사를 놓고 털을 모두 뽑아버렸다. 그런데 털을 뽑아낸 자리에서 더 많은 털이 솟아 나는 게 아닌가! 왕모의 어머니는 남이 알까 봐 두려워 학교에는 병가를 내고 백방으로 알아보았으나 들어내 놓고 알아볼 일이 아니어서 속이 까맣게 타고 피가 마를 지경이었다. 이 일을 어찌할까? 망설이다가 수소문하여 국내에서 최고로 이름 높은 전문의를 찾아 비싼 수가(酬價)를 지불(支拂)하고 집으로 불러들여 최첨단 기계로 진찰을 하게 하였다. 의사가 한 달 동안 진찰하고 검사한 뒤 진단결과를 말했다.

"이 아이는 지금 방사능에 오염된 물고기를 먹고 중금속에 오염되어 기형이 되어가는 중입니다."

왕모의 어머니는 깜짝 놀랄 수밖에 없었다.

"아니, 방사능 오염이라니요? 저의 집에서 사용하는 식재료는 일류 백화점에서나 살 수 있는 우리나라의 최고급 식품일 뿐만 아니라 이 애가 점심때만 먹는 학교급식도 사립학교이기 때문에 역시 최고급품으로 안전한 식재료만 사용합니다. 외식할 때도 가난한 사람들은 드나들기 어려운 고급 식당을 이용하기 때문에 최상급 재료로 만든 음식인데 방사능에 오염된 음식을 먹었다니 믿을 수 없네요."

"그건 저로서도 무어라 말씀드릴 수 없습니다. 다만 제 생각으로는 생선이 오염된 지 얼마 되지 않아 잡힌 고기라면 정밀 검사를 해보기 전에는 일반 사람의 눈에 아무렇지도 않은 싱싱한 생선으로 보일 수밖에 없습니다. 그렇다고 생선을 파는 사람이 일일이 검사해서 시장에 내놓을 수도 없고 또 언제 어디서 먹은 생선이 오염되었던 것인지도 모를 일이니 생선을 제공한 사람도 찾아내기 어렵지요."

"선생님 그러면 이 아이를 치료하여 정상인으로 되돌릴 수는 없습니까?"

"현대 의학으로서는 전혀 가능성이 없습니다."

"그렇다면 이 아이를 이대로 보고만 있으라는 말입니까?"

"지금 이 아이의 병은 현재 개발된 그 어떤 의술이나 과학으로도 고칠 수 없습니다. 의사의 한 사람으로 너무 죄송할 따름입니다."

하고 의사의 소임을 다하지 못한 자신을 진심으로 부끄러워하는 눈치다. 그 후 달포쯤 지나자 왕모의 얼굴은 딜로 뒤덮여 본래의 얼굴을 알아볼 수 없게 되고 말았다. 왕모의 부모는 자식이 점점 괴물로 변해가는 꼬락서니를 보고만 있을 수밖에 없었다. 이 세상의 그 어떠한 어려운 일도 자신이 가진 돈으로 해결하지 못하는 일이 없었는데 세상에서 돈으로도 해결 못 하는 일이 있다니 답답하고 분통이 터지는 일이었다. 그러나 어쩔 것인가? 그냥 무작정 보고만 있을 수밖에……. 왕모는 이제 턱이 오른쪽으로 뒤틀리기 시작하였다. 그리고는 등도 꼽추처럼 구부러지기 시작하더니 마침내 몸이 기역 자 모양이 되고 말았다. 왕모가 서 있어도 등이 굽은 모양은 마치 원숭이가 앞발을 늘어뜨리고 있는 형상인 데다가 얼굴이 뒤틀리고 흉측한 털이 돋아 원숭이보다도 더 혐오스러운 모습으로 변해버렸다.

  위로 형은 동생이 짐승처럼 변해가자 동생만 나타나면 제 방에 들어가서 나오지를 않고 아래로 누이동생은 질겁을 하고 놀래는 통에 부모는 별수 없이 왕모를 지하 창고에 가두고 부엌일 하는 아주머니에게 제 때에 음식이나 가져다주고 입단속을 철저히 하라고 주의를 단단히 주었다. 사실 형이나 동생이 질겁을 하지 않아도 남이 볼까 봐 그리 조처할 수밖에 없었다. 부모인 자신들이 보기에도 혐오감 때문에 얼굴을 마주치고 싶지가 않았다. 누구든 왕모의 이런 모습을 본다면 자신들도 짐승을 낳은 짐승으로 볼뿐만 아니라 나중에 남매를 여울 때도 짐승 같은 자식이 있다는 것이 밝혀진다면 사람대접을 받기는 어려울 것이다. 왕모의 변신은 유전자로 인한 것이 아니고 방사능 오염 때문이라고 변명해 본들 사람들은 그저 눈에 보이는 모습만 보고 남은 식구들도 그런 종류의 사람으로 인정해 버릴까 봐 두려운 것이다. 어쩔 수 없이 학교에는 병원에서 수술을 받다가 잘못되어 죽은 것으로 통보해 버렸다.

왕모네 가정은 외부에서 보기에는 명을 짧게 타고 난 자식을 하나 잃었을 뿐, 경제적으로 부유한 집에서 남매를 키우며 네 식구가 사는 행복한 가정으로 비춰 보일 것이다. 가족들은 밖에서는 아무런 내색 없이 자연스럽게 행동하지만, 대문만 들어서면 지옥이 따로 없었다. 왕모 어머니는 왕모의 사진첩을 꺼내놓고 이 사진 저 사진 더듬으며 이처럼 예쁘고 귀여운 아이가 저처럼 혐오스러운 몰골로 변하다니 세상이 원망스러웠다. 그리고 자신이 무슨 죄로 이처럼 고통을 받아야만 하는지 왕모의 처지를 생각하면 죽고만 싶은 심정이었다. 자매들도 대문만 들어서면 왕모의 모습이 먼저 떠올라 집에 들어가기가 겁났다. 부엌일 하는 아주머니도 끼니때가 되면 창고를 열고 음식을 얼른 넣어주고는 쳐다보지도 않고 문을 잠가 버렸다.

왕모는 어두 컴컴한 지하실에서 갇혀있는 자신이 견딜 수 없어 소리치고 몸부림쳐봐야 아무런 소용이 없었다. 지하실에 걸려있는 거울에 비친 자신의 모습을 보고는 깜짝 놀랐다. 자신의 이런 모습을 식구들이나 친구들, 그리고 낯모르는 다른 사람이 본다면 다시 보고 싶지 않을 것이란 생각이 들자 죽어버리고 싶은 심정이었다. 벽에다 주먹질을 해봐야 손만 아프고 벽은 아무런 반응이 없다. 견디지 못한 왕모는 죽어버려야겠다고 벽에 머리를 찌어봐도 지하실 벽은 끄떡도 하지 않고 자신의 목숨이 끊어지지도 않았다. 이제는 굶어 죽자고 며칠간 가져다주는 음식에 손도 대지 않았다. 부엌 아줌마는 왕모가 음식을 전혀 먹지 않은 것을 왕모 어머니에게 말했다. 왕모 어머니는 저런 모습으로 목숨이 붙어있을 바엔 저를 위해서나 가족을 위해서 차라리 죽어버리는 것이 더 나을지도 모른다고 생각되어 못 들은 척하였다.

왕모는 방사능을 발명한 과학자가 죽이고 싶도록 미웠다. 유치원과 학교에서 그림책이나 동화책을 읽을 때는 과학자나 발명가는 인류의 문명을 발달시킨 위대한 인물로 자신도 커서 과학자가 되어야겠다는 꿈을 품었었다. 그런데 방사능이 자신을 이 꼴로 만들었다는 생각에 이르자 증오심은 과학자들에게로 향했다. 세상의 과학자는 모두 악랄한 범죄자로 과학자란 과학자는 모두 죽여버리고 싶었다. 그러나 자신은 지하에 갇혀 옴짝달싹도 못 하는 처지여서 전자 오락기에서 전투하는 것처럼 십 연발 기관총으로 '다다다다 다!' 모든 과학자를 죽여버리는 상상을 하며 달래기도 하였다.

석 달이 넘게 지하실에 갇혀있는 왕모는 이제는 이 컴컴한 지하실에서 제발 밖으로 내보내 주었으면 하는 바람 이외에는 아무런 생각도 할 수 없었다. 어떻게 하면 이 지하실에서 뛰쳐나갈 수 있을 것인가만 궁리하였다. 그러다가 아침밥을 가져온 아주머니가 문을 열고 밥을 들여놓자마자 왕모는 다급하게 소리쳤다.

"아줌마! 나 몸이 근질거려 죽겠어요. 목요만 하고 다시 들어올게요. 나 좀 내보내 주세요."

아주머니는 왕모를 제 마음대로 할 수 없었다. 왕모 어머니에게 말했다.

"사모님! 왕모가 몸이 가려워 목욕하고 싶다는데 어떻게 할까요?"

생각해 보니 왕모를 지하실에 가둔지 석 달이 넘어가고 있었다.

"식구들의 눈에 띄지 않게 오늘 아이들이랑 식구들이 모두 나가고 없는 낮에 얼른 목욕하고 들어갈 수 있게 하세요. 왕모가 목욕할 때에는 대문을 꼭 잠그고 누가 와도 문을 열어주지 마세요. 아! 그리고 입었던 옷은 내다 버리고 왕모 옷장에서 새 옷을 꺼내다 주세요, 알았지요?"

하고 신신당부를 하고 외출을 해버렸다. 식구들이 모두 나가고 아주머니 혼자 남자 욕실에 따뜻한 물을 받아 채우고는 지하실에 내려가 열쇠를 끌러 문을 열어주었다. 그동안 왕모의 모습은 더 험상궂게 변해 눈을 뜨고는 바라볼 수 없었다. 아주머니는 얼른 올라와 부엌으로 들어가 버렸다. 왕모는 혼자 욕실에 들어가 목욕을 하고 나와서 새 옷으로 갈아입고 엄마의 옷장에서 돈을 한 묶음 꺼내 등산 가방에 넣고 대문을 열고 밖으로 나왔다.

"아! 얼마 만에 보는 하늘인가. 이 맑은 공기(空氣)는 또 어떻고······."

왕모는 심호흡을 하고 사람들의 눈에 띌까 봐 사람의 발걸음이 뜸한 골목을 돌아 걸었다. 그러나 얼마 못 가서

"어머나!"

한 여자아이가 왕모의 모습을 보고는 질겁을 하고 엉덩방아를 찧으며 주저앉는다. 왕모는 얼른 도망쳐 숲속으로 들어갔다.

부엌 아주머니는 왕모가 도망가버리자 어찌할 줄 몰라 안달이 났다. 혼자 겁이 나서 발만 동동 굴렀다. 사모님이 밖에 나가 있을 때 부엌 아주머니가 전화하는 것은 금지사항이었다. 사모님이 들어올 때까지 무작정 기다리는 수밖에 없었다. 석양 무렵에 왕모 어머니가 들어오자 아주머니는 야단맞을 각오로

"사모님! 왕모가 목욕을 하고 집을 나가버렸어요. 내가 집을 비우고 나가 잡아 오면 동네에 소문이 날까 봐 사모님이 오시기만 기다리고 있었어요."

하고 말했다. 왕모 어머니는 차라리 잘된 일이라고 생각되었다. 왕모가 컴컴한 지하실에 갇혀있는 것도 못 할 일이지만 그렇다고 부모의 마음은 매정하게 내쫓아버릴 수도 없는 일이어서 가

숨만 아팠었는데 이제는 스스로 집을 뛰쳐 나가버렸으니 어쩌면 차라리 잘된 일인지도 모를 일이라고 생각되기도 하였다.

"어쩔 수 없지요. 아주머니는 누구에게도 입 밖에 내지 마세요."

하고 말했다. 아주머니는 야단맞을 각오를 하였는데 의외로 사모님의 반응은 덤덤하였다. 왕모 어머니는 다음 날 늘 다니는 절에 가서 부처님께 빌었다.

"부처님! 어찌하여 저에게 이런 고통을 주시나이까? 저는 지금까지 살아오면서 제가 생각해봤을 때 죄라고 느낄만한 못된 짓은 한 일이 없나이다. 그런데 저뿐만 아니라 제 가족들에게까지 사는 것이 두려운 고통을 주시니 혹여 저와 가족이 자신도 모르는 죄를 범했다면 용서해 주시옵소서."

그리고 문득 자신이 예전엔 생각지도 못했던 장애인 아이를 둔 부모의 고통이 가슴 속에 파고들어 장애인 요양원을 찾아갔다. 평소에는 쳐다보기조차 싫어 외면하던 온갖 혐오스러운 모양의 장애인 아이들을 보며 저절로 한숨이 튀어나왔다. '저 아이들의 부모는 어떤 잘못을 저질렀기에 자녀들이 저처럼 흉한 모습으로 태어났단 말인가? 부모가 잘못을 저질렀다면 부모에게 벌을 내릴 일이지 세상에 처음 태어나는 아이가 잘못을 저지를 틈도 없었을 텐데 저런 모습들이란 말인가? 저 아이들은 전세에 자신이 저지른 죄의 벌을 받고 있단 말인기? 그렇다면 부모와 가족은 또 무슨 죄란 말인가?' 왕모의 어머니는 생각이 깊어질수록 죄와 벌에 대한 혼란이 생각 속에서 얽혀 풀어낼 실마리를 찾아낼 수 없었다. 한참 동안 눈물을 흘리며 마음을 달랜 왕모 어머니는 원장을 만나 실태를 들은 뒤, 부모가 없거나 형편이 어려운 아이들을 위해 매월 일정액을 기부할 테니 잘 보살펴 달라고 말하고 아이들 의복을 새로 사 입히라고 가져온 돈을 내밀었다. 원장의 감사 인사를 받으며 나오니 조금 마음이 누그러지는 듯하였다.

집을 뛰쳐나온 왕모는 하루 내내 숲속에 숨어있다가 배가 고파 산에서 내려와 외진 골목 입구에 있는 편의점으로 들어갔다. 왕모의 모습을 보고 깜짝 놀란 여직원이 비명을 지르는 바람에 돈은 꺼내지도 못하고 쫓겨났다. 한참을 걸어서 다른 식품가게에 들어갔다가 또 쫓겨나고 말았다. 사람을 피해 어슬렁거리며 걷는 왕모의 눈에 쓰레기 무더기가 눈에 들어왔다. 자신도 과거에 음식물을 먹다가 싫으면 버렸던 기억이 되살아나서 너무나 배가 고픈 왕모는 '아! 맞아 저기에는 먹다 만 음식물이 있을 거야.' 하고 달려가 뒤적이니 먹다 버린 빵과 반병쯤 남은 음료수가 있어서 가지고 와 공원의 외진 곳에 앉아 먹었다. 늦은 밤이라 공원에는 아무도 없었다. 공원 벤치에 앉아 하늘을 바라보니 달은 없고 별이 제법 반짝였다. 왕모는 생각했다. 사람들은 동물원에서 원숭이뿐만 아니라 징그러운 구렁이를 보고도 좋아하며 웃고 떠들고 야단법석을 떠는 데 내 모습을 보고는 저리 질겁을 하니 참으로 모를 일이다. 그렇다면 사람들은 나를 짐승이나 괴상망측한 동물로 보지 않고 사람으로 여기는 게 아닐까? 내 생각은 변함이 없는데 변한 모양만 보고 마치 흉물스러운 귀신이나 본 것처럼 놀라니 눈에 보이는 모습이 그처럼 중요하단 말인가. 보통사람 모습과는 너무도 다른 내 모습이 이처럼 사람 마음을 바꿔 놓았구나! 이후부터는 사람의 눈에 띄지 않게 활동하기로 마음먹었다.

왕모가 집을 뛰쳐 나와 헤맨 지도 거의 한 달이 되어가는 무렵이었다. 서울의 어느 산골짜기인 것은 분명한데 어딘지는 모르는 곳이다. 사람이 다니지 않는 곳으로만 다니다 보니 길이 험했지만, 마음만은 이런 길이 더 편했다. 그러다가 어느 바위 밑에 앉아서 주워 온 빵을 꺼내 먹었다. 그리고 피곤하여 잠이나 한숨 자려고 누워있는데 바위 밑에서 후다닥 하고 짐승이 튀어나와 도망치는 게 아닌가. 왕모는 깜짝 놀라서 짐승이 뛰쳐나온 곳을 나뭇가지를 젖히고 들여다보니 제법 큰 굴이 보였다. 왕모는 좁은 입구에 쌓인 나뭇잎과 흙을 파내고 들어가서 보니 꽤 넓은 굴속은 시원하였다. '옳지! 도망간 동물에게는 미안한 일이지만 이제부터 이곳이 내 집이다.' 작정하고 배낭을 내려놓은 뒤 안에 든 돈을 꺼내 보았다. 그런데 돈만 보면 환장을 하는 장사하는 사람들에게도 왕모의 이 돈은 아무런 가치가 없는 한낱 쓰레기일 뿐이었다. 왕모는 돈을 꺼내 모두 버려버릴까 하다가 그래도 혹시 쓸모가 있을지 몰라 도로 배낭에 집어넣고 몇 장만 호주머니에 넣었다. 그리고 굴 밖으로 나가 나뭇잎과 부드러운 풀잎을 모아서 굴 속 편편한 곳에 깔았다. 나뭇잎 위에 누워보니 아주 편안해 옛날의 침대가 생각났으나 달포가 되도록 한뎃잠을 잔 왕모에게는 오히려 이 잠자리가 침대보다 편하고 아무 눈에도 띄지 않는 곳이어서 좋았다.

그날도 왕모는 배가 고파 쓰레기통이나 뒤져보려고 내려가다가 산동네 구멍가게를 지나게 되었다. 구멍가게에는 머리가 하얀 할머니가 졸고 있었다. 왕모는 번뜩 주머니에 들어있는 돈이 생각나서 혹시 이 할머니에게는 통할까 하고 돈을 꺼내 들고 주춤주춤 다가갔다. 할머니는 졸다가 눈을 번쩍 뜨고 깜짝 놀라더니 왕모의 손에 든 돈을 보고는 누그러드는 표정이 영역했다. 왕모는 꾸벅 인사부터 하고

"할머니! 빵 좀 살게요."

하고 말했다. 할머니는 눈을 껌뻑이며 한참을 이리저리 살펴보더니 물었다.

"그래? 뭘 줄까?"

왕모는 비로소 '나를 사람으로 여기고 내 손에 든 돈의 효과를 볼 수 있는 사람을 만났구나.' 생각하고 주머니에 있는 돈을 모두 털어 먹을거리를 샀다. 할머니는 파리만 날리는 이 조그만 구멍가게에 이만큼 많은 돈을 쓰는 사람은 아직 보지 못했는데 몰골

은 험상궂게 생겼지만, 할머니로서는 귀한 손님을 만난 셈이었다.

"할머니! 제가 먹을거리가 떨어지면 또 사러 올게요. 다음에는 햄이랑 맛있는 크림 빵도 가져다 놓으세요."

하고 말했다. 할머니는 단골손님이 생겨 아주 기뻤다. 그 뒤부터 왕모는 음식물 쓰레기통을 뒤지지 않아도 되었다. 아침이면 뒷산에 올라가 체조도 하고 아무도 보지 않는 달밤이면 아래 계곡 맑은 물에서 목욕도 하고 한 밤이면 폭신한 굴속에서 잠을 자니 이젠 마음이 편했다. 두어 달이 지나자 날씨가 추워졌다. 왕모는 마을의 의류 수거함이 생각났다. 자신이 살던 부자마을 수거함에는 새 이불과 옷도 제가 싫으면 아낌없이 내다 버렸다. 달 밝은 밤에 부자 마을로 찾아갔다. 새 이불과 깨끗한 옷을 골라 한 보따리 가져와 굴속에 이불을 깔고 누우니 집보다도 더 편했다. 그러나 너무 심심했다. 왕모는 평소에 독서를 좋아했었는데 이럴 때 책이 있다면 얼마나 좋을까 하고 생각하니 견딜 수 없었다. 곰곰이 생각하던 왕모는 가게 할머니에게 찾아갔다.

"할머니! 저에게 책을 사다 주시면 안 될까요?"

"책을? 네가 책을 읽을 줄 아니?"

"예, 학교에 다닐 때 책 읽기를 좋아해서 많이 읽었어요."

하고 할머니가 살 수 없을 테니 손자나 아는 사람에게 시켜서 사다 달라고 동화책과 전기, 그리고 신화와 역사 이야기책을 종이에 써주며 부탁했다. 며칠 후에 할머니를 찾아가 먹을거리를 사고 부탁했던 책을 가져와서 한겨울 내내 책을 읽었다. 그러나 집에서 가져온 돈은 한계가 있어 이렇게 일 년을 지나고 나니 남은 돈이 모두 없어져 어떻게 할까 고민하다가 하는 수 없이 살던 마을로 찾아가 집에 들어가지는 못하고 어머니를 만나기 위해 기회를 보며 기다렸다. 삼 일만에 마을 공터에 앉아 우두커니 하늘에 떠 있는 보름달을 바라보며 한숨 짓는 어머니를 보았다. 왕모는 어머니가 놀랄까 봐 조심조심 다가가 작은 소리로 말했다.

"엄마! 저 왕모에요."

어머니는 깜짝 놀라 바라보시더니 눈물을 뚝뚝 흘리며 다가와 껴안는다.

"왕모야, 이 어미 죄를 어째야 한단 말이냐? 네가 집을 나간 후 얼마나 적정을 했는지 모른단다. 그리고 네가 이리된 것은 모두가 이 어미 죄로만 생각되니 가슴이 아파 견딜 수 없구나. 방금도 달님을 바라보며 너를 생각하고 있었다. 이제는 그만 거리를 헤매지 말고 집으로 들어가자."

"엄마! 저도 다 알아요. 제가 집에 들어가면 우리 가족 모두가 불행해진다는 것을요. 그리고 저는 지금 집보다도 편히 잘 지내고 있으니 걱정하지 마세요. 다만 제가 먹을 것을 구하려면 돈이 필요해요. 엄마! 돈만 좀 가져다주세요."

"그래, 어디 가지 말고 여기서 기다려라. 얼른 가져오마."

하고 집에 있는 돈을 챙겨 오셨다.

"엄마! 다시는 나타나지 않을 테니 기다리지 마셔요. 꼭 이요?"

하고 숲속으로 바람같이 사라져버린다. 왕모의 어머니는 아직 왕모가 살아있는 것이 고맙고 비록 모습은 변하지 않았지만 지금 생활이 생각보다는 나은 것 같은 데다가 생각하는 것이 정상이며 가족을 위하는 마음이 지극하니 한시름이 놓여 더욱 눈물이 비 오듯 쏟아졌다. 부처님께 마음속으로 감사의 기도를 드리며 집으로 들어가 식구들에게는 함구하였다.

왕모는 이 돈으로 이 년 동안 할머니의 구멍가게를 이용해 걱정 없이 살았다. 그동안 책을 아주 많이 사다 봐서 역사와 신화는 물론 철학 서적도 여러 권 읽었다. 이제 왕모는 열세 살이 되었다. 초등학교를 졸업하고 중학생이 될 나이였다. 그러나 왕모의 몸은 성장이 멈추어 버렸는지 아홉 살 때 처음 병이 났을 때와 같았다. 집에서 가져온 돈이 떨어지자 또 어머니에게 가서 손을 벌리기 싫어 거리를 헤매다 짐수레 할머니를 만나게 된 것이었다.

지금까지의 사연(事緣)을 들은 할머니는 왕모는 외형만 그리되었을 뿐, 생각과 마음은 정상인과 다름없다는 것을 알고 난 뒤부터는 왕모의 흉측한 모습을 마음속에서 지우고 나니 아무런 거리감이 없어 손자처럼 여기며 살 수 있었다. 할머니도 하나뿐인 자식을 어릴 때 하늘나라로 보내고 사는 처지여서 이는 하늘이 늘

그막에 외로운 나를 위해서 보내준 길동무라고 생각하니 마음 편하고 삶의 우접(友接)이 되어 감사하게 여기며 함께 살았다. 그래서 사람들로부터 왕모를 감추어 주려고 애를 썼다. 왕모가 동굴에서 할머니 집으로 옮겨 살아온 지도 어언 3년이 훌쩍 지나 이제 왕모의 나이도 열여섯 살이 되었다. 그러자 왕모의 마음 한 곳에는 늘 내 삶도 이 모양 이대로 끝내고 말 것인가? 하고 회의가 일곤 하였다. 그리고 할머니도 이제는 힘이 겨워 폐품 수거일을 하기는 힘겨운 연세가 되어가고 있었다. 따뜻한 봄날 할머니는

"왕모야! 오늘은 저 고개 너머 밭두둑으로 쑥이나 캐러 가자. 봄 쑥은 향기롭고 몸에 좋단다."

하고 말했다. 할머니를 따라가니 전에 농사를 짓던 밭이 이제는 농사를 짓지 않아 몇 년간이나 묵혀두었는지 사람의 키보다 더 자라서 말라버린 쑥대가 우거져 있었다. 쑥대 밑에는 고라니 등 산짐승들이 싼 똥이 여기저기 구슬처럼 말라 있고 사방에 새로 연한 잎으로 파릇파릇 돋아난 쑥이 지천으로 깔려있다. 왕모와 할머니는 두 시간도 채 못되어 각자의 배낭을 새 쑥으로 가득 채웠다. 따뜻한 봄볕에서 가져온 빵과 음료수로 점심 끼니를 때우고 나니 일어나기가 싫어 파란 하늘과 파릇파릇 돋아나는 연두색 숲을 바라보니 온 세상이 아름다워 시간 가는 줄을 몰랐다. 산모롱이 하늘로 뭉게뭉게 피어오르는 꽃구름은 여러 가지 모양으로 변하며 재미있는 이야기를 꾸며주고 있었다. 상상의 나래를

펼치며 한참을 이야기 속에 빠져있던 왕모는 문득 단군신화가 떠올랐다.

호랑이와 곰이 찾아와 사람이 되게 해달라고 하니 쑥과 마늘만 먹고 어두운 굴속에서 백일을 햇빛을 보지 않고 참고 견디면 사람이 되리라는 환웅천왕의 말을 듣고 성질이 급한 호랑이는 참지 못하고 뛰쳐나가 버리고 곰이 백일을 견뎌내 웅녀가 되어 환웅천왕은 웅녀를 아내로 맞아 단군을 낳았다는 이야기가 실제로 있었던 사실이 아닌가 하고 생각되었다. '신화에 짐승인 곰이 사람으로 변했는데 본래 사람인 나는 이 방사능을 치료하고 다시 예전 모습으로 돌아오리라는 생각은 오히려 단군신화보다 더 가능성이 있지 않겠는가? 큰돈이 드는 것도 아니고 내 결심만 선다면 밑져야 본전이니 한번 시도해 볼만 한 일이다.' 하고 결심하니 힘이 불끈 솟는다. 이튿날 점심을 먹고 할머니께 며칠 다녀올 데가 있으니 찾지 말고 종이상자를 줍는 일 더 하지 마시라고 단단히 이르고 집을 나섰다. 공중전화에서 전화하니 어머니가 전화를 받지 않는다. 오 년 전처럼 집 앞 공원에 가서 기다리리라고 생각하고 숲속에서 기다렸다가 밤길을 걸어 새벽에 집 앞 공원에 도착했다. 공원 공중전화에서 전화를 세 번이나 하니 그제야 전화를 받는다.

"엄마! 저 왕모예요. 지금 옆에 아무도 없지요?"

어머니는 숨이 멎는지 한참을 기다렸다가

"아무도 없다. 너 전화하는 거기가 어디냐?"

하고 묻는다.

"엄마! 그냥 듣기만 하세요. 나 지금 그때 만났던 공원에 와 있어요. 사정이 있어서 그러니 지난번처럼 좀 도와주셔야 하겠어요. 지금 나오실 수 있지요?"

"그럼! 거기 가만히 있거라."

하고 전화를 끊고 당장에 나오려고 한다. 왕모는 다급하게 말했다.

"엄마! 잠깐만이요. 제 말 잘 들으세요. 남의 안목이 두려우니 제가 공원 산기슭 쪽 큰 느티나무 뒤에 숨어있을게요. 그리로 오세요."

하고 전화를 끊고는 사람들의 눈을 피해 산속 숲으로 돌아 느티나무 아래에 이르러 기다렸다. 조금 지난 후에 어머니가 헐레벌떡 달려왔다.

"엄마!"

"왕모야! 아이고 불쌍한 내 새끼!"

모자는 느티나무 뒤에서 껴안았다. 왕모는 어머니의 품에 안겨 어머니의 따뜻한 정을 느꼈다. 이 세상에서 나를 사람으로 여기고 따뜻한 사랑으로 품어주는 사람은 어머니와 할머니뿐이라고 생각하니 콩알 같은 눈물이 쏟아져 나왔다.

"엄마! 제 걱정은 마세요. 저는 함께 사는 할머니의 사랑을 받으며 엄마가 생각하는 것보다 훨씬 잘살고 있어요. 제 걱정은 말고 엄마 건강 잘 챙기세요."

하고 주신 돈을 챙겨 산동네 오두막으로 돌아왔다.

"할머니! 지금부터 제가 드리는 말씀 잘 들으세요."
하고 얘기를 꺼냈다. 단군신화의 이야기를 자세히 말씀드리고 자신의 몸을 회생시키기 위해 노력해 보겠노라고 결심을 말했다.
"할머니! 저는 지금부터 제가 삼 년간 살았던 굴속으로 들어가 수련하렵니다. 그런데 그동안 할머니께서 도와주실 일이 있습니다. 내일부터 닷새 동안 쑥을 캐 그늘에서 말리고 마늘을 사서 찹쌀로 밥을 지어 마늘 다섯 쪽과 쑥 한 움큼으로 주먹밥을 만들어 하루에 주먹밥 한 개씩만 먹고 굴속에서 햇빛을 안 보고 심신 수련을 하렵니다. 이제 할머니는 폐품 줍는 일을 하지 마시고 이 돈으로 마늘을 사서 열흘에 한 번씩 주먹밥 열 개씩만 굴로 가져다 주세요. 이 산동네에서 제가 지낼 굴은 그리 멀지 않으니 그 일만 하시면 됩니다."
하고 돈다발을 내놓았다. 할머니는 많은 돈을 보고 눈이 휘둥그레지시며
"아니, 너 어디서 이 많은 돈을 가져왔느냐?"
하고 묻는다.
"할머니 제가 부잣집 아들이었다는 얘기 들으셨지요? 어머니

한테 가서 가져왔으니 염려 마시고 할머니께서 잘 간직하시고 제 뒷바라지만 하시면 됩니다."

"그래 알았다. 내가 돈을 어디다 쓸데가 있겠느냐? 네 병이 낫기만 바라고 네 뒷바라지를 정성으로 할 테니 걱정하지 마라."

다음날부터 닷새 동안 할머니와 왕모는 언덕 밭에 가서 쑥을 캐다가 말리고 시장에 가서 갯가에서 재배한 마늘을 열 자루를 사왔다. 그리고 주먹밥 스무 덩이를 만들었다.

"이 주먹밥을 모두 가져다 놓으면 쉬지 않겠니?"

"굴속이 서늘하여 열흘 정도는 괜찮을 것입니다. 열 개는 냉장고에 넣어놓고 할머니 잡수시고 열 개만 가지고 가렵니다. 그리고 이 마늘과 쑥 주먹밥은 열흘 만에 한 번씩 스무 개씩 만들어 꼭 할머니께서도 잡수시기 바랍니다. 굴로 가는 길을 모르실 테니 오늘은 저와 함께 가십시다."

삼월 초사흘 삼짇날에 왕모와 할머니는 굴로 향했다. 사람들이 다니지 않는 곳이어서 길이 잡풀로 덮여 있지만 이미 지난겨울에 말라버린 풀이고 굴은 높은 곳에 있지 않고 계곡의 기슭에 있어 할머니가 다니시기에도 큰 불편은 없었다. 산기슭에는 진달래가 흐드러지게 피어 진한 봄 향기를 내뿜고 있었다. 할머니는 하룻밤을 굴속에서 새우고 다음 날 아침 집으로 돌아오며 혹시라도 길을 잃어버릴까 봐 세심하게 주변의 모습을 살피며 돌아왔다.

왕모는 할머니가 가신 후 굴속 맨 깊은 곳에 주먹밥을 넣어두고 자신이 앉아 수련할 자리를 잡았다. 그리고 수도에 들어갔다. 동이 트기 전 새벽에 한 번 기지개를 켜고 몸 균형을 잡기 위해 전신을 움직인 다음 주먹밥 반을 먹고 하루 내내 한자리에 앉아 움직임 없이 10시간을 정심(淨深)하고 남은 주먹밥 반을 먹은 뒤 해가 지고 캄캄하면 굴 밖에 나와 온몸의 균형을 잡기 위해 전신을 움직이며 기지개를 켠 다음 굴로 들어가 두 시간 동안 두 손을 합장하고 기도한 뒤 잠자리에 들었다. 이러한 수행은 날마다 계속하였다. 열흘 후 할머니는 주먹밥만 넣어주고 그냥 돌아갔다. 한 달이 지나자 왕모는 자신이 생각하기에도 몸 전체의 모습이 조금씩 부드러워 지고 있다는 느낌이 들어 한 시도 변함없이 계속 수련을 하며 잡념을 비우고 마음을 깨끗하게 가지려고 노력하였다. 어느덧 수련에 몰입한지도 벌써 다섯 달이 지나 날씨는 초가을로 접어들었다. 그러나 굴속에서 모든 잡념을 버린 왕모는 계절을 전혀 느끼지 못했다. 자신이 이 굴속에 들어와 며칠이 지났는지도 생각하지 않았다. 다만 전심전력으로 기도하는 일뿐이었다. 그러한 왕모의 수련을 알고 있는 할머니도 열흘마다 한 번씩 주먹밥만 정성으로 만들어 굴속에 놓고 갈 뿐, 말 한마디 하지 않았다.

여섯 달째 이른 어느 날 새벽에 긴 기지개를 켜고 무심코 얼굴을 쓰다듬은 왕모는 깜짝 놀라고 말았다. 얼굴을 쓰다듬은 손에 털이 한 움큼 빠져나오는 게 아닌가! 그리고 턱을 만져보니 턱도 거의 제자리로 돌아오고 있었다. 왕모는 더욱 용기백배하여 정진을 계속하였다.

　가을이 가고 첫눈이 내리는 날 왕모의 얼굴은 털이 모두 빠지고 턱도 제자리로 돌아왔다. 그러나 등이 굽은 형태는 아직 바르게 되돌아오지 않아 정진을 계속하며 지금까지는 옆으로 누워 자던 것을 이불을 괴고 바르게 자려고 노력하고 한밤중이 되어서는 엎드려서 잤다. 그러나 등이 굽은 모양은 등뼈가 굳으며 생긴 현상이어서 쉽게 펴지지 않았다. 왕모가 수련에 몰입 한지도 열 달이 넘어 입춘이 지나자 눈이 서서히 녹고 계곡의 얼음장도 녹아 흐르는 물소리가 제법 아름답게 들렸다. 이는 대자연이 깊은 겨울잠에서 깨어나는 노랫소리였다. 왕모의 등과 가슴도 근질거리기 시작했다. 왕모는 이제 온 신경을 가슴에 모으고 벽에 등을 기대고 펴며 두 손으로 하루 내내 가슴을 문질렀다. 그러기를 또 오십여 일이 지났다. 왕모가 수련을 시작한 지 꼭 일 년이 되는 삼짇날 아침에 일어나 기지개를 켜자 등뼈에서 우두둑! 소리가 나며 허리가 완전히 펴졌다. 그러나 왕모는 두 달을 더 수련하고 단옷날 아침 계곡에 내려가 목욕하고 할머니를 기다렸다. 이러한 사실을 전혀 모르는 할머니는 오늘도 변함없이 열 개의 주먹밥을 싸 가지고 와서 굴속에 들여놓고 나가려고 하셨다. 왕모는 얼른 다가가 '할머니!' 하고 부르며 할머니의 두 손을 덥석 잡았다. 그리고 밖에 나와 할머니를 껴안았다. 할머니는 왕모의 변한 모습에 놀라 어리둥절 어쩔 줄을 모른다.

"할머니! 감사합니다. 새로 태어난 손자의 큰 절 받으십시오."

하고 왕모는 할머니 앞에 넙죽 엎드렸다.

# 코로나의 반란

오기발(吳基發) 기자가 초등학교 동창인 신천도(申天道), 나불성(羅佛聖), 천몽상(天夢想), 세 사람을 불러낸 것은 지난 2월 8일이었다. 날씨도 화창한 토요일 오후에 모처럼 동창들끼리 만나서 가볍게 저녁 한 끼 나누자는 것은 핑계일 뿐, 〈코로나 19〉의 발호로 사회의 모든 발이 묶여 가고 있는 어두운 현실을 좀 더 진지하게 대화를 나누어 보고 싶은 기자로서의 의도가 깔려있었다. 보건복지부와 질병관리본부의 강도 높은 대응으로 이미 코로나의 위험을 느끼기 시작한 사람들은 사람이 많이 모이는 장소를 기피 하는 현상이 두드러지게 나타나고 있어 식당 안은 텅 비어 한산하였다. 오기발이 식당 안으로 들어서니 신천도가 먼저 와 식당 중앙의 식탁 의자에 앉아 기다리고 있다.

"야! 신천도, 오랜만이다. 너 며칠 전에 중국 청도에 다녀왔다고 들었는데 몸은 괜찮냐?"

"나, 보다시피 멀쩡하다. 그런데 친구들 만나면 늘 얻어만 먹던 네가 오늘 밥을 산다니 웬일이냐? 내일은 해가 서쪽에서 뜨겠다.”

"아따! 코로나가 사람 목숨을 파리목숨으로 여기고 덤빈다는데, 나도 천당에 가려면 그동안 얻어만 먹은 것 갚으려고 그런다, 하하하!"

하고 인사 겸 농담을 지껄이는데 누더기 승복 차림의 스님이 들어온다.

"어허! 어리석은 중생들, 사람이 죽으면 천당보다는 극락일세. 나무아미타불 관세음보살~"

하고 합장한다. 말쑥한 넥타이 차림의 신사가 뒤따라 들어오며

"이 몽상이 눈에는 천당이고 극락이고는 어디 있는지 보이지도 않고 누런 황토만 보이는 디? 지상의 생물이 죽으면 모두가 흙으로 되돌아가는 게 눈에 보이는 현실 아니더라고?"

"천 몽상이는 날마다 하늘에 대고 헛꿈만 꾸고 있는 줄 알았더니 이제 알고 보니 현실주의자일세, 그려."

"야. 우리가 모처럼 만났는데 만나자마자 첫인사부터 죽는 얘기만 하니까 어쩐지 껄쩍지근 하다. 잘 먹고 잘사는 얘기들 좀 하자."

하고 신천도가 일갈(一喝)을 놓는다.

"그래, 우선 식사부터 하고, 이봐요. 여기 제주 흑돼지 오겹살 오 인분 하고 소주 다섯 병!"

오기발 기자는 호기를 부려 주문한다. 나불성이 불쑥 묻는다.

"그런데, 이번 코로나의 우리나라 상륙이 신천지 교주 이만희의 형 장례식에 참석했던 사람들로부터 연유되었을 것이라는 보도가 심심찮게 나돌던데 이 소문을 사실로 믿어야 하나?"

천몽상이 얼른 받는다.

"아마 사실일 거야. 청도에 다녀온 신자들이 많은 대구에서 코로나 환자가 집단으로 발병한 사실로 보아 신천지 신자들로부터 코로나의 전파가 시작되었다고 보는 게지."

신천도의 눈치를 살피던 오기발이 놀랐다는 표정으로 말을 꺼낸다.

"와! 그런데 신천지 교세 어마어마 하데? 지난번 시온 기독교 선교회 센터에서 110기 12지파 국내외 연합 수료식에서 10만 명이 넘는 새로운 신도들이 수련을 통과하고 입교하였다는 소식지를 보고 깜짝 놀랐네."

눈을 똥그랗게 뜬 천몽상이 신천도의 어깨를 툭! 치며

"이봐! 천도, 신천지에 그처럼 많은 사람이 모여들게 하는 비결이 무엇인가? 좀 가르쳐주게. 신천지에서는 자네가 핵심인물 아닌가."

신천도가 소주잔을 털어 넣고 동치미를 한 젓가락 씹어 입안을 헹구고 난 뒤 천천히 입을 연다.

"이런 비결 맨입으로 가르쳐 주면 안 되는데? 아 참! 친구들 만나면 오리발만 내밀던 오기발이 오늘 저녁을 산다고 했지?"

"그래. 내가 산다고 했다. 뜸 들이지 말고 얼른 말해 봐."

"원래 인간이란 말이야, 자신의 눈에 보이는 사실, 자신의 신념과 판단, 그리고 현재 자신이 서 있는 상황에서 가장 유리한 쪽의 정보만 믿고 그 외의 정보는 무시해 버리는 사고방식을 가진 동물이지. 대체로 사람들 생각의 구조는 보고 싶은 것만 보고, 듣고 싶은 것만 듣는 경향이 짙단 말이야. 그래서 청소년들이 흔히 쓰는 말에 '나는 그런 거 안 해. 너 좋으면 너나 잘해.'라는 말이 유행어가 될 수 있었던 게야. 그런데 이런 심리는 나이가 먹으면 더욱 강해지고 굳어져. 이게 바로 노인들의 아집이라고 말할 수 있지."

"굳어진 사고나 고집은 종교에서 신도들을 모으기가 더 힘이 들 텐데?"

"대체로 사람들은 그렇게 생각하지. 그런데 인간의 이런 근본적인 심리구조는 스스로 세워놓은 자신만의 기준과 믿음의 테두리 안에만 들어오면 잘못되고 왜곡된 정보도 사실인 양 믿어 버리게 되어있어. 그러니 인간의 본성만 잘 이용하여 이끌어주면 믿음은 저절로 따라와 심리적으로 늘 불안한 사람들이 전지전능한 신께 의지하고 이에 복종하게 되는 것이지. 그리고 믿음은 개인적인 영역이기 때문에 어느 한 개인이 어떤 종교를 믿고 어느 신께 영혼을 바쳐 의지하든, 그것은 개인이 선택할 나름이고 신자가 자신의 신에게 의지하여 행복과 평안을 누릴 수만 있다면 그 종교는 종교의 역할을 다한 것이라고 나는 믿네."

신천도의 논리에 친구들은 멍하니 듣고만 있었다. 가라앉은 분위기를 바꾸려는지 나불성이 술병을 들고 설친다.

"자, 자! 모두 잔을 채우고 한 잔씩 들지. 그리고 내가 선창할 테니 힘차게 후 창! 우리 깨복쟁이 사인방을 위하여!"

"위하여!"

술잔을 비운 후, 오기발이 벼르던 얘기를 털어놓는다.

"그런데, 말이야. 도대체 코로나는 어찌 생긴 것이기에 그리도 확산이 빠른지 도무지 감이 잡히질 않아. 그 방면에 박사인 몽상이 얘기 좀 들어볼까?"

"세균학 박사도 아닌데 나라고 뭘 얼마나 알겠냐만 코로나라는 이름은 바이러스 입자 표면에 돌기처럼 튀어나온 모양이 마치 왕관처럼 생겨서 라틴어 왕관(Corona)에서 유래되었다네."

"그래? 그렇다면 이번에 발생한 코로나는 지금까지 나타난 바이러스 중에서도 왕 바이러스라는 의미겠네?"

"그렇다고 할 수 있지. 이 코로나는 감기 바이러스의 하나로 숙주세포에 단백질과 합쳐져서 유전정보를 이용해 복제하는데 생물의 유전자는 대부분이 DNA이지만 바이러스의 유전자는 RNA가 대부분이지. 화학적으로 RNA는 다른 물질과 반응을 잘해서 유전변이가 일어나 변이종이 생긴다네."

"그렇다면 왕 바이러스를 박멸시킬 백신을 개발한다고 해도 백신을 이길 변종이 나타나면 더 강력한 황제 바이러스가 나올 수도 있다는 얘기 아닌가?"

"그리될 가능성이 매우 크다고 할 수 있지. 사람에게 감염을 일으키는 코로나바이러스를 휴먼 코로나바이러스(human coronavirus) 줄여서 h-CoV라고 하네. 지금까지 6가지의 종류가 발견되었는데, 그 중 hCoV-229E, OC43, NL63, 그리고, HKU1 등의 네 가지는 라이노바이러스(rhinovirus)와 함께 사람에게서 감기를 일으키는 원인 바이러스 중 하나였지. 통상적으로 병원성이 약하고 사망률도 낮은데 이 네 가지 외에 두 가지 변종 바이러스가 더 나타났는데 이것들부터가 큰 문제였네.

그것은 2003년에 홍콩에서 창궐한 사스(SARS)와 2015년 한국에서 창궐한 메르스(MERS)인데 사스는 아모이가든 이라는 아파트에서 421명이 집단감염되고 이 중에서 38명이 사망한 사건이 발생했었네. 2004년 홍콩대학 연구진은 23일 의학전문지 [New England Journal of Medicine]에「아모이가든 사스는 환기구를 통해 바람을 타고 확산이 된 것」이라는 연구결과를 발표한 바 있지. 이들은「아모이가든의 사스 확산은 환자의 배설물에 섞여 있던 바이러스가 화장실 변기의 물을 내리는 과정에서 물방울에 묻어 공기를 통해 퍼진 것」이라고 주장했었네."

"맞아. 그때 내가 홍콩에 있었는데 빨리 귀국하라는 연락을 받고 업무를 중단하고 돌아온 일이 있었지."

"우리나라에서 창궐한 메르스는 공기에 의한 전파로 확인된 바가 없기에 공기감염이 일어나는가에 대한 최종적인 결론이 내려진 바 없네. 그런데 이에 대해 모 대학교 최 모 교수가 2015년 대한의사협회지에 〈한국 메르스 감염의 역학 현황과 공중보건학적 대응 조치 방향〉이라는 제하의 연구논문에서 「에어로졸(aerosol)은 미세한 고체 또는 액체 방울이 기체에 떠다니는 것」이라고 밝힌 바 있지. 장시간 동안 먼 거리를 부유할 수 있는 에어로졸에 의한 전파는 직접접촉에 의한 비말(飛沫) 전파와 공기 전파의 두 가지 형태로 일어날 수 있는데 비말 전파는 일반적으로 재채기, 기침, 대화할 때 또는 숨을 내쉴 때 이루어지며, 이것을 1차 에어로졸 화라고 한다네.

그에 반해 공기 전파는 비말의 수분이 증발하면서 남기는 $5\mu m$의 비말 핵이 퍼지면서 전파되는 것인데, 비말 핵은 가벼우며 공기중(空氣中)에 장시간 떠다닐 수 있기에 특히 위험할 수 있다고 하네. 그리고 공기중의 비말은 생성중에 전하(轉荷)를 가지게 되어 서로 같은 극성의 성질을 띠게 되는데, 이 때문에 각 입자 간에 척력(斥力)이 발생하여 공기중에서 입자의 확산이 일어날 수 있다고 하였지."

"공기중에서 입자의 확산? 그렇다면 이야말로 큰일 아닌가? 숨 안 쉬고 사는 사람은 없으니 전염 속도가 기하급수적으로 늘어날 테니까."

"그렇지. 그런 데다가 이들 사스와 메르스는 상대적으로 높은 사망률을 나타내 사람들을 공포로 몰아넣었는데, 이번에 중국의 우한에서 새로운 신종 코로나바이러스가 발견된 것이네. 이 신종 코로나는 사스나 메르스와 뿌리가 같은 형제인 셈이지. 이 신종 코로나는 기존의 사스나 메르스와 달리 감염 직후부터 증세가 나타나기 전까지의 시기인 잠복기에도 감염을 일으킬 수 있는 것으로 확인되었네. 즉 무증상(無症狀) 환자가 감염력을 가진다는 뜻이지."

"그러면 자신이 감염된 환자인 줄도 모르고 나돌아다니는 잠복기의 일반인과 접촉한 사람도 전념 될 수 있다는 얘기 아닌가?"

"그렇지. 그런데 더욱 우려되는 점은 지구 최대의 인구를 가졌고 전 세계에 이동이 가장 활발한 중국에서 발생했다는 점이네. 우한에는 뱀, 박쥐, 쥐, 사향고양이 등 다양한 동물을 식품으로 판매하는 수산물도매시장이 있는데, 이곳을 다녀온 사람들을 중심으로 신종 코로나바이러스 감염이 시작되어 유전자분석을 통해 이곳이 감염의 근원지일 것으로 추정하고 있을 뿐인데, 더 큰 문제는 인구가 가장 많이 이동하는 춘절 직전에 발생했기 때문에 코로나의 전파 진로를 알아내기 어렵다는 게야. 그러니까 코로나 잠복 균을 지닌 사람이 세계 각처 어디로 몇 명이 나가서 퍼뜨렸는지 알 수 없다는 얘기지. 그리고 이 코로나바이러스는 2019년에 발견된 새로운 코로나바이러스라는 뜻으로 〈코로나 19〉란 이름을 붙였지."

 조용히 얘기를 듣고 있던 신천도가 살그머니 일어나

"얘기들 계속하시게. 나는 또 볼 일이 있어 이만 가 봐야겠네. 오기자! 계산은 내가 하겠네. 갑자기 마음이 변하면 죽을 날이 가까워지는 게야."

 하고 식대를 계산하고 밖으로 나간다. 아마 며칠 전 청도를 다녀온 자신도 잠복기보균자일 가능성이 있는 상황이라고 인식했기 때문일 것이다.


 신천도가 떠나고 난 후, 일행도 식당에서 나왔다. 나불성이가 천몽상이의 팔을 움켜잡고 끌어당긴다.

 "우리 한 잔 더 하지. 몽상이 코로나 강의도 잘 들었는데 강의료 내는 셈 치고 내가 쏠 테니까."

 "야! 중놈한테 강의료 받으면 부처님께서 화를 많이 내실 텐데, 나는 극락에도 못 가면 워쩌냐?"

 "아니야. 부처님은 화내시는 일 없어. 대웅전 부처님 쳐다봐라. 언제나 지긋한 미소로 웃고 계시지."

 "허허! 그런가? 허기야, 부처님께서는 중생에게 자비를 베풀라고 하셨으니 오늘은 이 중생, 땡초가 쏘는 술총 한 번 제대로 맞아보지."

 셋이서는 골목길을 한참 걸어 조선 시대의 주막처럼 보이는 허름한 술집으로 들어간다. 술값이 싼 집이어서 주머니가 얇은 손님이 많이 찾아 이 시간이면 남은 자리가 없을 정도로 꽉 차서 자리가 나오기를 기다려야 할 시간인데도 듬성듬성 몇 무리가 앉아 있을 뿐, 탁자가 많이 비어있다. 불성이가 성큼성큼 걸어가 위치가 골방이라 여겨지는 한 귀퉁이에 자리 잡고 앉는다. 조금 있으니 한 여인네가 사뿐사뿐 불성이 앞으로 걸어오더니 마치 부처님 앞에서 참배하듯 정중히 '나무아미타불'하고 속삭이며 합장한다.

"보살님은 내 곡차 마시는 양을 아시니 내가 셋이 왔다고 생각하고 알아서 가져오시오."

하고 술을 시킨다. 의자를 끌어당겨 탁자에 바짝 다가앉은 오기발이

"몽상이 자네 말을 들으니 이번 코로나 19는 사스나 메르스보다도 훨씬 강력한 바이러스일 텐데 그렇다면 코로나가 인간에게 전쟁을 선포한 게 아니야?"

하고 심각하다는 듯이 천몽상이를 쏘아본다.

"그렇지. 전쟁을 선포한 셈이라고 할 수 있지."

잔을 단숨에 비운 나불성이 '끄억!' 생트림을 한 후, 정색하고 나선다.

"자네들, 45억 년이라는 지구의 역사에서 인류가 지구를 지배한 세월이 얼마나 되었다고 생각하나? 100만 년? 10만 년? 인류의 지혜가 지구를 지배한 세월은 불과 1만 년도 못 된다네."

"어? 그런가? 45억 년의 장구한 세월 속에서 겨우 1만 년이라. 그렇다면 4만 5천분의 1이니 눈 깜짝할 사이로구면."

"고생대는 차치하고 중생대의 지구 역사만 보더라도 세 번이나 지구의 주인이 바뀌었어. 세 번째 대멸종 때 지구에 사는 생물 종의 83%가 절멸했었지. 중생대를 3기로 구분하는데, 트라이아스기(2억 5200만 년 전~2억 100만 년 전), 쥐라기(2억 100만 년 전~1억 4500만 년 전), 그리고 백악기(1억 4500만 년 전~6500만 년 전)로 보지. 공룡의 진화는 트라이아스기(Triassic Period)에 처음으로 꽃을 피웠다네. 육식 동물들은 조상들에게서 잔인성을 물려받았지만, 대개 그들보다 몸집이 컸던 지배 파충류와 경쟁을 해야만 생명을 유지할 수 있었지. 초식 공룡의 두 주요 계통인 용각류(Sauropodomorpha)와 조반류(鳥盤類)도 이 시기에 나타났었고, 플라테오사우루스(Plateosaurus)와 다른 목이 긴 용각류는 지구상에 존재한 가장 큰 동물이었을 뿐 아니라, 판게아의 많은 지역에서 가장 흔한 대형 초식 동물이었네."

"아니! 땡초 자네, 불도는 연구 안 하고 지구의 역사만 연구했나? 〈산은 산이요, 물은 물이로다. 내버려 두어도 천지 만물은 돌고 도는 도다〉 뭐 이런 게 이치를 터득한 도승의 입에서 나와야 할 말이 아닌가?"

"바로 그 점이야. 윤회의 이치를 알려면 지구의 순환의 역사를 먼저 알아야 하지. 그런데 내가 위에서 언급한 역사는 지구의 주인이 바뀐 기간을 말하고자 함이야. 중생대에는 대체로 지구의 판이 바뀌는 기간이 5,000만 년~1억 년 정도는 되는 셈이지.

 백악기 최후의 대멸종이 약 6,500만 년 전에 일어나 남아있던 공룡들의 대부분과 모든 대형 동물을 절멸시켰지만, 이 격변으로 공룡이 완전히 사라져버린 것은 아니었어. 쥐라기의 어느 시점에 작은 육식 공룡의 한 집단이 하늘로 날아오르는 길을 발견하였지. 우리가 새라고 알고 있는 이 깃털 달린 경이로운 생명체들은 질긴 날개를 지닌 익룡과 함께 백악기 공룡들의 머리 위 하늘을 날아다녔다네. 육지에 매인 몸집이 더 큰 동물들과 달리 새들은 공중으로 날 수 있었기에 중생대를 끝내버린 멸종의 병목을 통과하는 데에 성공했다고 할 수 있지. 지난 6,500만 년 동안 새들은 하늘에서 잽싸게 날아 내려와 땅에 사는 동물을 잡아먹는 무시무시한 포식자로부터 공중에 정지한 채로 꿀을 빠는 작은 종류에 이르기까지 다양한 형태로 진화했네. 오늘날 살아있는 수천 종의 새는 공룡의 올이 얼마나 질긴지를 증명해 주는 게 아니겠는가?"

 "그렇다면 하늘을 나는 새들이 지구상에서 가장 오래 창공을 누비고 사는 지구의 주인이었다고 할 수 있겠군."

 "그런 셈이지. 그런데 우리 인류의 역사는 어떤가? 이 장구한 세월에서 겨우 눈 한 번 깜빡이는 순간일 뿐이라네. 지난 100만 년 동안 몸이 호리호리하고 2족 보행을 하는 포유류 중 한 영장류(Primate)가 이성(理性)이라는 사고능력을 획득하게 되었지. 이 동물이 바로 인간의 조상이라네. 그중에서 가장 최근에 나온 종이 호모 사피엔스(Homo sapiens)로 의식의 새로운 수준에 이른 인류는 지구상에서 우주가 얼마나 광대한지, 자신이 생명체 중에서 어떤 위치를 차지하고 있는지 곰곰이 생각해 보는 최초의 동물이었네.

 그리고 불(火)과 연모를 사용하게 되면서부터 점차 주인의 자리를 찾아가게 되었다네. 인류가 명실공히 지구의 주인이 된 것은 무기를 사용하기 시작한 때부터이니 불과 1만 년 내외라고 추측할 수 있지."

"흐흐! 그러니까 한 사람의 일생이 한순간이 아니라, 인류가 지구의 주인이 된 기간이 한순간인 셈이군."

"내가 얘기하려는 게 바로 그거야. 그런데 인간이라는 존재가 얼마나 영악한가? 진화를 시작한 지 불과 100만 년 만에 만물을 지배하는 지구의 주인이 되고 이젠 우주를 삼키려는 야망을 품고 날뛰니……."

"와! 자네는 이제 땡초가 아니라 천지 이치를 터득한 도살세. 그려!"

"에끼! 이 사람, 이 정도는 지구의 역사에 조금만 관심이 있으면 초등학생도 다 아는 상식일세. 내 이야기의 핵심은 지금부터네. 나무 관세음보살~"

"끼야! 이러다가는 오늘 밤 여기서 날 새겠는데……?"

시간을 보니 벌써 12시가 넘었다. 주점 안에 자신들 외에 보이는 사람이 없다. 탁자 위에는 막걸리 빈 병이 열 개가 넘는다.

"뜬 눈으로 날 좀 새면 어떤가? 보살님! 우리 오늘 밤 이 자리에서 날 샐 테니 막걸리 항아리째 가져다 놓고 안주 더 마련해주고 들어가 주무시오."

하고 나불성이 주방을 향해 외친다. 이 주점은 불성이가 안방처럼 드나드는 술집으로 주인아주머니는 일행을 아예 주점의 손님으로 여기지도 않는 눈치다. 오기발이 다급하게 외친다.

"자, 잠깐! 나 오줌 좀 누고, 배가 차서 술 들어갈 구멍이 막혀버렸네."

셋이 모두 화장실로 향한다. 말술을 들이킨 세 명이 쏟아내는 화장실 낙수 소리가 제법 폭포수 떨어지듯 밖에까지 크게 들린다. 마지막 오줌 줄기를 쏟으며 모두 온몸을 부르르 떨어댄다.

"어! 시원하다. 배에 가득 찬 물을 쏟고 나니 속이 다 후련하네. 지금부터 또 이 밤이 새도록 마셔보더라고."

주인아주머니는 골방에 들어가 잠자리에 들었는지 보이지 않는다. 셋이 앉아 술을 마시는 탁자 위의 전등만 오롯이 밝혀있고 홀 안이 어두컴컴하다. 소주와 막걸리를 섞어 마시고도 세 사람 모두 아직은 정신이 말짱하게 보인다. 나불성이 옹기항아리에서 쫑그래미(아주 작은 바가지)로 술을 퍼 오기발과 천몽상의 잔을 채우고 자신의 잔도 가득 채운다. 마치 이 술집 주인장이라도 되는듯한 태도다. 그리고는 스님답지 않은 말투로 불쑥 내쏜다.

"자, 자! 어서들 마셔. 마셔. 내 뱃속에 들어가야 비로소 내 것인 게야."

"불도를 터득한 도사님도 네것 내것 따지나? 욕심 많은 중생이나 따지지."

"옳지, 옳지. 이 도사님과 곡차를 마시니까 이제 조금씩 철이 드는 게로군. 바로 인간의 그 욕심이 인간을 버려놓은 게야. 산중 왕 호랑이도 제 배 부르면 코앞에 지나가는 먹잇감을 쳐다보지도 않고 외면하는 법이지. 그런데 인간은 어떤가. 아흔아홉 개 가진 놈이 백 개 채우려고 한 개 가진 놈 것을 빼앗지 않아? 바로 이런 끝없는 인간의 욕망이 사바세계를 불행하게 만들었단 말이야. 지구의 동물 중에서 가장 영리하고 교활한 인간들, 그 짧은 세월에 혼자만 복락을 누리려고 속이고, 빼앗고, 죽이고, 얼마나 많은 피를 흘렸는가?"

"그래, 맞아. 인류의 역사는 한 마디로 피의 역사지."

"신은 누가 만들었는가? 영리하고 교활한 인간이 자신보다 어리석은 인간들을 속여 자신을 신으로 떠받들게 하여 족속들을 제압하였네. 자신을 신으로 받들어 충성하지 않으면 창칼을 앞세워 짓밟고, 죽이고, 주변의 종족을 정벌하여 노예로 삼은 피의 역사가 바로 고대와 중세뿐만 아니라 현재에도 진행되고 있는 인류의 역사일세. 문명이 발달한 나라나 민족일수록 신화가 많다는 것은 그만큼 영악한 인간들이 신을 만들어 신 앞에 무릎 꿇게 하고 숭배하도록 하여 통치수단으로 삼은 것이지. 그리고 짧은 기간에 급속도로 진행된 인류의 진화는 인간의 끝없는 욕심이 가져온 것으로 남을 짓밟고 일어서야만 생명을 이어나갈 수 있었던 인간의 피의 역사를 증명해 주고도 남지."

"그러니까 오늘날에도 가장 머리 잘 굴리는 놈이 왕 노릇 하지 않은가."

"암! 그렇다마다. 종교는 또 어떤가? 부활? 천당? 지옥? 극락? 웃기는 속임수 아닌가. 형제끼리 '내 신이 참신이다.' '아니야. 내 신이 참신이야.' 하고 서로 빼앗고 죽이고를 수천 년 계속 반복해 오고 있는 중동의 신의 다툼, 자신들이 만든 신에게 복종 안 하면 하나님의 심판이라는 이름으로 무참히 생명을 살육해버렸던 십자군 전쟁, 지구가 하루도 편할 날이 없이 각처에서 일어나는 수많은 전쟁도 신앙심이 일으킨 종교전쟁이라고 할 수 있지, 지금도 지구상의 거의 모든 전쟁과 테러가 종교가 개입된 사건이니 결국 죄 없는 젊은이들의 죽음은 영악한 자들이 만든 신의 짓이 아니겠나?"

"옳거니……!"

"신앙심이란 참으로 무서운 것이야. 인간의 이성을 마비시키고 오로지 충성을 위해 신에게 자신의 목숨을 스스로 헌납하도록 만들지. 예를 들면, 제2차 세계대전 말기에 혈기 왕성한 젊은이들이 천황을 위해 죽는 것을 명예롭게 여기고 전투기에 폭탄을 싣고 적의 함대로 과감하게 뛰어들었던 일본의 신풍(神風-가미가제)특공대, 2001년 뉴욕 쌍둥이빌딩을 폭파한 9.11테러도 신에게 목숨을 헌납한 어리석은 인간의 신앙심이 저지른 짓이니 인간이 만든 신의 짓이라고 할 수 있지 않겠나? 자연의 순리를 역행하는 사기꾼들이 지구를 어지럽히는 눈꼴사나운 모습을 보고 더 놔두어서는 안 되겠다고 바이러스가 나선 셈이네."

"그렇다면 인간이 만든 신의 못된 짓을 보고 참지 못한 바이러스가 신에게 전쟁을 선포한 셈이로군. 인간만 공격하면 인간이 만든 신은 자연히 사라지고 말 테니까 신을 경배하려 몰려드는 인간들에게 집중공격을 가하고 있군."

"이제야 제대로 알아듣는군. 그리고 말이야, 인간은 지구의 주인으로 등장한 지 불과 1만 년도 못 되는 짧은 순간에 지구를 형편없이 망가뜨려 놓았어. 지구의 온난화, 대자연의 오염, 파괴, 자신들만을 위해 만든 독약이 온갖 생명을 멸종시키고 자신들의 생명마저도 위협하는 줄 모르는 어리석은 인간들, 자기들끼리 서로 윗자리를 차지하려는 욕심으로 남을 정복하기 위해 만든 각종 무기는 지구를 초토화하고도 남을만한 양이 아니던가."

"자네 말을 듣고 생각해 보니 최근 몇 년 동안에 지구에서 일어난 이상 현상들이 모두 인간의 문명이 빚어낸 재앙이네, 그려!"

"그런데 문제는 이젠 인간의 세력이 너무 커서 인간 문명에 대적할만한 생명체가 없다는 게야. 이 지구상에서 어느 생명체가 인간의 영악한 두뇌에 감히 맞설 수 있겠나? 그래서 인간의 눈에는 보이지 않고, 귀에도 들리지 않고, 냄새도 맡을 수 없어 인간의 오감으로는 이 세상에 그런 생물이 있는지 없는지조차 알 수 없는 미세한 바이러스가 선전 포고를 하고 나선 게지."

나불성이의 힘을 잔뜩 실은 언성에 흥분한 천몽상이가 벌떡 일어서더니 장검을 치켜든 듯 젓가락을 머리 위로 쳐들고 허공을 향해 외친다.

"공격하라! 코로나여. 교활한 자들이 인간을 속이는 곳, 멍청한 자들이 많이 모여드는 곳, 이곳이 가장 취약한 곳이다. 이곳을 집중공격하라!"

하고 자신이 마치 코로나 군의 사령관이라도 된다는 듯 부르짖는다. 나불성이와 오기발이도 힘차게 손뼉을 치며 일어선다. 모두가 술에 취하여 술이 사람을 먹는 지경에 이르렀다. 더욱 신이 난 천몽상이가 이번에는 숟가락을 높이 쳐들고 휘두르며 큰 소리로 천장을 우러러 외친다.

"무기를 몰랐던 유인원들, 자연과 더불어 살던 원시인들, 얼마나 평화롭게 살았더냐? 인간이 신을 만들고부터 인간은 망가지기 시작했다. 영악(獰惡)한 인간이 만든 신, 교활한 자들이 신을 둘러쓰고 빼앗고 죽이고를 일삼고 있다. 공격하라! 코로나여. 강력한 핵폭탄을 던져라! 사람들이 많이 모이는 곳이면 어디든 가리지 말고 폭탄을 던져 인간들 모두가 인간을 멀리하고 소통도 못 하게 입마개를 씌워라. 인간을 원시인으로 만들어라!"

이번에는 오기발이 수저를 번쩍 들고 외친다.

"공격하라 코로나여! 지구상에 존재하는 종교는 모두 썩었다. 종교 지도자라는 사기꾼들이 실체가 없는 신을 모시고 어리석은 사람들을 끌어모아 감언이설로 속이고 빼앗는 짓을 일삼는 신전을 공격하라. 그리하여 이 지구상에 존재하는 신을 모두 제거하라!"

하고 외치더니 자리에 털썩 주저앉아 탁자 위에 얼굴을 처박는다. 천몽상이도 오기발을 따라 그 꼴이 되고 만다. 이 모양을 물끄러미 바라보던 나불성이는

"허허! 이 시원찮 헌 친구들, 에라! 모르겠다. 나는 보살님이나 품고 살 보시나 해야겠다."

하고 어슬렁어슬렁 골방으로 들어간다.


신종 코로나의 확산으로 세계는 가공할 공포에 휩싸이고 말았다. 지상의 만물이 생기를 얻어 깨어나는 화창한 봄이 왔지만, 인간사회는 모든 활동을 스스로 접고 날이 갈수록 생활이 마비되어 가고 있었다. 만물의 영장이라고 자부하는 인간이 눈에 보이지도 않은 미세한 세균의 공격으로 불안에 떨며 갇혀있는 동안에도 자연은 변함없이 자신의 능력을 발휘하며 계절의 행진을 계속하고

있었다. 이는 코로나바이러스가 지구상에서 인간 이외의 그 어떤 생명체도 공격하지 않고 있다는 증거다. 자연은 계절에 따라 갖가지 꽃을 피워 산천을 아름답게 꾸며주고 수목들은 초록 잎을 나불거리며 마음껏 햇빛을 받아 산소를 내뿜고 있지만, 인간들은 울안에 갇힌 채 불안에 떨며 밖으로 나오려면 스스로 얼굴에 마스크를 쓰고 원시인으로 되돌아가고 있었다.

기발과 몽상이 불성이의 전화를 받은 것은 4월도 저물어 갈 무렵이었다.

"기발이! 나 땡초네. 4월 말일이 부처님 오신 날일세. 석 달 동안 갇혀 살았을 테니 바람도 쏘일 겸 우리 절로 오시게. 낮에는 산천 귀경이나 하고 밤에 곡차나 한잔 찐하게 나누어 보세."

기발이는 몽상이에게 전화하여 가장 가까운 지하철역에서 만나 절까지 걷기로 하였다. 자연은 수시로 그 모습을 바꾸며 아름다움을 뽐내고 있었다. 이른 봄에 꽃 피웠던 개나리, 진달래, 벚꽃들은 이미 지고 철쭉, 명자꽃, 은방울꽃, 황매화, 꽃 잔디들이 고개를 살래살래 흔들며 반겨주고 키가 큰 이팝나무에 하얀 쌀밥처럼 꽃들이 탐스럽게 피어 환하게 극락으로 통하는 길을 밝혀주고 있다. 향기는 또 얼마나 진하게 뿜어내는지 정신이 혼미해질 정도로 취한다. 인간사회는 꽁꽁 얼어붙어 얼굴을 마스크로 감싸고도 사람과 사람 사이의 거리를 2m 이상 떨어져 상대방을 멀리하고 여럿이 모이는 자리에는 참석하기를 꺼리는 어두운 상황이지만 인간을 제외한 자연은 아무런 제약도 받지 않고 자연스럽게 계절의 행진을 계속하고 있었다.

절에 가까워지자 초파일의 연등이 살랑대며 반겨준다. 예년 같으면 방문객의 행렬로 길목이 꽉 차고 사찰 내에도 모여든 신도들로 발 디딜 틈이 없을 테지만, 코로나바이러스는 인간이 모이는 곳이면 어디든 가리지 않고 공격을 가하기 때문에 부처님이 오시는 날이지만 절길이 한산하여 둘이서는 신선한 산소도 실컷 마실 겸 마스크를 벗어버렸다.

"이보게 몽상이, 우리 바로 절로 들어가지 말고 뒷산을 한 바퀴 돌아 석양 무렵에 절로 들어가는 게 어떤가?"

"나도 그러고 싶은 생각이 방금 들었네. 그동안 못 마신 자연을 통째로 들어 마시고 난 뒤에 불성이 만나세."

그들은 오르막 산길로 접어들었다. 다람쥐 한 마리가 길을 가로질러 쪼르르 잽싸게 나무 위로 오르더니 똥그란 눈망울을 굴리며 바라본다. 그들은 작은 동물인 다람쥐가 귀엽다고 생각해왔지만 이처럼 설레게 가슴에 와 닿는 것은 처음 느끼는 감정이다. 인간의 마음이 조석변(朝夕變)이란 말을 스스로 실감케 한다. 평소에 늘 보아왔던 평범한 자연의 한 모습이지만 오늘 산행에서는 눈에 들어오는 장면마다 느낌이 새롭고 처음 보는 모습처럼 신기하게 보인다.

산마루로 올라서니 대도시인 서울의 시가지가 한눈에 들어온다. 들녘 가득 촘촘히 솟아있는 빌딩들, 저 빌딩들 속에는 지구의 주인이라고 자처하는 사람들이 감방에 갇혀있는 심정으로 잔뜩 쪼그라들어 웅크리고 있을 것이다. 지금까지 죽은 사람만 해도 제2차 세계대전에서 사망한 사람의 배가 넘는다니 그럴 만도 하다. 지구는 코로나바이러스가 침입하지 않은 곳이 없어 세계는 어느 한 곳도 코로나의 공포를 느끼지 않는 곳이 없게 되었다. 연일 계속되는 각종 보도는 대부분 코로나가 차지하여 사람들을 불안에 떨게 하고 있다. 그러니까 지구 땅덩어리 전체가 암흑의 전쟁터인 셈이다. 오기발과 천몽상은 전망대 벤치에 앉아 배낭에 넣어 온 음료수를 마셨다. 멀리 솜처럼 피어오르는 뭉게구름을 바라보던 기발이가 얘기를 꺼낸다.

"미국의 한 과학자가 6개월 전인 지난해 10월에 가상의 새로운 변종 코로나바이러스가 출현하면 어떻게 되는지 모의실험을 한 결과가 보도되어 충격을 안겨주었었네. 존스 홉킨스 대학의 에릭 토너 박사는 남미 브라질의 돼지 농장에서 사스보다 전파력과 치사율이 더 높은 가상의 변종 코로나바이러스가 생긴다고 가정하고 모의실험을 하였는데, 이 모의실험결과 코로나의 출현 이후 6개월 안에 전 세계로 퍼져나갔고, 18개월 안에 전 세계에서 6천5백만 명이 사망하는 것으로 나타났다고 발표했었네. 연구자들은 이 재앙이 단순히 사람들의 생명을 위협하는 것으로 끝나지 않고 경제위기를 초래하고 주식시장이 붕괴(崩壞)될 수 있다고 경고했었지."

"나도 들었네. 현재 코로나의 반란이 반년 전의 모의실험 결과와 한 치의 오차도 없이 똑같지 않은가?"

"그렇다마다. 그런데 더 큰 문제는 의학자들이 코로나를 박멸시킬 강력한 백신을 개발한다 해도 코로나바이러스는 더 강하고 새로운 변이종으로 진화하여 인간이 개발한 백신을 무용지물로 만들어버릴 수 있다는 게야."

"그렇다면 이 코로나의 반란으로 결국에는 인간이 절멸하고 지구는 코로나바이러스가 지구의 새 주인이 될 수도 있다는 얘기 아닌가?"

"그렇지. 인간이 손들고 항복할 시기가 언제가 될는지 알 수 없지만 마침내는 인간이 절멸하고 말리란 예측이 점점 가까이 다가오고 있다고 봐야지."

"그렇다면 코로나바이러스가 인간을 모두 외톨이로 만든 다음 천천히 지구에서 사라지게 한다는 시나리오가 실제로 진행되고 있는 셈이로군."

"지금까지 원인을 밝혀내지 못하고 있는 코로나의 발호와 지구 전체의 방방곡곡을 빈틈없이 습격한 전파속도로 볼 때 지구의 판갈이가 현재 진행되고 있다고 봐야지."

"그러니까 인간 문명의 빠른 속도의 발전이 결국 인간 파멸의 시기를 빠르게 앞당긴 셈이로군."

둘이 얘기를 나누는 동안 해는 서산마루를 향해 기울어가고 있었다. 그들은 천천히 일어나 절을 향해 내려갔다.

신도들이 모두 떠난 사찰의 경내는 휑뎅그렁하게 비어 휘황찬란한 연등만 살랑바람에 흔들리고 있다. 경내를 들어서며 천몽상이 호기롭게 소리친다.

"도사님! 계십니까? 부처님 오시는 날인데 절간이 이리 텅텅 비어 부처님이 외로우실 것 같아 이 중생들이 말벗이라도 하려고 왔소이다."

나불성이 기다렸다는 듯 선당(仙堂)의 문을 열고 나와 맞는다.

"어서들 오시게. 기다리고 있었네. 여봐라 동자야. 손님 오셨다. 준비한 곡차 어서 내 오너라."

하고 대웅전 동편의 요사채로 안내한다. 오기발이 손사래를 치며,

"도사님! 아무리 무식한 중생이라 하지만 절에 왔으면 응당 먼저 대웅전의 부처님께 참배는 드려야지요."

하고 대웅전을 향하여 발길을 돌린다. 천몽상이도 따라 대웅전으로 향한다. 대웅전 삼존불께 참배를 올린 일행은 선방의 술상에 마주 앉았다. 나불성이 술병을 들고 잔을 채운다.

"오늘은 부처님 오시는 날인데 어쩔 수 없이 곡차와 산나물뿐이니 그리들 알고 많이 드시게나."

"와! 자연산 도라지, 더덕, 버섯, 고사리, 곰취, 삼지구엽초, 이 안주 모두 진시황이 먹던 불로초가 아닌가? 술맛 제대로 나겠구먼. 그런데 나도사! 오늘이 다른 날도 아니고 부처님 오신 날인데 자네 오늘 술 마셔도 되는가?"

"어허! 이 사람, 절에서 마시는 술은 곡차일세. 술을 무엇으로 담그는가? 곡식으로 담그지 않던가. 곡식으로 빚은 음료수를 마시고 취하여 정신을 잃으면 술이 되지만, 아무리 많이 마셔도 정신만 똑바로 차리면 곡차일세. 자네들은 술을 마시게 나는 곡차를 마실 테니. 허허허!"

"키야! 술맛 죽여주는군. 안주는 한술 더 떠서 입맛을 부추기는데, 이게 술인가? 보약이지."

"아! 그러니까 땡초가 보약만 먹고 도사 되었지. 우리도 오늘 밤 실컷 마시고 도사님 한 번 되어보세."

"그러세. 부처님을 지극정성으로 믿고 따르면 우리 같은 중생도 부처님이 도사 만들어 주시지 않겠나?"

나불성이 빈 잔에 술을 채우고 천천히 말을 꺼낸다.

"어허! 이 무식한 중생들, 절에는 자네들 같은 망나니를 도사로 만들어 주실 신이 안 계시네. 자네들 부처님을 신이라고 생각하는가? 석가모니께서는 신이 아니야. 법을 먼저 깨달으신 분이지. 법이란 우주와 대자연의 순리를 따르는 도리란 말일세. 그래서 이 도리를 불법, 불도라고 하지. 그래서 '부처는 네 마음속에 있느니라.' 하고 말하지 않는가. 이 말은 곧 우주의 순행에서 자신의 위치와 행할 도리를 깨달으면 그 이치를 깨달은 사람이 바로 부처란 말이네."

"그러면 불교는 종교가 아니란 말인가?"

"물론 종교지. 그런데 자네는 종교에 대해서 잘 못 알고 있네. 종교란「신 또는 초인적인 존재를 우주와 사람의 지배자이자 인도자로 믿고 복종하며 일정한 의식으로 예배드리고 교리가 제시하는 윤리나 철학을 생활의 기본으로 삼는 것」을 말하지. 그런데 이 종교는 크게 두 가지로 구분할 수 있네. 한가지는 전지전능한 신을 믿는 것이야. 이 신을 믿는 종교는 신의 말씀이면 무조건 따르도록 복종을 강요하지. 신을 진실로 믿고 의지하면 죄지은 자도 사하여주시고 죽은 후에는 천당에 갈 수 있다고 유혹하여 평소에 죄를 짓고 스스로 양심에 비추어 볼 때 떳떳하지 못하다고 뉘우치는 사람들이나 심성이 여려서 늘 불안한 마음을 지닌 사람들이 따르게 마련이네. 이는 바로 전지전능한 지배자 즉 신을 믿는 종교지.

그런데 이와는 전혀 다른 종교가 있으니 이 종교는 신을 믿는 게 아니야. 우주의 진리를 먼저 깨달은 선각자의 가르침을 따르는 종교야. 그러니까 이 종교의 신자들은 전지전능한 신을 믿는 게 아니라 먼저 깨달은 선각자를 인도자로 숭앙하며 우주 진리에 따른 자신이 행할 도리를 스스로 깨달음을 얻기 위해 참선하고 경배하지. 불교가 바로 후자로 부처님은 기도만 드리면 중생들이 바라는 모든 것을 이루어주시는 신이 아니야. 부처님께 참배를 드리고 불경을 암송하는 행위 자체가 자신이 바라는 것을 거저 주시라는 의미가 아니고 자기 스스로 바른길을 가도록 인도하여 주시라는 의미로 이는 깨달음을 얻고자 소망을 비는 행위일세. 일천 배, 일만 배를 드리는 행위도 자신의 마음을 스스로 다스리기 위한 하나의 수련행위이며, 깊은 산속에 들어가 10년, 20년 암자에서 수도에 정진하는 것도 바로 자신을 다스리며 깨달음을 얻기 위한 수련이며 고행이지."

"자네의 논리는 지구상에 존재하는 모든 종교는 두 가지 근본 교리로 대별 할 수 있으며 두 종교의 근본 원리가 전혀 다르다는 얘기군. 신도들이 전지전능한 신에게 기도드리는 기원 자체가 자신이 바라는 것을 이루어지게 해주시라는 행위와 이와는 다른 한편의 종교는 선각자의 가르침을 본받아 우주의 진리와 인간으로서의 참다운 도리를 자기 스스로 깨달음을 얻고자 수련하는 행위로 대별 할 수 있겠네?"

"그렇지. 이번 코로나 사태만 보더라도 만약에 전지전능한 신이 계신다면 걱정할 게 무에 있겠는가. 신께 정성으로 기도드리면 '네 이 요망한 것들 썩 물러가라' 하고 호령 한마디에 해결해 주실 것이 아닌가? 그러나 이 세상에 전지전능한 신이 존재하지도 않을뿐더러 이 사태가 신께 기도드린다고 해결될 일은 결코 아니지. 이는 신자들이 많이 모이는 장소에서 코로나가 더욱 기승을 부리는 것만 보아도 알 수 있지 않은가?"

"그렇다면 자네는 인간의 문명에 도전한 코로나와의 이 전쟁에서 이간이 승리하려면 어찌해야 한다고 생각하는가?"

"나는 이 코로나와의 전쟁에서 인간이 살아남을 수 있는 길은 인간의 명철한 두뇌로 하루빨리 신종 코로나를 박멸할 수 있는 무기 즉 백신을 개발해 내는 것이 급선무이지만, 그보다 앞서 인간 개개인이 취해야 할 일은 정신과 육체 두 가지 측면에서 대응해야 한다고 보네. 우선 정신적인 면에서 지금까지 문명사회에서 누렸던 지구 주인으로서의 환락과 미래에 기대했던 욕망을 과감히 버리고 인간도 우주의 수많은 생명체 중의 하나일 수밖에 없다는 점을 깨닫는 것이며, 육체적으로는 스스로 자신의 욕구를 통제하여 집단행동을 자제하고 자연 속에서 홀로 수련을 통하여 내공을 길러 코로나바이러스가 침투하지 못하도록 자기방어를 튼튼히 하는 사람만이 살아남을 것이라고 나는 믿네. 그리고 살아남은 사람도 지구상에 존재하는 모든 생명체 중의 하나일 뿐, 결코 코로나와의 전쟁에서 인간이 승리한 것은 아니며 이 전쟁 자체가 승패가 판가름 나는 전쟁일 수 없다고 생각하는 바일세. 나무아미타불 관세음보살!"

어느 덧 해는 지고 산골짝에 어둠이 내렸다. 사찰 경내는 갖가지 색깔의 연등이 신도들의 소망을 담은 채 불을 밝히고 매달려

있다.

"아야! 동자야, 곡차 단지 비었다. 어서 채우거라."

도사의 카랑카랑 울리는 목소리가 산골짜기 아래로 천천히 흘러내린다.

## 찜보와 떼보

드넓은 광장에는 수많은 벌떼가 윙윙거리며 아우성치고 있다. 저것들이 각자 제 할 일이나 제대로 할 것이지 무엇 때문에 저리 모여서 난장판을 벌이는지 도무지 이해가 되지 않는다. 땅벌은 땅벌대로 저 사는 땅에 틀어박혀 땀이나 뻘뻘 흘리며 땅을 파서 키운 열매가 누렇게 익은 가을이면 입가에 함빡 웃음꽃을 피우며 거둬들이는 재미를 보면 될 일이고, 일벌은 일벌대로 저마다 맡은 일터에서 제할 일이나 부지런히 하고 장벌이 제 때에 어김없이 통장에 넣어주는 급료나 받아먹으면 될 일이고, 꿀벌은 꿀벌대로 꽃밭에 날아가 제 마음 꼴리는 대로 이꽃 저꽃 향기를 맡으며 달콤한 꿀이나 열심히 따다가 벌집 창고에 가지런히 매달려있는 금고를 차곡차곡 채우면 될 일이고, 말벌은 말벌대로 제가 맡은 건설현장에 나가 큰 중장비나 운전하며 다른 벌들보다 서너 배가 넘는 노임이나 챙기면 배부를 것이고, 호리병벌은 호리병벌들대로 목 댕기 차고 사무실에 들어앉아 머리통이나 굴리다가 제 날짜에 어김없이 들어오는 월급 받아서 마누라랑 새끼들이랑 알

콩달콩 살아가면서 쪼께 남는 돈은 적금통장에 아라비아 숫자 불어나는 맛으로 살아가면 될 일이고, 떡벌은 떡벌대로 부모에게서 물려받은 돈 많겠다? 돈만 보면 환장을 하고 간지럽게 눈웃음치며 알랑거리는 암컷 중에서 제 맘 꼴리는 대로 골라 실컷 떡이나 치면 될 일인데도 저것들이 제 할 일은 제쳐두고 떼로 몰려와 온 시가지를 휘젓고 돌며 듣기 싫은 괴성을 질러대고 삿대질을 해대는 것이 보통 일은 아니다.

저것들이 지난해까지만 해도 땅벌, 일벌, 꿀벌, 말벌들만 각자 저희끼리 모여 제 해당 부서 앞에 몰려가 왕왕대서 별 문젯거리가 아니었는데 이제는 목에 댕기 찬 호리병벌이랑, 심지어 저는 아무 일도 안 하고 제 부모한테서 물려받은 돈 아까운 줄 모르고 한량 질이나 실컷 하다가 많은 재산 다 말아먹은 떡벌은 〈한량은 죽어도 기생집 울타리 밑에서 죽는다〉는 속담도 모르는지 이제는 그놈들까지 한패가 되어서 얼싸덜싸 모여들어 저 넓은 광장을 빈틈없이 꽉 메우고 왕왕거리며 괴성을 내질러 싸니 저것들이 가슴 속에 무슨 원한이 그리도 아프게 맺혀있길래 제 분수를 모르고 저리도 아우성을 치며 날뛰고 있는지 도대체 그 이유를 모를 일이다. 아! 그런데 저 무리 가운데 우뚝 서서 고함을 질러대는 선동자는 분명 떼보가 아닌가!

에이! 빌어먹을…… 저 떼보란 놈이 결국에는 또 내 자리를 빼앗으려고 날뛰고 있는 게 확실하다. 이제 저놈이 설쳐대면 내가 가진 돈의 힘도 먹혀들지 않을 텐데 이를 어쩌지? 도대체 저 떼보란 놈은 무슨 재주를 가졌길래 똥구멍이 찢어지게 가난한 놈인데도 이 벌 저 벌 가리지 않고 모여들어 자기들의 대장을 만들려고 안달복달한단 말인가? 저놈은 어릴 적부터 아무것도 가진 게 없어 털털 털어봐야 빈 손바닥뿐인 놈이다. 그런데 놈은 아무 짓도 안 하는데도 각종 벌떼가 금 방석에 앉아 있는 부잣집 외동아들인 나를 외면하고 떼보란 놈에게만 몰려들어 나를 외롭게 만들더니 이제는 세상의 권력과 금력을 다 차지하고 비단 방석에 높이 올라앉아 있는 나를 밀어내고 제가 이 자리를 차지하려고 민중의 벌떼들을 불러모아 악다구니를 퍼부어대는 것이 틀림없다. 내가 갖고 싶은 온갖 것 다 챙기고, 세상에서 하고 싶은 짓 내 맘대로 다하고, 벌이란 벌들은 모두 내 앞에만 오면 앵앵거리며 굽실거리는 이 환락의 자리를 떼보란 놈이 차지하려고 저리 발광을 하고 있단 말인가. 찜보는 갑자기 골치가 띵~ 울리며 아프다. 어릴 적 병통이 다시 도져오는가 보다. 찜보는 제 이마를 막무가내로 벽에 사정없이 마구 찧어댄다. 너덧 번 찧고 나니까 통증이 조금 가라앉으며 지난 일들이 서서히 떠오른다.

야이! 우라질 놈아. 세상에서 지가 제일 호강하는 줄도 모르고 호강에 초 쳐서 공부는 안 하고 돌방구맹키로 어디를 그렇게 싸돌아다니냐? 네가 같이 어울려 다니는 떼보란 놈 봐라. 지 할애비 적부터 우리 집 종이나 다름없이 허드렛일이나 하며 춘궁기에는 굶기를 밥 먹듯 하고 꼬락서니는 거지도 그런 상거지가 없었다. 서말(서쪽 마을) 지실거리에 사는 고런 잡것 종자 싸가지없는 새끼들하고 얼싸덜싸 어울려 댕길라면 아예 주둥팩이에 밥 처넣을 생각일랑 말어라. 에이! 집구석이 망헐랑께 지 에미 빼다 박은 새끼가 뽈록 튀어나와 집안에 진중히 틀어박혀 있지를 못 허고 지랄발광을 허고 댕기는 꼬라지를 보면 울화가 치밀어 숨통이 꽉 꽉 막혀 숨을 제대로 쉴 수가 없네그려. 부엌네! 오늘부터 이 자식 학원 빼먹고 공부 안 하고 싸돌아댕기면 절대로 밥 주지 말어! 한 번만 더 나한테 걸렸다가는 너도 내 집에서 쫓겨 날 테니까. 알아들었냐? 눈을 부라리고 호통치며 대문짝을 발로 꽈앙! 걷어차고 나가버린다.

　괜히 아무 죄도 없는 부엌네만 혼쭐이 난다. 아무리 그래 봐야 말짱 도로 묵이다. 동네 사람들은 우리 아봉은 이 집안의 호랑이로 한번 말이 떨어지면 누구도 어길 수 없는 것이 이 집안 대대로 물려 내려오는 철칙인 줄 알지만 천만에 만만에 말씀이다. 우리 어멍이가 눈꼬리를 싸납게 치켜뜨고 새빨갛게 칠한 긴 손톱을 앞세우고 양손을 응등그리며 달려들면 아봉이는 고양이 발톱이 무서워서 쥐구멍이나 찾는 신세인 것을 나는 여러 번 보았었다. 그래도 근동 쪽팔린 벌떼들은 우리 아봉이 말 한마디가 바로 공자님 말씀이고 부처님 말씀이고 예수님 말씀이다. 만약에 안 들었다 하면 그날부로 밥줄이 끊어지기 때문이다. 그러니까 우리 아봉이 그들의 목숨줄을 쥐고 있는 셈이다. 조금만 아봉이 비위에 거슬리면 수단과 방법을 가리지 않고 그들을 못살게 만들어 근동 마을에서 내쫓아버리는 재주가 있다. 아니? 재주라기보다는 동말, 서말, 논이고, 밭이고, 산이고, 모두 우리 아봉이 것 인데다가 가난뱅이들은 상상도 할 수 없을 만큼 많은 동그라미가 그려져 있는 저금통장을 품속에 늘 지니고 있기 때문이다. 그래서 우리 아봉이만 나타나면 은행에 굴짱들도 쩌만치서 미리 뛰어나와 대갱이가 땅 닿게 허리를 굽히는 것을 볼 적마다 나도 어깨가 으쓱 올라갔었다.

  방에 들어온 찜보는 베개에다 이마를 찧어 보지만 아무런 효과가 없어 단단한 벽에다 쿵! 쿵! 찧고 나니 골치 아픈 것이 조금은 가라앉는다. 찜보는 공부하기가 싫다. 온 사방이 다 우리 땅이고 이 동네 저 마을 벌들은 모두가 우리 땅이 아니면 꿀을 딸 곳이 없는데 뭘 라고 그 골치 아픈 공부를 해? 아봉이도 공부하기가 싫어서 할아봉이 싸준 돈 보따리를 짊어지고 서울에 가서 공부한답시고 맨날 색시집에서 헛짓거리만 하고 다녔다는 것을 내가 모를 줄 알고? 우리 집이 이처럼 땅도 많고 꿀도 많은 부잔데 내가 멀라고 골치만 아픈 책은 들여다 봐? 생각하면 울화통이 치밀어 환장 된장 하겠네. 공부! 공부! 그놈의 공부라는 말을 들을 때마다 벽에다 대고 이마빡을 찧어대는 바람에 이마빡이 굳어서 공이가 박혔다. 이제는 시원찮게 찧어봐야 효과도 없어 집안이 쿵쿵 울리게 찧어야만 골치 아픈 것이 조금 사라져 분이 풀린다. 그래서 완전히 시원할 때까지 찧어댄다.

 이 소리를 들은 찜보 어멍이 달려온다.

 느개비가 또 너한테 화풀이를 힘시로 지랄 염병을 했구나. 내가 느개비한테 이적지도 그 버르장머리 못 잡고 읍내에 젊고 이쁜 기생 암벌년 왔다는 소문을 듣고 쪼르르 조지 빠지게 달려가서 사흘 밤이나 기생년의 치마폭에 감겨서 해롱거리다가 오늘 낮에서야 끼데 오는 낮 쪼가리를 보니께로 화가 머리끝까지 치밀어 올라서 삼일 밤이나 들내놓고 써먹었으니 조지 빠졌는가? 지금도 달고 있는가? 어디 좀 보자고 꼴마리를 잡고 흔들었더니만 에이구! 지질이도 모지랜 봉벌! 재주라고는 암벌 고쟁이 끈 푸는 재주밖에 없는 봉벌을 워디서 누가 뭔 복을 내려주었는가 이렇게 큰 부잣집 벌손으로 태어나 저는 이 많은 돈을 맨날 지집년들 가랭이 속으로만 처박는 것이 새끼보고만 공부, 공부, 해 싸대니 아야! 내 새끼야. 그놈에 골치 아픈 공부, 허지 마라. 너 공부 안 해도 이 에미가 늬 앞길 열어 줄라고 궁리를 짜고 있쓴께 공부는 하는 척만 해도 된다. 이 동말, 서말 바닥의 온 산천이 모다 늬 것잉께로 퍼내도 퍼내도 굴지 않는 이 집 재산 느개비 아무리 헛지랄을 하고 다녀도 크나큰 창고에서 쌀 한 됫박 퍼낸 것 밖에는 안 된다. 만석꾼 재산 다 어디다 쓸 것이냐. 이 시상은 돈이 최곤겨. 어느 놈이고 년이고 돈만 보면 환장 된장을 헌께로 돈만 퍼다 주면 안 될 일도 다 된께로 늬가 공부 안 해도 대학도 가고, 바다 건너 유학도 가고, 늬가 허고자우면 사장도 되고, 군수도 되고, 온갖 꾀를 다 부려서 지 이익만 구허는 구꾀이원도 되게 이 에미가 맹글어 줄팅게로 걱정말고 워쩌튼지 몸만 튼튼허먼 되야. 아이고! 내 새끼 얼매나 씨게 찌었능가 이마빡이 꽝꽝 굳어서 방맹이가 되야 뿔었네. 하고 찜보 이마를 문질러 준다.

아! 긍께 몸이 튼튼 하려면 애들 허고 산으로 들로 쏘다녀 댕김서 운동을 해야제. 아까운 돈 퍼다 주고 그놈에 학원에 가서 선상들 낯바닥만 쳐다보다가 자울자울 하며 시간만 때우고 와 봐야 아무것도 주워 담은 것이 없는디 멀라고 그 지랄을 헐것이여? 누구는 서말 가난뱅이 그지새끼들 허고 놀고자와서 그러가니? 떼보놈이 무슨 재주를 부리는지 아그덜이 떼보만 보면 환장을 허고 좋아험시로 그새끼만 졸졸 따라 몰려댕김스로 뭔 놈의 꼬순 재미가 그렇고도 많은지 희야! 하야! 웃어 쌈시롱 염병 지랄을 허는디 나는 벨이 꼴리지 않았가니? 그래도 어쩔 것이여. 그것들 허고 안 놀면 나 혼자 뿐인디. 내가 아무리 눈깔사탕이랑 참깨엿이랑 붕어빵을 사다가 주어도 먹을 때뿐이고 돌아서면 떼보랑 얼싸덜 싸 싸돌아 댕기는디 나도 같이 놀려면 어쩔 수 없지. 아, 그런데 떼보는 무슨 복을 타고 났는가 책상에는 붙어있을 틈 없이 나돌아다니며 놀면서도 시험만 봤다 하면 과목마다 줄줄이 백 점만 맞는디 그놈의 대가리는 속이 어찌케 생겼는지 당최 알 수가 없당께? 내가 한번은 떼보새끼가 하도 얄미워서 참들 못 허고 너는 우리 집 종놈의 새끼라고 한마디 했다가 이 세상에 벌들은 다 똑같은 벌인디 쥐놈 벌 종놈 벌이 어딨냐고 힘시로 눈깔이 뒤집혀서 아나 이 쥐놈 새끼야! 이 종놈 맛 좀 봐라. 힘시로 나를 깨골창에 쳐박아부는 것을 보고는 떼보새끼 똘맹이들이 박수 침시로 깔깔거리고 웃은께 부화가 머리끝까지 치밀어 올라왔지만, 집에 돌아와서는 말 한마디 못하고 쩌그 물고랑에서 고기 잡다가 미끄러져서 옷이 요롷게 젖었다고 핑계 대고 말았지. 그렇게 안 허면 혹시 우리 어멍이가 또 쫓아가서 난리방구를 쳐불면 찜보새끼가 다시는 나를 끼워주지 않을까 봐 겁나서 거짓말을 해부렀당께? 나가 고로코롬 핑계 안대면 외톨이 신세가 되야뿔먼 나만 배아프제 워쩔 것이여.

　글고 떼보는 어릴 적에 제 맘대로 안 되면 땅바닥에 떼굴떼굴 뒹굴면서 어찌나 떼를 쓰든지 즈그 부모는 말할 것도 없고 동네 어른들도 떼보가 떼를 썼다 하면 못 말린께로 무엇이든지 떼보가 원하면 원하는 대로 다 들어줄 수밖에 없어서 이름을 〈떼보〉라고 지었다고 허든디 똥구녕이 찢어지게 가난 힘시롱도 애기때보톰 동네에서 왕자 노릇 허고 커 놔서 그런지 지끔도 지가 왕자인 줄로 아는개비여. 하이고 떼보놈 생각만 하면 기분이 드러워서 외옥질이 다 나온당께. 그래도 어쩔 것이여. 그때는 그 새끼 앞에만 가면 내 속마음을 쩌그 뒷 꼴마리에다 감추고 알랑대며 친한 척 해뿌러야제. 생각만 하면 지금도 열분이 나서 베랑박에다가 이마빼기를 안 찧고는 못 배긴단 말이여.

하고는 또 이마빡을 벽에다 쿵쿵 마구 찧어댄다.

하! 이런 제길헐, 초중고교 댕길 때는 맨나 남의 꼴랑지에서 뺑뺑이나 침시로 지 비윗장 틀리면 겨우 벽이나 땅바닥에다가 마빡이나 찧어대던 꼬래비가 중벌교 고벌교는 시험도 안 보고 들어갈 수 있씀께로 그렇다 치고, 대벌교 잇싸장 뒷구멍에다가 자기 집 금고에 쌓여있는 뭉칫돈을 몇 자루나 처박아버렸는가 멀쩡하게 대벌교 졸업장을 따서 설레발 치고 돌아댕기드랑께? 또 구꾀이 원 아가리에다가 얼마나 큰 금덩어리를 찔러 박어버렸는가 보좌관이란 이름표를 떠억! 가슴에 달고 사기꾼 꼴랑지나 졸졸 따라댕기등만은 이제는 지가 웃다리 위원장이 되어 설치고 댕기는 꼬라지를 보면 누가 환장을 안 허고 배길 것이여? 에릴적에는 맨날 꼬래비만 험서 내 꼴랑지만 따라댕기든 것을 그래도 금 방석 깔아놓고 사는 집구석의 새낀께로 따라댕기면 따라댕긴대로 내비두고 어쩔때는 하도 불쌍해서 눈깔사탕 얻어먹는 재미로 시험 문제도 쪼까 갈차주고 했는디 인자는 지가 왕이나 된 것 맹이로 나 같은 가난뱅이는 쳐다보지도 안험스로 돈을 몽땅 퍼주고 모델을 불러다가 배와각고 있는 폼 없는 폼 어줍잖은 쌩폼을 잡고 설래 발 치등만은 어떤 높은 놈 옆굴탱이에다가 뭉칫돈을 몇 번이나 찔러 박았는가 자기네 집 단감나무 가지에서 괴발만 디디면 딸 수 있는 잘 익은 단감 따데끼 공천을 따갖고 높디높은 단상 위에 올라가서 지가 지역벌들을 위해서 살림살이를 잘해 보것다는 둥, 출마자들 중에서 믿을 놈은 저밖에 없으니 저를 밀어주라는 둥, 연설을 힘스로 설치는 꼬라지를 보면 엊저녁에 먹은 밥이 넘어올 라고 안 허것어?

아! 그런디 민벌들도 참 야속허제. 지역에서 대물려 부자로 살면서 괴롭혔던 과거는 다 잊어뿔고 우선 먹기는 곶감이 달더라고 돈냥이나 살쨰기 찔러준께 돈에 팔려서 제각끔 가진 것이라고는 고것배끼 없는 소중한 한 표를 모도 찜보란놈 이름자 밑에다가 찍어분께로 인자는 살판났다. 본전을 얼렁 빼야겄다. 힘시로 나랏일은 허는 척 시늉만 내고는 별별 꾀를 다 부려 지 이익만 구하는 구꾀이원이 되야뿔었것다? 글 안해도 배아지 빵빵히 차서 몸 움직끼리기가 불편해 뒤뚱거리는 뱃때기에다가 또 돈을 틀어박는 구꾀이원이 되어버렸으니 돈 냄새 권력 냄새 맡고 따라댕기는 쫄다구들이 찜보놈이 차에서 내리면 허리를 90도로 굽히고 차 문을 열어주지를 않나, 배가 잔뜩 불러 뒤뚱거리는 몸땡이 다칠까 봐 발발 떰스롱 양쪽에서 손을 잡아주지를 않나, 높은 데 올라갈 때는 납작 엎드려 밟고 올라가라고 등을 대주지를 않나, 어디 나섰다 하면 십여 명이 찜보 놈 뒤에 쫄래쫄래 따라 댕김스로 같이 컸던 동무들 얼굴만 비쳤다 하면 가까이 접근이라도 할까 봐 눈구멍을 부라리며 얼씬도 못 하게 막는 짓거리를 보면 눈꼴 시려서 마치 불티가 날아든 것 맹이로 눈이 저절로 감기드랑께? 줏대 없이 이리 눈치 보고 저리 굽신거리며 기회만 노리는 뻘강아지들은 또 찜보란 놈 앞에만 섰다 하면 마치 왕벌 앞에 선 것 마냥 굽신굽신 쫄지를 않나. 찜보놈 허고 잠간 눈이라도 한 번 맞춰 보려고 오만 몸짓으로 알랑거리지를 않나. 보면 볼수록 드럽고 눈꼴 시러워서 울화통이 터질 것 같당께로?

인자는 찜보놈이 나를 보면 지 발꼬락에 때만치도 안 여기는지 고개를 팽! 돌림시로 온갖 거드름을 다 피우는 것을 보면 손톱 밑에 탱자 가시 찔린 것 맹이로 눈물 콧물이 안 나오겄느냐? 이말이여! 생각하면 생각할수록 민벌들도 야속 허제. 민벌나라의 백성으로 가진 권리 중에서 두 개도 아니고 딱 하나밖에 못 가진 귀중한 한 표를 몇 푼 안 되는 돈 받고 팔아먹어 버렸으니 환장헐 일이제. 앞으로는 소갈머리 없는 유권자들도 정신쪼까 차려야 써. 아! 그리고 더 한심스러운 시상 판속 좀 보드라고. 찜보놈이 무지렁이 표팔이꾼한테 쥐어준 돈을 저는 쥐도 새도 모르게 주었다고 생각하지만 낮말은 새가 듣고 밤말은 쥐가 듣는 것이라 다 들통나서 고발을 당해부렀것다? 그런데 얼레? 찜보놈은 또 뭔 재주를 부렸는가 멀쩡하게 지가 왕이라도 되는 것처럼 고개 빳빳이 쳐들고 거드름을 피우며 돌아댕기는 낯바닥을 볼작시면 오장육보가 뒤집어질라고 안 허것냔 말이여. 그란디 공부도 꼬래비만 허든 놈이 재주는 또 뭔 재주? 아마 자기 논배미에 새는 물구멍을 막는 것맹이로 차진 돈으로 검돌이 판돌이 주둥이를 꽉꽉 틀어 막아버렸겠지. 맹?

 이렇게 공원의 긴 의자에 앉아 보름달을 쳐다보며 허탈하게 저 혼자 구시렁거리는 말을 옆에서 듣고 있던 초라한 영감탱이가 다가앉더니
 아야, 떼보야! 너 말 다 했냐? 이 할애비 말도조께 들어봐라. 권벌, 재벌 행투를 볼작시면 더 우라통이 터질 것이다.
 벌나라에 꽃이 활짝 피었어. 여왕 꽃에 솟아난 뿔! 아, 그런디 암술 하나였던 뿔에 나비가 날아들고 재벌 떼들이 모여들자 뿔은 두 개 세 개로 늘어나지 않았것어? 본래 벌 나비들은 꿀을 빨아먹기 위해 모여드는 것인디 무슨 까닭인지 요녀러 것덜은 꿀을 빨아먹을라고 온 게 아니라 가진 아양을 떨어가며 꿀을 채워주기 위해 모여들었것다? 그 속내가 뭣이냐 하면 제집 창고에 온갖 보물과 금덩이를 쌓아놓고 떵떵거리며 사는 것들이 무성하게 자라서 꽃이 벙글어진 온 산천을 모두 제 것 맹글어 보것다는 욕심으로 저는 꿀을 두어 병 갖다 주고 산천에서 꿀 딸 권리를 지가 몽땅 다 차지하려고 욕심부리는 못된 짓거리제. 이것은 바로 아흔아홉

개 가진 놈이 한 개 가진 놈의 것을 빼앗아서 백 개 채우려고 비열한 짓거리를 하는 것이 아니것느냐고. 이 여왕 꽃 뿔은 더 많이 솟아오르고 뿔마다 꿀이 가득가득 채워졌것다? 아! 그렁께로 이제는 암꽃에 솟은 뿔이 너무 무거워서 고개를 들 수조차 없게 되고 말아부렀제. 엎친 데 덮친 격으로 생각지도 않은 계절에 난데없이 비바람이 몰아치자 뿔이 무거운 여왕꽃은 안간힘을 쓰며 이리저리 비틀거리다가 마침내 더는 견디지 못하고 꺾어지고 말았지. 뿔에 가득 찬 꿀이 쏟아져 향기가 사방으로 퍼진께로 뽀짝거리던 벌떼들이 모여들어 빨아 먹으려고 달려들었는디 이미 썩을 대로 썩어 구린내만 나는 꿀! 여왕 꽃 곁에서 가진 아양을 떨어대며 흘린 꿀물조깨 핥아먹을라고 뽀짝거리던 잡녀러 것들도 이제는 갇혀 버린 여왕 꽃에게 자신은 그리 안 한 척 오히려 왕왕왕! 욕설을 퍼부어대고 있으니 권력 근처에서 얼쩡거리는 벌떼 세상의 각박한 인심이 아니것느냐? 이 말이다. 참말로 의리도 없는 놈들의 야비헌 짓거리제.

  그리고 수십 년 동안 권력에 빌붙어서 온갖 여론몰이를 일삼으며 이 마을 저 동네 날아다니는 망나니 기벌들, 어느 벌 날개쭉지에 조끔만 티가 묻어 눈에 띄기만 하면 왕왕거리며 확대해서 온 세상에 소문을 퍼뜨리겠다고 잔뜩 겁을 주고는 상대방의 호주머니를 훑어내서 제 주머니를 채우는 사기꾼 기벌의 행태는 어떻고? 이것들이 지성을 갖춘 벌로 민벌을 선도하려면 착한 벌들의 소식을 많이 소개해서 민벌들의 마음을 착하게 돌릴 생각은 안 하고 자식이 부모님을 때려죽였다느니, 어뜬 못된 잡벌놈이 넘의 암벌을 꾀어내어 대궐같은 벌집에서 개지랄을 했다느니, 또는 어뜬 무지막지한 벌놈이 여벌을 몇 토막 내서 죽였다느니 등등 나쁜 소식만 잔뜩 올려서 호기심을 자극하여 소식지 부수만 늘리려고 하는가 하면 권력에 빌붙어 권력과 짜고 앞장서서 나불대는 반대당 일벌의 없는 일도 있는 것처럼 교묘히 꾸며내어 영문을 모르는 민벌들은 혹시 참말로 그런 일이 있었는가? 하고 의문을 품도록 벌 세계를 혼란스럽게 속이는 기벌들의 가소로운 행태는 또 어떻고. 온갖 못된 짓거리를 다 해서 제 앞에 큰 감 놓고 왕벌만큼이나 설쳐대는 몇몇 못된 기벌들이 소식꾼 벌 세계를 흐려놓아 지성 있는 애먼 소식꾼들까지 욕을 먹게 허지않는개비여. 이런 권력과 내통하던 소수 기벌들은 이미 기울어버린 세상인심을 돌려놓으려고 안간힘을 써 보지만 그들에게 속을 대로 속아 온 대중들이 들은 척도 안 하는 것이야 당연한 일 아닌가. 이제는 이러지도 저러지도 못하고 망설이고 있는 꼴이 우습기도 하지. 아나! 참 잘되었다. 늬들 생각대로 몇백 년 속을 줄 알았지? 에라이! 잡것들 벌 세상에서 저들은 지성 벌무리라고 활개 치면서 저 이들과 한편이 아닌 것들이 조금만 틈이 보이면 권력에다 쏘삭질을 하고 던져주는 꿀이나 핥던 것들이 민벌들이 외면해 버리자 생명줄이던 소식지마저 폐간해야 할 처지가 되고 말았으니 이 세상에 정의가 살아있다는 걸 이제는 알았냐? 그런데 제 버릇 개 못 주더라고. 간당간당 겨우 발간하는 소식지를 들여다보면 아직도 제정신을 못 차리고 있더라. 떼보야! 너도 맺힌 것이 더 있을 팅게 아조 다 털어놔 보그라.

야! 고맙구만이라우. 할아붕이! 찜보 그새끼에 비하면 나는 중벌교도 일등 고벌교도 일등을 했지라우. 그라고 쩌그 시골 촌놈이 난다긴다하는 서울놈들도 낙동강 오리 알맹키로 떨어져 부는 서울의 일류 대벌교를 버젓이 붙어불지 않았것어요~. 그때꺼정은 좋았는디 그 후제부터가 문제였당께라우~. 졸업을 하고 명색이 대기업이라고 허는 디다가 입사시험 원서를 넣으면 대벌교 때 내 깜냥에는 정의감이 불타올라서 시가지로 뛰어나와 두 주먹을 불끈 쥐고 정의를 부르짖으며 앞장조께 서서 설쳐 댓등만은 고것이 기록에 남아서 시험은커녕 서류심사에서 쓰레기통에 내팽개쳐부는 신세로 떨어져 불고 같이 앞장섰던 금수저 놈들은 워찌케 누구를 삶아버렸는지, 아무 탈 없이 대벌 기업 으리번떡 헌 높은 뽈딩에 활개침시롱 들어가서는 버젓이 뽈딩 꼭대기꺼정 쑥쑥 올라가니 벨이 안 꼴리것어요? 빈 손바닥밖에 없는 놈이 제가 잘났다고 용써봐야 맨주먹으로 바우댕이 치는 격인께로 에헤라! 요놈의 시상이 도대체 워찌케 되야 먹은 시상인가 허고 하늘 쳐다보고 원망도 해보고, 내가 태어난 가난뱅이 수렁 구멍 한탄도 해보고, 허다가 에라! 고런 생각들을 해봐야 맥없이 내 오목가슴만 아프지 아무 소용이 없구나. 이제 내가 마지막에 기댈 디라고는 거리에 나가서 정의사회 맹글자고 외쳐대는 것이 그래도 마지막 희망이다. 생각허고 싸돌아 댕김서 목구멍 터지게 외쳐댔등만은 인자는 또 맥없이 공산당이라고 몰아 잡아 가두고는 북벌 땅의 권력자를 만났다는둥 간첩질을 했다는 둥 즈그덜 유리할 대로 거짓말을 지어 맹글어서 어찌나 주리를 틀어 대던지 같이 민중 벌 세계의 정치 민주화 경제민주화를 외치던 동무들 몇 명은 목숨줄까지도 끊어버렸는데 나는 그래도 목숨은 붙어 있으니께로 더 말해 뭣 허것는가요? 앞서간 동무들에게 미안해서 고개를 못들 일이지라우~. 아차! 동무라는 말을 했다고 또 공산당이라고 몰아직을랑가 모르것다. 동무란 말 얼마나 좋은 말이여. '동무동무 씨동무, 어깨걸고 어깨동무, 깨복쟁이 깨복동무' 라고 노래하는 아그덜은 왜 공산당으로 몰아서 안 잡아가는지 모르것당께요?

허허! 그려? 인자 떼보 너도 쪼께 더 지둘리면 높은 자리에 올라설 수 있을팅께로 그 자리에 올라서면 정신 바짝 차리고 일 잘 혀야 헌다. 알겠느냐?

야, 알았구만이라우~

여러 달이 지난 후에 떼보는 따뜻한 오리털 잠바 하나를 사 들고 노인을 만났다.

떼보야! 고맙다. 너 이제 제법 높은 놈 되었구나. 높은 자리 앉게 된 연유와 소감이나 한번 들어보자.

야! 할아붕이 말씀대로 되었구만이라우~. 긍께 고것이 어찌 된 영문인고 하면 인자 쪼깨 깨달은 민벌덜이 모도 거리로 뛰쳐나와서 나같이 빈손뿐인 벌을 민주벌 투사라고 힘시로 높은 단상에 올라가서 왱왱왱 짖어대라고 민주벌 투쟁 위원장도 시케주고 돈 안 주어도 나라를 위해 흔쾌히 일하는 국회의원도 해보라고 공천도 떼어주어서 나는 벌 격은 안보고 맨나 푼돈이나 찔러주면 골로 넘어가는 시골에서 하기는 싫다고 객지 벌들과 젊은 벌들이 많이 모인 곳에서 헐란다고 했더니 그러라고 해서 출마했더니만 아! 그래도 내가 어렵던 시절에 목구멍이 터지도록 외쳐댄 구호가 쪼깨 효과가 있었던지 모다 몰표를 찍어주어서 국회에 들어가 쾌활하게 연설도 하고 좋은 법을 맹글어서 민벌들도 쪼깨 잘 살게 해보자고 몸부림도 치고 있지만, 아직도 구쾌의사당에 구린내 펄펄 나는 꼰대들이 버티고 앉아서 대장노릇을 힘시로 뭔 말 한마디만 하면 삼선 사선 헌 중진들도 얌전히 앉아 있는디 인자 피도 안 마른 초보 놈이 설친다고 회초리를 내두르는 통에 아직꺼정은 숨죽이고 있지만, 우리 땅벌, 일벌, 꿀벌, 병정벌, 호리병벌, 말벌들이 생각하는 수준은 옛날과 달리 동촌이다, 서촌이다, 파랭이다, 노랭이다, 따지들 않고 양심 있는 일꾼, 정의로운 일꾼을 뽑는 정도까지 올라와 있으나 아직도 고리타분한 옛날만을 생각하는 백여우나 살쾡이들이 많이 버티고 있으니 이 벌 사회가 정의로운 사회 살기 좋은 사회가 되려면 아직도 한참 멀었당께 요.

그리고 이놈의 판 속은 이 벌당 저 벌당 편을 짜설랑은 쪼께 이름이 알려진 큰놈을 둘러싸고 모여 당벌왕이 시키는 대로만 허는 줏대 없는 것들 판이드랑께라우~ 그리고 이놈은 민당패다, 저놈은 한당패다, 저놈은 새당패다, 저놈은 정당패다, 벌떼 무리를 짜 갖고 일상에서 흔히 듣고 그냥 흘려버릴 말도 즈그당 비위에 쬐께만 거슬렸다 하면 이러쿵저러쿵 말꼬리를 붙잡고 흔들어 대는 통에 입조심 안 하고 함부로 주둥이 놀렸다가는 큰 봉변을 당하기 일쑤고 고것을 또 제 편 아닌 편에서 나온 말이면 살짜기 자기편 소식 벌 잡것들한테 흘려서 동네방네 떠벌리고 소문을 퍼뜨려서 검벌이 조사를 허네, 판벌이 재판을 허네, 지랄발광들을 허는 통에 불쌍한 민벌들을 위해서 하고자운 말도 몇 번을 생각해서 조심스럽게 해야만 되는 형편인지라 일을 제대로 할 수가 없으니 암만 생각해도 판을 새롭게 짜야만 될 판이랑께요. 그리고 당 패 속으로 들어가 보니 잔꾀들만 잔뜩 들어 제 앞에만 큰 감을 놓으려고 눈이 똥그래서 여기에 먹잘 것은 없는가. 저기에 뿌시레기는 없는가? 두리번거리는 구꾀이원들이 아직꺼정도 구쾌의사당에서 이당이나 저당이나 쐬야뿌렀드랑께요~ 긍께로 앞으로 민벌들은 이 점을 명심해서 차기에는 의원을 뽑을 때 잘 생각해서

뽑고 특히 구쾌에서 세 번 이상 십 년 넘게 해 처먹은 이무기들은 아예 표를 찍어주지 말고 떨쳐부러 아주 정신을 바짝 차리게 해야 쓰것등만이요. 그러면 나라를 이끌어가는디도 경험이 풍부해야 허는디 경험 많은 벌들을 다 내쫓아버리면 경험이 없는 신삥들만 모여서 워찌케 나라 살림을 잘해 나가것느냐고 말을 힐랑가 모르것는디 구쾌의원이 민벌들 잘살게 헐라면 법이나 잘 맹글면 되제 멀라고 나라 살림살이꺼정 헐라간디요? 나라 살림살이는 살림꾼들이 허고 대정부 질문을 할 때는 살림을 잘못했으면 요것은 잘못했다. 잘했으면 저것은 참 잘했다. 험시롱 지적이나 하면 될 일이고 예산 편성을 할 때도 살림꾼들이 세운 계획을 잘 검토해 보고 빨리 서둘러야 헐 것, 아직은 시급허지 않아 뒤로 미룰 것, 보충하고 첨가할 것, 아조 삭제할 것, 등을 가려서 살림살이꾼들에게 돌려보내면 될 일인디 살림살이 허는 장벌들 앉혀놓고 호통이나 치면 볼래비에 나오니까 지가 왕이라도 되는 줄 알고 큰소리치며 설쳐대는 구쾨이원들이 태반이더랑께라우~. 그런께 고것이 법이나 맹그는 권리 배끼 없는 의원들이 나라 법을 즈그덜 유리할 대로 맹글어 갖고 나라 살림살이를 온통 즈그덜 맘 꼴리는대로 하는 셈이니 능구렁이가 다 되어서 자기의 이익만 구허는 구쾨이원들이 나라를 요모냥 요꼴로 맹글어뿌는 것이 아니냐 그 말이여라우~.

아따! 때보 너 말 잘했다. 내 말을 들어봐라. 구쾌의원덜 숫대가리가 너무나 많아. 좋은 법 맹그넌디 300명이나 필요허것냐? 삼분지 일로 줄여서 99명만 있으면 되느니. 국쾌 열 때 의원석 한 번 드려다 봐라. 자리가 텅텅 비지 않았더냐? 큰물 건너 아멀리와 캘리포주 사분지 일도 못 되는 쫍디쫍은 땅에서 구쾨이원만 구물구물 헌것도 못 헐 일인데, 구쾨이원 한 명 꼬랑지에 쨈매고 댕기는 것들이 또 여나뭇 명이나 되덜않느냐? 그러면 그꼴랑지덜 품싹을 구쾨이원이 책임지냐 허면 고것이 아니여. 지가 월급 준다면 꼬랑지에 달고 댕길 놈 한 놈도 없을 것이다. 그 많은 구쾨이원 월급 주는 것도 억울 헌디 구쾨이원이 달고 댕기는 식구덜 목구멍에 넘어가는 밥줄까지도 민벌들이 책임져야 허니 일 년 내 땅벌 땅 파고 꿀벌 꿀 따봐야 구쾨이원 밑구멍으로 몽땅 들어가 뿐다 이 말이다. 그것만 그런게 아니여, 구쾨이원 숫대가리가 하도 많은께로 어떤 놈이 무슨 일조까 잘못해도 제 할 일이 태산 같은 민벌덜이 넘의 구역 구쾨이원들꺼정 알 수가 있어야제. 긍께 제 할 일은 제대로 안 험시로도 정치를 잘 헐라면 잘사는 나라도 가 봐야 헌다. 남의 나라 시찰도 험서 그 나라 대장들과도 친해야 헌다고 비양기 타고 나가서 일은 하루나 허고 열흘은 최고급 호탈루에서 탈것 호숩게 타고 놀다가 돌아오는 비싼 돈도 불쌍헌 민벌들 날갯쭉지에서 울거낸 세금으로 지불허는 꼴이니 민벌들 억굴허지 않겠냐? 이 말이다. 그것만이 아니다. 숫대가리가 많은께 이편저편 편 갈라 갖고 싸움질을 밥 먹듯 허는 것이 일이고 싸움질 잘하는 놈이 출세를 허고 즈그편 대장이 되는 것으로 판명이 나버렸다. 왜냐허면 싸움질 잘하는 놈 얼굴이 사방군데 볼래비에 나와버린께 유명 구꾀이원이 되어서 큰소리치지 않느냐? 그래도 쪼께 양심이 있는 구쾌의원이 민벌들 편에 서서 입바른 소리를 허면 불량헌 것들이 떼거리로 달려들어 가진 모함을 다 험시로 어찌나 벌침을 아프게 쏘아대던지 더는 참덜 못 허고 결국에는 제 목숨까지 스스로 끊어버리는 일도 있었잖느냐. 자고로 민벌의 권리를 위임 맡은 대표들은 정도를 걸어야 허는디 그렇지 않은 구쾌 벌국판이 이 나라니라.

　아! 그리고 또 한가지 내가 섬기는 귀신이 참 귀신이다. 허고 속이면서 신전을 떵그렇게 지어놓고는 마음이 여린 민벌들의 심성을 흔들어서 감언이설로 속이는 종벌들과 떼죽이 필요한 구꾀이원이 짝짝꿍 한편으로 붙어서 민벌나라 정치를 망가뜨리는 일도 비일비재하지 않더냐? 정치꾼과 결탁하여 떼죽 자랑을 허는 못된 소수 종벌들 땜에 어렵고 불쌍한 민벌들을 심적으로 물적으로 보살펴서 회생하게 맹그는 훌륭한 사랑 종벌님들까지 한 방죽에 든 괴기가 되고 있느니라. 이런 폐단 모두가 구쾌의원 수가 많아서 일부 사기꾼 구꾀이원들이 설치는 바람에 일어나는 현상이니 하루빨리 구쾌의원 숫자를 줄여서 백 명이 못 되게 만들어야만 나라 꼴이 잘 되어 갈 것인디 숫자 줄이면 현재 꽃방석에 앉아있는 구꾀이원들이 제 목심줄이 끊어질 판이니까 자기들 맘대로 법을 맹그는 것들이 숫자를 줄이려고 허것느냐? 이런 폐단을 이 동네 저 마을 민벌들이 또 떼로 몰려가서 꽹매기를 침스로 아우성 쳐야만 겨우 이루어 질동말동 헌 일인디 그 일이 언제나 성사 될랑가 나도 모르것다.

그리고 이참에 쪼까 깨달은 민벌들이 지금꺼정 수십 년간 싸나운 벌침으로 겁을 줌스로 나랏일을 지들 맘 꼴린대로 해가며 설쳐대던 것들을 외면하고 민벌편에 선 것들한테 몰표를 주어서 정치를 올바르게 할 수 있게끔 만들어 주었는디 이 정치판 역시 가관이더라. 요녀러 것덜이 먼일만 생기면 잘못을 남의 탓으로 돌리고 쌍스럽게 비난하고 헐뜯는 소모적 싸움만 할 뿐 건설적으로다가 문제를 해결하려는 노력을 안 하고 패 싸움질만 하니 민벌들이 왱왱거릴 수밖에 없지. 특히나 인자 정치판 중심에서 밀려난 패거리들이 즈그덜 설 땅이 없어지고 그래도 아직은 온갖 비리를 숨겨주는 믿을 만한 검벌판을 뒤집으려고 하니 만약에 그리 되면 지덜 온갖 비리가 까발려서 들통이 나면 살아남을 놈 한 놈도 없게 생겼잖느냐? 지난 벌떼 군사 정권에서 시녀노릇이나 하던 검벌떼들, 그래도 공부쪼께 잘해서 고시파스를 헌 대가리 잘 굴리는 것덜이 정치 시녀노릇 안 허면 쫓게나불게 생겼씅께로 권력이 시키면 시키는대로 해부렀제. 쪼깨 정의감과 선비정신이 있는 벌들은 시키는대로 안 허다가 쫓게나뿐 일이 많었쏭께로. 그런디 검벌판을 본래의 민주주의 삼권분립 원칙대로 되돌려 놓으려고 허니께 현재 자리를 차지하고 있는 것덜이 사그리 모가지 잘려나가게 생겨부럿제. 긍께 모가지 붙어있는 것덜이 모두 모타서 저 안 죽을라고 죽기 살기로 덤벼들 수밖에 없지. 글고 이판사판으로 덤비는 것덜이 뭔 말은 못 허고 뭔 짓거리는 못 허것냐? 상대방 바짓가랑이에 검불 하나만 붙어있으면 넘의 논바닥에 들어가 나락 모개를 훔친 것 같은께로 조사를 해야한다느니, 지나가다 여벌 어깨만 스쳐도 성희롱을 했다느니, 수술 땜에 휴가를 냈는디 권력 남용을 했다느니, 온갖 시비를 걸며 물고 늘어지는 꼬락서니가 보이지 않느냐? 이 말이다. 근디도 민벌들은 그런 것도 모르고 이편이 옳다. 저편이 옳다. 이리 휩쓸리고 저리 손뼉치고 하는 모양을 보면 이 나라 밑바탕 벌들 정신 채릴라면 아직 멀었다. 민벌들아! 제발 덕분에 세상을 좀 더 넓게 보고 깊게도 생각해 보고 판단해라. 글고 너 허고 가깝다고, 또 너 허고 고향이 같다고 분명히 한쪽이 잘못인종 암스로도 그쪽 편 들지 말고 중심 잡어야 민주 세상이 된다.

   권력을 쥐고 있는 것덜은 역시 정신 바짝 차려야 한다. 쪼께라도 껄쩍지근 한 놈이 있으면 지 편이라도 가차없이 짤라버려야지 초록은 동색이라고 멀라고 변명을 허고 감싸고 돌아 돌기를, 이 창알머리 없는 것들아. 그렁께 느그덜이 싸잡혀서 욕을 먹는 것이다. 원래 정치판이란 대중들을 위하는 일이라 친불친이나 의리를 생각하면 절대로 안 되는 것이다. 그래서 윗대 어른들은 권력 앞에서는 대의멸친(大義滅親)이란 명언이 있었단다. 그런데도 이 민별 나라 역대 왕벌들이 친인척들 때문에 온갖 비리에 얽히고설켜 제 인생 다 바쳐서 쌓은 명예와 공적을 하루아침에 진흙 구덩이 속으로 쳐박아뿌는 불쌍한 신세가 되고 마는 것을 너희들도 곁에서 보지 않았더냐?

그리고 현재 여야를 막론하고 국쾌에 발을 디딘 것들 모두 정신 바짝 차려야 헌다. 쪼께라도 이것이 옳지 못한 일이라고 생각되면 아예 그 자리에는 얼씬도 말아야 써. 권력을 쥐고 있는 것들은 더 각오해라. 민중 벌떼들이 즈그덜 마음대로 헐 수 있게 표를 몰아주었으면 이일이 명분이 뚜렷하고 정의에 어긋나지 않고 나라에 이로운 일이면 사정없이 몰아붙여 성사시켜야 함에도 불고 하고 뭣이 두려워서 이쪽 눈치 보고 저쪽 표정 살피고 미룽미룽 미루고 있는가 이 말이다. 원래 대중들을 위허는 일이란 이익 보는 놈 있으면 손해 보는 놈 있기 마련인 것이다. 어느 쪽을 선택해야 더 많은 숫자가 이익을 보느냐를 판단해서 이익 보는 숫자가 많은 쪽으로 밀어붙여야 허는 것이다. 손해 보는 놈들은 죽기 살기로 덤비것제. 그렇지만 백이면 백 모두가 찬성하는 일이 있는 종 아냐? 천만에 말씀이다. 이점을 알고 반대 목소리가 커도 많은 수가 이익 보는 일이면 앞뒤 가리지 말고 밀어붙여라. 그러라고

니들에게 몰표를 준것이여. 그런디 무엇이 무서워서 이 눈치 저 눈치 보고 일을 못허냐? 이것덜도 속내를 파보면 뒤통수에 구린내가 잔뜩 들어있으니까 상대방 잘못 건드렸다가 입방아에 오르면 부정했던 과거가 들통날까 봐 할 일을 못 하는지도 모르지. 이것들아! 그따위로 일하다가는 이후에 봐라. 박력도 없고 소신도 없는 머저리들, 민중벌들이 모르고 있는 종 아녀? 천만에 만만의 말씀이다. 민중 벌들도 인자는 알 것은 다 알고 가릴 것은 다 가리는 훨썩 올라선 수준이여. 이것이 옳다고 생각허면 소신대로 밀고 나가그라. 그러다가도 나중에 여론을 들어보고 생각해 보니까 네 판단이 그릇되고 상대방 의견이 옳다고 수긍되면 사정머리 없이 고개 팍! 숙여 사과하고 방향을 바꾸는 지혜와 아량도 있어야만 대붕이란다. 혹시 내가 잘 못 했다고 밝히면 대중 벌들이 나를 자격이 없다고 외면해불면 어쩌나 하고 비겁하게 변명을 늘어놓으면서 꼬랑지 감추려고 허덜덜말어라. 잘못을 잘못이라고 솔직하게 인정하는 흔쾌한 의벌사가 나오면 되려 야! 참말로 진실헌 대표자가 나왔다. 험시로 모다 늬편이 될팅게 염열랑은 붙들어 매 버려라. 그리고 너희들 소신껏 일 못 하면 인자 봐라만은 아냐! 너희들도 똑같은 놈들이다. 허고 차기에는 맹물 콧물도 없을 팅게 정신 똑바로 차리고 일들 잘해야 헌다.

떼보야! 찜보는 이미 정치 목심줄 끊어저부렀씅께 너는 이유 없는 떼는 쓰지 말고 판단 잘 혀서 바른 정치 해야 쓴다. 명심하

렷다!

　야, 알았구만이라우~. 어르신 말씀 오목 가심에 새기고 정도로 나갈팅게 염려 놓으시게라우~.

# 바라기 탐험기

### 1. 바라기의 꿈

 호랑반도(한반도)의 남쪽 신령바위(영암) 고을 중앙에 달나오뫼(월출산)이라는 아름다운 산이 빼어난 자태를 자랑하며 우뚝 솟아있다. 이 달나오뫼의 서쪽 서호면은 영산강이 경계를 이루는 무안, 목포와 맞닿아 있으며 개펄로 이루어져 있어 농사지을 줄 모르던 선사시대에 이 개펄 밭에서 가장 손쉽게 먹거리를 줍거나 잡아 생명을 이어가던 곳이어서 서호면 장천리에 선사시대의 주거지를 재현하여 21세기의 현대인들에게 아득한 옛날 조상들이 살았던 모습을 짐작으로나마 어림해 볼 수 있는 움집들을 보여주고 있다.

 지금으로부터 오천여 년 전 이곳 영암 장천리 양지바른 언덕 밑에 사람들이 움집을 짓고 모여 사는 마을이 있었다. 이 마을에는 어려서부터 몸동작이 민첩하고 모험심이 강한 한 소년이 있었다.

소년은 개펄에서 손쉽게 잡을 수 있는 먹거리로 배를 채우고 나면 험한 바위투성이인 월출산(달나오뫼)에 올라 아름다운 다도해를 바라보며 '내가 자라 어른이 되면 기필코 저 섬들을 모두 가 봐야지.' 하고 여행의 꿈을 키웠다. 이 씩씩한 소년이 달나오뫼에 올라가 섬들이 촘촘히 박혀있는 다도해 바라보기를 일삼자 마을 사람들은 이 소년을 〈바라기〉라 불렀다.

바라기가 열 살이 되던 해 어느 날부터인가 한마을에 사는 또래의 소녀 〈하노미〉가 바라기 옆에 따라 다녔다. 두 아이는 날마다 개펄에 들어가 먹거리를 잡아먹고 배를 채운 뒤에는 달나오뫼에 올라 바다만 바라보았다.

"하노미야. 저 섬들 너머에는 무엇이 있을까?"

"파란 바다만 보이는데 아주 넓은 바다가 있겠지."

"그럼 저 바다 너머에는 또 무엇이 있다고 생각하니?"

"바다 너머에 무엇이 있다니? 네 눈에는 안 보여? 하늘이 붙어 있잖아."

하고 핀잔을 준다. 바라기는 하노미의 단순한 생각에 고개를 끄덕이고 말았지만, 마음속에는 확신이 서지 않아 늘 궁금하여 의문을 품고 있었다. 그러다가 날씨가 맑은 어느 날 마을 촌장님을 찾아가 여쭈었다.

"촌장 할아버지! 저 넓은 바다는 하늘과 맞닿아 있는데 하늘이 바닷물을 다른 곳으로 흘러가지 못하게 막아 놓고 있나요?"

촌장 할아버지는 기특하다는 듯 바라기의 머리를 쓰다듬으며

"허어! 고놈, 참! 날마다 달나오뫼에 올라 바라보기만 하더니 생각이 제법 깊어졌구나. 네 눈에는 바다 끝과 하늘 끝이 붙어있는 것처럼 보이지만 그렇지 않단다. 하늘과 바다는 항상 붙어있기도 하고 떨어져 있기도 하지."

"하늘과 바다가 붙어있기도 하고 떨어져 있기도 하다니 저는 도저히 알아들을 수 없는 말씀이군요."

"아마도 그럴 게다. 자, 네가 누워있어 봐라. 누워있는 네 눈 위가 모두 하늘이란다. 네가 달나오뫼에 올라가서 고개를 쳐들고 봐라. 네 눈 위의 공중이 모두 하늘이란다. 산 아래서 보는 공중은 모두 하늘이니 달나오뫼는 하늘 위로 솟아있는 뫼가 아니겠니? 그러니 달마오뫼는 하늘과 붙어있기도 하고 하늘 위로 솟아있기도 하지. 바다도 마찬가지란다."

"할아버지! 하늘과 바다가 떨어져 있다면 저 넓은 바닷물을 밖으로 흘러가지 못하게 가두어 놓고 있는 것은 무엇인가요?"

"바다 멀리 가 보면 우리가 사는 땅처럼 아주 큰 땅이 있겠지. 아마도 그런 크고 넓은 땅이 바닷물을 가두어 놓고 있을 게야."

그 후부터 바라기는 새로운 땅을 향해 먼 바다로 나갈 꿈을 키웠다. 바라기와 하노미는 어느새 열여섯 청년이 되었다. 둘이서 달아오뫼 천왕봉에 올라 남쪽 바다를 바라보던 바라기가

"하노미야. 나는 더 크면 저 바다를 건너 새로운 땅을 찾아갈

거야."

하고 말했다.

"네가 어떻게 바다를 건너가? 너 저 넓은 바다를 헤엄쳐서 건너갈 수 있다고 생각하니?"

"뗏목을 만들어 타고 가면 되지?"

이튿날부터 바라기는 오동나무를 베어 뗏목을 만들기 시작했다. 하노미도 곁에서 열심히 거들었다. 바라기가 뗏목을 만드는 모습을 본 촌장은 통나무를 다루는 요령과 뗏목의 모양, 그리고 통나무와 통나무를 칡넝쿨로 엮는 방법을 가르쳐 주었다. 그러나 석기시대의 연모가 돌을 갈아서 만든 연모여서 나무를 베고 자르고 다듬고 엮어서 뗏목을 만들기가 그리 쉬운 일이 아니었다. 나무 중에서도 가장 가볍고 다루기 쉬운 오동나무를 베어서 뗏목을 만드는 데만 삼 년이 걸렸다. 통나무 배를 다 만든 바라기와 하노미는 이제 가까운 바다에서 노 젓기 연습을 열심히 하였다. 이 모습을 본 촌장님이

"바라기야. 뗏목을 손으로만 저어서는 저 넓은 바다를 건너갈 수 없느니라. 그러니 뗏목 앞머리에다 돛을 만들어 달아서 바람이 밀어주게 하면 훨씬 빨리 나아갈 수 있단다. 그리고 먼 바다로 나가려면 여러 날을 배 위에서 보내야 할 텐데 먹거리는 준비해 두었느냐?"

하고 묻는다.

"예, 그동안 개펄에서 잡은 것들을 말려 두었습니다."

하고 대답하였다.

"잘했다. 그러나 사람이 고기만 먹고 살 수 없으니 바다풀을 뜯어서 말려 두었다가 고기를 먹을 때 함께 먹는 것이 좋으니라."

하고 일러주시고는 또 묻는다.

"언제 떠나려고 하느냐?"

"아직은 언제 떠나야 할지 날짜를 정하지 않았습니다. 좀 더 노 젓기가 익숙해진 뒤에 떠나려고 합니다."

"잘 생각했다. 그런데 그 시기는 큰바람이 없는 봄에 떠나야 한다. 여름에는 큰바람이 불어 위험하고 겨울에는 너무 추워서 항해를 할 수 없으니 내년 이른 봄까지 가까운 바다에서 노 젓기 연습을 하고 꽃피는 삼월에 출발해야 안전하니 그리 하여라."

하고 가르쳐 주신다.

이듬해 봄이 되자 바라기는 스무 살의 늠름한 청년이 되었다. 뒷산에 진달래꽃이 만발한 화창한 봄날 촌장 할아버지께 작별 인사를 드리고 장천리 갯가에서 배를 띄웠다. 마을 사람들이 모두 나와 신천지를 향해 떠나는 바라기와 하노미가 아무 탈 없이 항해하여 무사히 새로운 낙원에 이르기를 빌었다.

## 2. 아름다운 다도해

바라기와 하노미는 힘차게 노를 젓기 시작하였다. 뗏목은 해가 떠 있는 남쪽 바다를 향해 빠르게 나아갔다. 돛대를 달고 저어 나가니 돛대 없이 삿대만으로 뗏목을 몰 때 보다 속도가 배는 빨랐다. 날마다 오르던 달나오뫼를 향해 손을 흔들어 작별하고 남으로 노를 저었다. 그런데 남쪽이 땅으로 막히고 서쪽으로 바다가 열려 있어 서쪽으로 노를 저어 나갔다. 해가 남쪽 하늘 한가운데에 이르렀을 때에서야 좁은 바다를 벗어나게 되었다. 아! 드넓은 바다. 그들이 달나오뫼 천왕봉 정상에서 바라보던 바다와는 전혀 다른 새로운 모습이었다. 지금까지 자라온 장천리 바다는 밀물 때만 바다였다가 썰물 때는 너른 개펄이었다. 천왕봉에서 다도해를 바라볼 때는 바다에 올망졸망 떠 있는 섬들을 보며 섬과 섬 사이가 이처럼 넓고 깊고 푸른 바다라고는 미처 생각지 못했었다. 막상 드넓은 바다 위에 떠 있는 작은 통나무배 위에 오롯이 서 있는 자신들의 작고 초라한 모습을 보자 더럭 겁이 났다. 그러나 바라기는 용기를 내어 해가 떠 있는 남쪽을 향해 노를 저었다.

북쪽으로 뾰족 튀어나온 육지는 온통 진달래꽃이 만발하여 마치 활활 불타오르는 동산의 모습이다. 이 육지에서 서북쪽으로 튀어나온 반도가 바로 해남의 화원(꽃동산)반도다. 화원반도의 오목한 해변 오시아노에 이르러 드넓은 백사장에 배를 대고 모래판에 내렸다. 수평선 너머에서 싱그러운 바람이 밀려와 온몸을 쓰다듬고 뒷산을 넘어간다. 답답했던 마음이 시원하게 뚫려 가슴이 후련하다. 두 발밑에는 금빛 모래가 깔려 반짝반짝 빛나고 먼 바다에서 일은 파도가 겹겹이 밀려와 백사장에 물거품을 일으키며 밀려갔다 밀려오는 정경을 바라보며 철썩거리는 파도 소리에 취해 그들은 황홀한 시간을 보냈다. 바닷가에서 자라왔지만, 그들이 자라온 곳은 개펄로만 이루어진 바닷가여서 백사장은 처음 보는 새로운 풍경이다. 바라기와 하노미는 오시아노 백사장에서 사흘간 머물며 사랑을 속삭였다.

그들은 자신들이 자라온 곳과는 전혀 다른 곳에서 즐겁게 지내며 '더 먼 바다로 나가면 또 어떤 모양의 세상이 나올까?' 궁금했다. 바라기는 해가 떠 있는 더 먼 바다를 향해 힘차게 노를 저었다. 하루를 꼬박 노를 저어온 그들 앞을 큰 땅이 가로막고 있다. 이 큰 섬이 진짜로 큰 섬인 진도였다. 그들은 이 거대한 땅의 왼쪽 바닷가에 배를 대려고 바삐 노를 저었다. 그런데 갑자기 바다가 좁아지며 물굽이가 뗏목을 휘감고 도는 바람에 배를 대기는커녕 자신의 몸도 제대로 가눌 수가 없었다. 그러다가 물굽이는 '크르릉!' 괴성을 내지르며 용트림을 하더니 하얀 거품을 내뿜어 그들의 뗏목 위로 폭포처럼 물을 쏟아붓는다. 그다음에는 물굽이가 뗏목을 빙글빙글 돌리며 기우뚱 갸우뚱 아래로 떠밀어내는 바람에 그들은 어지러워 그만 정신을 잃고 말았다. 이곳이 바로 울돌

목이다. 그들은 뗏목 위에 쓰러져 거대한 힘이 밀어내는 대로 흘러갔다. 해가 수평선에 다가가 서쪽 하늘에 노을이 붉게 물들자 바다는 소용돌이를 멈추고 잠잠해졌다. 정신을 차린 그들이 눈을 뜨고 바라보니 노을빛을 받아 황금색으로 물든 산 너머로 해가 둥실둥실 내려앉으며 얼굴을 감추고 있다. 그들은 이 황금산 기슭에 배를 대었다. 이 산이 진도의 동쪽 끝에 솟은 금달산이다. 그들은 금달산 기슭에서 지친 몸을 쉬며 이틀을 보냈다.

 원기를 회복한 그들은 다시 남으로 노를 저었다. 해가 서쪽 수평선에 가물거릴 때쯤 그들 앞에 또 거대한 개펄이 가로막는다. 이곳이 바로 보길도 북쪽의 정자리 개펄이다. 그들은 자신들이 자라온 장천리 개펄처럼 매끄럽고 보드라운 뻘밭을 보자 반가워 배를 대고 개펄에서 조개류를 잡아 신선한 먹거리로 배를 채웠다. 그리고 이곳에서 하룻밤 지새우고 남으로 노를 저었다. 보길도에서 멀어지자 바다는 사방을 둘러보아도 수평선이다. 통나무 뗏목 배는 둥그런 바다 위에 홀로 떠 있다. 바라기는 남으로 남으로 계속 노를 저었다. 해가 서쪽 바다로 기울 때쯤 멀리 가물가물 섬이 눈에 들어온다. 섬을 보자 반가워 힘껏 노를 저었다. 가까이 가니 작은 섬들이 옹기종기 모여있고 그 뒤에 큰 섬이 있다. 그들은 작은 섬들 사이를 헤쳐가 해가 수평선 너머로 풍당 빠진 후에야 가장 큰 섬에 이르렀다. 상현달이 중천에 떠 있어 그리 어둡지는 않았다. 이 섬이 추자도다. 배를 댈만한 마땅한 장소를 찾아보앉지만 센 파도 때문에 흙이 모두 깎여나갔는지 온통 바위 절벽뿐이다. 바라기는 할 수 없이 절벽 아래에 배를 띄운 채 피곤이 몰려와 잠이 들었다.

눈부신 아침 햇살이 얼굴에 꽂혀 스멀거리자 눈을 떴다. 그런데 그들이 떠 있는 곳은 사방이 트인 바다 한가운데다. 분명히 그들은 큰 섬 절벽 아래 배를 대놓고 잠이 들었는데 어느 곳을 바라봐도 수평선만 보인다. 눈을 비비고 유심히 살펴보니 해가 떠오르는 동쪽 수평선 위로 길게 떠 있는 하얀 섬이 어슴푸레 눈에 들어온다. 그들이 잠들어 있는 한밤 내내 배는 밤바람에 떠밀려 동쪽으로 이동해 온 것이다.

그들은 섬을 향해 온 힘을 다해 삿대를 저었다. 해가 동쪽 하늘 위로 훌쩍 올라온 뒤에야 섬에 이르렀다. 가까이 다가가 보니 두 섬이 남북으로 길게 늘어서 있다. 하얀 바위들이 웅장하게 솟아 위용을 뽐내고 서 있는 모습이 장관이다. 이 흰 바위섬이 바로 백도다. 백도는 멀리서 보면 섬 전체가 온통 흰색으로 보인다고 하여 붙여진 이름이다. 맑고 푸른 남해 한가운데 상백도와 하백도가 사랑하는 연인처럼 마주 보고 서 있다. 상백도의 높이 솟은 기암괴석의 위용은 힘차고 굳센 남성미를 풍겨주고 하백도의 섬세하고 아기자기한 바위들의 모습에서는 고운 여성미가 넘쳐흐른다. 그들은 상백도의 시루떡 바위 아래에 배를 대고 점심을 먹었다.

점심 식사 후 천천히 섬을 한 바퀴 둘러보았다. 시루떡 바위에서 출발하여 하늘 높이 치솟아 웅장한 절벽으로 이루어진 병풍바위, 형제가 정답게 서 있는 모양의 형제바위, 마치 왕관처럼 생긴 왕관 바위를 차례로 둘러보는 동안에 날이 저물어 시루떡 바위 밑에 배를 대어 묶어놓고 식사한 후에 잤다. 아침에 일어나니 안개가 자욱하게 끼어 아침 식사를 하고 안개가 스러지기를 기다렸다. 아침 안개는 바닷바람에 떠밀려 순식간에 사라졌다. 그들은 하백도를 한 바퀴 돌아보려고 뗏목을 아래로 몰아갔다. 상백도와는 달리 예쁘고 섬세한 바위들이 정답게 서 있다. 보석처럼 오밀조밀하고 아름다운 보석 바위, 서방처럼 의젓이 서 있는 서방 바위, 그 옆에 수줍은 각시처럼 다소곳이 고개를 숙인 각시바위, 왕궁처럼 아름답고 웅장한 궁성 바위를 돌아보는 동안에 어느새 해는 기울어 서쪽 하늘과 바다를 빨갛게 물들이며 수평선 너머로 빠져들고 있었다. 그들은 서둘러 궁성 바위 밑 오목한 궁성에 배를 대놓고 하룻밤을 보냈다.

아침에 일어나니 바다에 안개가 자욱이 끼어 한 치 앞이 보이지 않는다. 아침 요기를 하느라 조금 지나니 어느새 안개가 사라져 서둘러 배를 띄웠다. 바다 안개는 자욱이 끼었다가도 해가 뜨고 바람이 불면 순식간에 사라져버리고 만다. 궁성 바위에서 출발하여 해가 하늘 한가운데에 이르도록 열심히 노를 저었지만, 어디를 돌아봐도 망망한 수평선만 활처럼 휘어진 긴 선을 긋고 있을 뿐, 하늘과 바다가 온통 짙은 푸른색이다. 그들은 이처럼 드넓은 바다는 처음 보는 것이다. 육지에서 바라보는 바다와 사방이 시퍼런 물로만 둘러싸인 조그만 통나무 뗏목 위에서 바라보는 바다는 정반대였다. 뭍에서 바라보면 바다는 마음이 편안하고 마치 어머니 품속처럼 아늑하였었다. 그렇지만 지금 바라보는 바다는 무섭고 두렵다. 그러나 그들은 두려움을 이겨내고 계속해서 노를 저어 앞으로 나아갈 수밖에 없는 처지다. 수평선 너머로 해가 지고 날이 어두워지자 그들은 어쩔 수 없이 뗏목 위에서 하룻밤을 새웠다.

이튿날 아침에 깨어나 삿대질을 계속하다가 배가 고프면 마른 고기로 요기를 하며 한숨 돌린 후 노를 저었다. 해가 서쪽 하늘 중간에 기울 때쯤 멀리 조그만 산봉우리 하나가 눈에 들어왔다. 그들은 반가워 있는 힘을 다해 하얀 산봉우리를 향해 노를 저었다. 산이 점점 커지고 해가 남쪽 산허리에 걸렸을 때에서야 섬에 가까이 이르렀다. 이 섬은 멀리서 보았을 때는 작게 보였지만, 가까이 다가가서 바라보니 지금까지 그들이 보아왔던 섬들과는 비교도 할 수 없을 만큼 크고 높은 육지다.

## 3. 작은 낙원 할마섬

섬 가까이 다가가니 어디선가 물소리가 은은하게 들려온다. 그들은 소리가 들려오는 쪽을 향해 노를 저어갔다. 물소리가 점점 크고 우람하게 들리자 더욱 힘차게 노를 저었다.

아! 아름다운 폭포!

바다에 수직으로 떨어지는 물이 검은 바위에 부딪혀 흰 물안개를 피워올리며 지금 막 수평선으로 잠겨 드는 햇빛에 반사되어 무지개 꽃이 피어난다. 힘차게 떨어지는 물이 깎아 땅 쪽으로 오목하게 들어간 소는 마치 아늑한 방처럼 보인다. 이곳이 바로 제주도 서귀포의 정방폭포다. 그들은 머리 위에서 우렁찬 함성을 내지르며 떨어지는 폭포수는 세상에 태어나 처음으로 본다. 물이 하늘에서 바다로 떨어지다니……. 그들은 이 신기한 모습에 넋을 잃고 바라보다가 폭포 옆 모래밭에 배를 올려놓고 연못으로 뛰어들어 온몸에 흐르는 땀을 씻었다. 물이 얼마나 맑고 시원한지 순식간에 피로가 사라졌다. 그들은 모래밭에서 폭포를 바라보며 저녁 요기를 한 후, 날이 어두워지자 배에 누워 하늘을 바라보았다. 폭포의 정겨운 노랫소리를 들으며 수많은 별이 깜박거리는 아름다운 별나라를 바라보노라니 이곳이 바로 지상 낙원일 것이라고 여겨진다. 두 사람은 누가 먼저랄 것도 없이 힘차게 상대를 껴안았다.

동녘 바다 수평선에서 해가 솟아올라 그들의 얼굴을 간지럽히자 눈을 떴다. 폭포의 아침 안개는 햇빛을 받아 찬란한 무지개 꽃을 피우고 물소리는 더욱 우렁차게 들린다. 아침 식사를 하고 폭포 위로 올라갔다. 드넓은 초록 들판이 열리고 우거진 숲이 반겨준다.

"와! 푸른 숲이다."

그들은 동시에 소리쳤다. 숲을 이룬 나무들은 그들이 처음 보는 나무들이다. 숲속에 들어가니 나무마다 열매가 주렁주렁 매달려있다. 지금 신령 바위(영암) 고을에는 이제 막 나뭇잎이 돋아 숲은 연초록으로 아직 열매가 열리기 전인데 이 섬의 나무들은 이른 봄인데도 열매가 익어가고 있다. 항해 도중에 머물러 쉰 날을 빼면 겨우 엿새 동안 노를 저어왔을 뿐인데 이처럼 날씨가 달라 봄에 열매가 자라는 천국이라니 놀랍지 않을 수 없었다. 바라기는 열매를 한 개 따서 먹을 수 있는 열매인지 껍질을 벗기고 혀로 맛을 보았다.

"아이! 셔."

이 열매는 얼마나 떫고 시든지 도저히 먹을 수 없었다. 그러자 하노미가 노란 열매를 따서 들고는 바라기를 향해 눈을 찡그리며 조롱한다.

"멍청이! 모든 열매는 노랗게 익어야만 먹을 수 있는 거야. 네가 딴 열매는 아직 익으려면 멀었어. 그러니까 떫고 시지."

하노미가 따서 껍질을 벗기고 건네준 알맹이를 먹어보니 맛이 달콤하였다. 하노미는 나무의 열매를 먹을 것과 못 먹을 것을 귀신처럼 가려내었다. 실컷 열매를 따 먹고 바닷가로 나갔다. 바닷가 까만 바위에는 온갖 바다풀들이 새파랗게 자라고 있어 손으로 뜯어 입에 넣고 잘근잘근 씹어 삼키기만 하면 된다. 얕은 바다 바위틈에는 물고기들이 가득 차 구물거리니 싱싱한 생선을 마음껏 먹을 수도 있다. 이곳은 그들이 지금까지 생각해온 낙원이었다.

"하노미! 이곳은 큰 섬인 것 같아. 우리 내일부터 섬을 한 바퀴 돌면서 샅샅이 살펴보자."

"그래, 그러는 게 좋겠어. 섬을 한 바퀴 돌아보려면 오래 걸릴지 모르니 준비를 충분히 하고 돌아보도록 해."


이튿날 아침 배를 백사장 위로 끌어다가 바위에 묶어두고 걸어서 섬을 오른쪽으로 돌기 시작했다. 한나절을 쉬지 않고 걸었다. 오른쪽에 마치 산봉우리 중간을 잘라버린 것처럼 윗부분이 반듯하게 보이는 산이 있어 번번한 동산 위로 올라갔다. 서쪽을 바라보니 삼각형 모양으로 뾰쪽하게 하늘 높이 우뚝 솟아있는 산봉우리가 새하얗다. 그러니까 산봉우리 꼭대기에는 흰 눈이 쌓여있고 중턱 아래로부터 바닷가까지의 기슭에는 여름처럼 초록 숲이 우거지고 나무 열매가 익어가고 있는 셈이다. '원, 세상에 이런 곳도 다 있다니!' 그들은 이 섬이 몹시 신비롭게 느껴졌다. 바라기는 문득 '혹시 이 섬에 사람이 살고 있지 않을까?' 하고 생각하니 가슴이 울렁거린다. 성산 일출봉에서 내려와 산봉우리 쪽으로 두어 참 걸어가자 새하얀 풀로 뒤덮인 언덕이 눈에 들어왔다. 오르막이 비스듬하여 힘들지 않게 언덕으로 올라갔다. 언덕 위에 올라서 바라보니 마치 큰 반데기처럼 가운데가 오목하게 들어간 이곳은 온통 하얀 억새로 뒤덮여 이불을 깔아놓은 것처럼 아늑하다. 이곳이 바로 산굼부리다. 해는 수평선을 향해 바삐 서두르고 있는지 남쪽 산허리를 온통 새빨갛게 물들이며 천천히 어둠이 내려앉고 있었다. 그들은 오늘 밤은 이 아늑한 곳에서 자기로 하고 억새를 밟아 눕혀 잠자리를 마련하였다.

  이튿날 아침에 일어나니 잠자리가 편해서 그런지 한결 몸이 가뿐하였다. 산굼부리에서 해변으로 내려와 섬 북쪽을 향해 바위 언덕기슭을 돌았다. 해가 하늘 가운데 이른 시간에 정방폭포의 정 반대쪽인 용머리 바위(용두암)에 이르렀다. 그들은 이처럼 검고 험상궂게 웅크리고 있는 바위를 처음 본다. 이 섬은 가는 곳마다 모두 그들이 처음 보는 신기한 것들뿐이다. 바위 기슭에서 조개랑 바다풀을 뜯어서 요기하고 언덕 위로 올라와 주변을 둘러보았다. 남쪽 산 밑 오목한 곳에 움집 여러 채가 들어앉아 있다. '아! 사람이 사는 집이다.' 바라기는 반가워 가슴이 두근거린다. 한달음에 달려가 살펴보니 집안이 텅 비어있다. 움집에는 사람이 살았던 흔적은 남아있으나 꽤 오랫동안 비어있었던 것 같았다.

어느 집을 들여다 봐도 마찬가지였다. 크게 실망한 바라기는 아쉬운 생각에 '혹, 마을 사람들이 사냥을 나갔나?' 의문이 일어 하노미에게 말했다.

"하노미! 우리 이 근방을 둘러보다가 오늘 밤은 저 움집에서 자자."

"그래, 오랜만에 집 속에서 자겠네?"

하고 하노미도 좋아했다. 해는 이미 서쪽 바다 멀리 수평선을 향하여 달음박질치고 있어 주변의 열매와 갯바위의 먹거리로 배를 채우고 그중에서 가장 크고 튼튼한 집을 골라 하룻밤을 보냈다.

이튿날에도 사람의 그림자는 보이지 않았다. 아쉽지만 어쩔 수 없이 움집에서 나와 해변을 돌아 한낮이 되어 서쪽 들판에 이르렀다. 낮은 언덕으로 둘러싸인 편편한 곳에 여러 채의 움집들이 보였다. 바라기는 반가워 잽싸게 달려가 집안을 살펴보니 이곳도 마찬가지다. 허전한 마음을 달래며 텅 빈 집을 뒤로하고 다시 바닷가로 나왔다. 이 섬의 동쪽 바닷가와는 달리 서쪽 바닷가는 웅장한 바위 절벽으로 이루어져 있다. 바라기와 하노미는 절벽 아래로 내려왔다. 까만 바위에 부딪혀 솟아오르는 하얀 물보라는 분수처럼 아름다웠다. 그들은 하얀 물보라를 둘러쓴 상대방의 모습을 보고 손가락질하며 깔깔대고 웃기도 하였다. 검은 절벽에는 크고 작은 동굴이 뚫려있다. 커다란 용의 아가리처럼 입을 벌리고 있는 동굴이 눈에 들어와 두려움을 무릅쓰고 동굴 속으로 들어가 보았다. 동굴 속은 어둡고 파도 소리가 웅성거려 무서웠지만 한참 있으니 바위틈으로 빛이 들어와 주변이 어렴풋이 보였다. 이 굴이 바로 진지동굴이다. 그들은 이 동굴 밖 절벽 아래에서 놀다가 동굴 속에서 그날 밤을 새웠다.

이튿날 동굴에서 나와서 두어 마장쯤 돌아가니 산 남쪽 기슭에 작은 산들이 둘러싸고 있는 아늑한 곳에 꽤 많은 움집이 보였다. 바라기는 또 실망할까 봐 서두르지 않고 천천히 걸어서 다가갔다. 그런데 움집 가까이 이르니 아! 움집 속에서 사람이 나오는 게 아닌가! 바라기는 반가워서 얼른 달려가 다짜고짜 꾸벅 인사부터 하였다. 중년쯤 되어 보이는 사람은 놀라

"처음 보는 젊은이들인데 뉘시오?"

하고 묻는다. 바라기는 더욱 가슴이 뛰었다.

"저는 신령 바위 고을 장천리마을에서 바다 너머에 신천지가 있으리라는 꿈을 안고 바다를 건너왔습니다."

"호! 젊은이의 용기가 대단하시오. 우리 할아버지들께서도 젊은이처럼 위험을 무릅쓰고 모험을 하여 바다를 건너와 이곳에 머물게 되었다고 합니다. 우선 안으로 들어오시오."

하고 움집 거적을 들어 올린다. 이 섬은 사람이 귀한 터라 반가워 처음 보는 사람에게도 이처럼 친절을 베풀었다. 그들은 움집으로 들어가 아저씨와 마주 앉아 이 섬에 대해서 자세한 이야기

를 들었다.

 이 섬은 거대한 여신인 할망이 육지에서 흙을 퍼다 부어 만들었다고 하여 〈할마섬〉이라고 한다. 할머니의 머리처럼 봉우리가 하얀 산은 〈할마산〉이다. 예맥족의 고어로 할아버지는 〈하라바이〉 할머니는 〈할마이〉다. 그런데 제주도에서는 할마이를 줄여 〈할망〉이라고 한다. 그리고 마그마가 식어서 굳은 현무암을 깎아 만든 〈하르방〉은 원래 할망의 남편이자 수호신인 〈하라방〉 또는 〈할방〉이었다. 그래서 모양이 남성인 할아버지 모습이다. 그러나 수천 년이 흐르는 동안 할마산이 한라산으로 하라방이 하르방으로 발음이 변한 것이다. 이 섬에는 이 아저씨의 윗대 할아버지들이 가족을 거느리고 와 살아오고 있는데 지금은 서른세 가구가 살며 이 아저씨는 이곳에 사는 사람들이 모두 친척처럼 서로 도우며 살고 있다고 한다. 바라기는

 "북쪽에 있는 집들은 텅텅 비어있던데 무슨 까닭입니까?"

 하고 물으니

 "이 섬에 사는 사람들은 여름이면 북쪽에 겨울이면 남쪽에서 살지요. 그 까닭은 겨울에는 호랑 반도 쪽에서 찬바람이 불어와 추운데 남쪽에는 할마산이 북녘의 찬 바람을 막아주고 바닷물이 따뜻해서 반년은 남쪽에서 삽니다. 반대로 여름에는 남쪽에서 태풍이 불어와 집이 날아가고 파도가 심하지만, 북쪽 산기슭은 할마산이 막아주어 피해가 거의 없으니 반년은 북쪽에서 살지요.

이제 이곳에서 한 달쯤 더 살다가 4월 중순에는 북쪽으로 이사합
니다."

하고 일러주었다. 바라기는 이 움집에서 하룻밤을 보냈다.

이튿날 아침 아저씨는

"날씨가 따뜻해졌다고 해도 아직은 추우니 한뎃잠을 자지 말고
날씨가 완전히 풀릴 동안 이 집에서 지내시오."

하고 움집 하나를 비워주어 이 마을에서 지내기로 했다. 그런
데 마을 사람들은 온통 달맞이 준비로 술렁거린다. 생각해 보니
신령바위골을 떠나온 지 보름이 되어 오늘이 삼월 보름날이다.
이 할마섬 사람들은 춥지도 않고 덥지도 않은 삼월 보름날을 큰
명절로 삼고 달맞이를 한다고 한다.

보름날 해 질 무렵이 되자 마을 사람들은 모두 이른 저녁을 먹
고 마을 뒷산의 망월 동산에 올라와 서쪽 수평선을 바라보았다.
해가 서쪽 수평선 가까이 이르자 하늘과 바다가 온통 새빨간 노
을로 물들고 커다랗게 변한 해는 수평선에 머물러 둥실둥실 춤을
추는 것처럼 보인다. 그러다가 해가 수평선 아래로 퐁당 빠지자
사람들은 모두 동쪽 수평선을 향해 몸을 돌렸다. 조금 후 수평선
위 하늘이 희끄무레 밝아오더니 하얀 보름달이 둥실둥실 떠오른
다. 마을 사람들은 달이 수평선에서 한 뼘쯤 솟아오를 때까지 숨
죽이고 바라보고 있다가 갑자기 한 사람이 노래를 부르기 시작하
자 마을 사람들 모두 손잡고 둥글게 원을 그려 춤추며 노래를 하

였다.

    달이 뜬다, 달이 뜬다. 둥실둥실 달이 뜬다.
    동 수평선에 뜨는 달은 숫처녀의 얼굴이요,
    서 수평선에 지는 달은 할망님의 얼굴일세.
    할라 할라 할라리 할레리 할레리 할레 마우

    달이 떴다. 달이 떴다. 하늘 높이 달이 떴다.
    높은 하늘에 뜬 저 달은 우리 어메 가슴이요,
    서쪽 하늘로 기운 달은 할메 굽은 허리로세.
    할라 할라 할라리 할레리 할레리 할레 마우

  노래와 춤은 달이 서쪽 수평선으로 기울고 동이 틀 때까지 계속되었다. 바라기와 하노미도 그들과 함께 어울려 춤추고 노래하며 밤을 지새웠다. 그리고는 한낮 내내 잠을 잤다.
  바라기와 하노미는 다음 날부터 섬 곳곳을 답사하였다. 맨 먼저 이른 아침 동쪽 성산 일출봉에 다시 올라 해돋이를 바라보았다. 일출봉에서 바라보는 해돋이는 달나오뫼 천왕봉 위로 솟아오르는 해돋이 모습과는 전혀 달랐다. 해가 솟아오르기 한참 전에는 동쪽이 온통 검어 바다와 하늘을 구분할 수 없었다. 그러다가 희끄무레 한 빛이 수평선을 그으며 하늘과 바다를 갈라놓기 시작하였다. 흰빛은 점점 밝아지며 머리털처럼 가느다란 빛살이 헤아릴 수 없을 만큼 수많은 직선을 하늘로 쏘아 올리자 하늘은 온통 붉은색으로 변하고 바다도 따라서 붉게 변하여 바다와 하늘이 다시 하나가 되더니 커다란 햇덩이가 살그머니 얼굴을 드러내기 시작하자 빛살은 수평선 위 하늘과 수평선 아래 바다로 실오라기 같은 화살을 쏘아대며 다시 수평선이 그어지기 시작한다. 해가 수평선 위로 올라서자 하늘과 바다에 두 개의 햇덩이가 마주 보고 덩실덩실 춤을 춘다. 햇덩이가 점점 솟아올라 수평선에서 한 뼘쯤 위로 떠 오르자 바다의 해는 사라지고 은빛 물결이 반짝이는 바다로 변하고 만다. 바라기와 하노미는 한 시간여 동안이나 일출에 넋을 빼앗겼다가 정신을 차리고 보니 성산 일출봉이다. 그들은 성산 일출봉에서 내려와 한라산으로 향했다. 한라산 중턱부터는 아직 눈이 녹지 않은 곳도 있어서 미끄러워 더 올라갈 수가 없었다. 그들은 올라갈 때와는 달리 남쪽 기슭으로 내려왔다.

이튿날 아침 하노미가 말했다.
"바라기! 오늘은 우리 이 섬에 온 이튿날 밤을 새운 억새 언덕으로 가 보는 게 어때?"
"그래, 그날 밤 포근한 억새 솜털 위에서 편안하여 곤한 잠을 잤었지."
그들은 아침 식사를 하고 산굼부리로 향했다. 나지막한 동산

위로 올라가니 새하얀 억새가 바닷바람에 눈꽃처럼 휘날린다. 커다란 반데기처럼 둥그렇게 둘러싸인 안쪽은 오목하게 들어가 아늑하게 보인다. 그들이 잠잤던 곳은 억새들이 누워있어 금방 알아볼 수 있었다. 그들은 요기하고 북쪽인 용두암 쪽을 향해 무심코 걸어가는데 갑자기 들짐승 한 마리가 후다닥 하고 달아나니 그 뒤를 따라 여러 마리가 뒤따라 달아난다. 짐승들이 나온 곳을 들여다보니 커다란 굴 입구다. 호기심이 잔뜩 일은 그들은 굴속으로 천천히 들어가 보았다. 한 스무 보쯤 들어가니 굴속이 너무 캄캄해 아무것도 보이지 않아 무섭고 두렵기도 하여 그만 밖으로 나왔다. 그러나 바라기의 호기심은 여기서 멈추지 않았다. 하노미가 무섭다고 말렸지만 바라기는 억새를 뜯어서 횃불을 만들어 들고 다시 들어갔다. 이 굴은 얼마나 긴 굴인지 한참을 들어가도 끝이 보이지 않는다. '들어 온 굴 입구로 다시 돌아 나올까?' 하고 생각해 보았지만, 횃불이 거의 다 타서 하노미가 들고 온 또 하나의 홰에 옮겨 붙이고 '이대로 계속 들어가면 다른 쪽 입구가 나오겠지.' 생각하고 계속 앞으로 나아갔다. 두어 참이 지나서야 멀리 하얀 빛이 보였다. '아! 드디어 굴 밖으로 나가게 되는구나. 이제 살았다.' 그들은 춤이라도 덩실덩실 추고 싶었다.

이 굴은 오천 년 후에 밝혀진 만장굴(萬丈窟)과 김녕굴(金寧窟)로 제주특별자치도 제주시 구좌읍에 있는 용암 동굴이다. 1962년 12월 7일 대한민국의 천연기념물 제98호로 지정되었다. 김녕굴과 만장굴은 원래 하나의 굴이었으나 천장이 붕괴하여 두 개의 굴로 나뉘었다. 주굴(主窟) 8,928m. 총 길이 13,268m. 지층은 신생대 제3기 말에서 제4기 초 사이에 형성된 표선리 현무암층이다. 김녕사굴을 비롯해 해안까지 뻗어 나온 김녕절굴 등 여러 개의 지굴(支窟)이 같은 용암 동굴 계열로 확인됨에 따라 세계에서 가장 크고 긴 용암 동굴로 기록되었다. 만장굴은 총연장이 약 7.4km, 최대 높이 23m, 최대 폭은 18m이며, 구간에 따라 2층 또는 3층 구조로 형성된 굴이다. 제주도에서 가장 규모가 크며 세계적으로도 큰 규모에 속한다. 용암 동굴로는 드물게 동굴 내부의 구조와 형태, 동굴의 미지형, 동굴의 생성물 등의 보존상태가 매우 양호하여 학술자료로서 가치가 높아 천연기념물로 지정하여 보호하고 있다. 김녕굴은 총 연 장이 약 700m에 달하며 만장굴 하류 끝에서 약 90m 떨어져 있는 S자형 용암 동굴이다. 높이 12m, 폭 4m에 이르며, 높이 약 2m의 용암 폭포가 상류 끝부분에 발달하였다. 제주 김녕굴과 만장굴은 용암으로 이루어진 화산동굴이며, 경관적 가치도 대단히 큰 동굴로 평가하고 있다. 현재 김녕굴과 만장굴 일부 구간은 동굴 보호를 위해 공개제한지역으로 지정되어 있어 관리 및 학술 목적 등으로 출입하고자 할 때는 문화재청장의 허가를 받아 출입할 수 있다.

그러니까 하나의 긴 굴이 중간 부분이 무너져 만장굴과 김녕굴 두 개의 굴로 나누어지기 전에 세계에서 가장 길고 큰 용암 동굴을 바라기와 하노미가 사람으로서는 처음으로 답사한 셈이다.

그들이 이곳에 머문 지도 어느새 달포 가까이 되었다. 마을 사람들은 한라산 북쪽 움집으로 이사하기 위해 짐들을 꾸렸다. 다음 날 아침 조금 일찍 일어난 바라기가 하노미를 깨우고 말했다.

"하노미! 이곳은 분명히 아름다운 낙원이야. 그렇지만 육지가 너무 좁잖아? 남쪽 바다로 멀리 나아가면 틀림없이 우리가 생각하는 것보다 더 크고 넓은 낙원이 기다리고 있을 거야. 우리 그곳으로 가자."

하고 말하자 하노미도 고개를 끄덕였다. 그들은 하루 동안 더 머물며 각종 과일, 바다풀, 작은 짐승을 잡아 말린 고기 등을 모아 배에 실었다. 그들이 다시 항해를 떠나는 날, 이 섬에서 만나 신세를 진 양고부 아저씨와 마을 사람들도 한라산 북쪽 마을로 옮겨가기 위해 이삿짐을 짊어지고 나와 모험항해를 떠나는 그들에게 손을 흔들며 꿈이 이루어지기를 빌어주었다.

봄 바다는 물결이 잔잔하여 노를 저어가다가 피곤하면 쉬며 요기를 하고 날이 어두워지면 잠잤다. 어쩌다 조금 큰 물결이 일기도 했지만 그들의 힘으로 능히 헤쳐나갈 수 있을 정도여서 어려운 항해는 아니었다.

## 4. 가고시마 노인

할마섬에서 출발한 지 다섯 밤을 새운 다음 날 해가 서쪽 하늘에 기울 때쯤 육지가 눈에 들어왔다. 그들은 서둘러 삿대질을 하였다. 바다 위에만 떠 있다가 엿새 만에 육지를 보니 너무 반가워서 온 힘을 모아 노를 저었다. 해가 수평선 너머로 풍당 빠진 후에야 겨우 바위 절벽에 이르렀다. 이곳은 일본 열도의 맨 끝 섬인 규슈의 꽁무니였다. 어둡기는 하지만 배를 저어가며 이리저리 살피다가 바위틈 골짜기에 모래가 조금 쌓인 곳을 발견하고 그곳으로 저어가 모래판 위에 배를 올려놓았다. 캄캄한 밤인 데다가 마지막 삿대질을 힘겹게 하여 지친 그들은 가볍게 요기를 하고 잠이 들었다.

이튿날 몸이 젖어 일어나니 안개가 잔뜩 끼어 한걸음 앞도 보이지 않았다. 시간이 조금 지나면 걷히려니 생각하고 느긋하게 아침 요기를 하며 기다렸지만, 안개는 좀처럼 걷히지 않았다. 해가 동쪽 하늘 중간쯤 떠올랐을 때 시야가 조금 멀리 트였다. 그들은 모래판 끝으로 가서 주위를 살펴보았다. 이곳은 이 모래판 이외의 바닷가는 높은 절벽으로 바위산 양쪽 옆은 깎아지른 바위만 보일 뿐 평평한 곳이 없어 걸어서 육지 안으로 들어갈 틈이 없었다. 그들은 섬 오른쪽으로 노를 저었다. 바위 절벽 셋을 돌아가니 좀 작은 절벽들 사이에 조그만 모래판이 나오고 모래판 뒤로는 좁은 골짜기에 우거진 숲이 보였다. 그들은 모래판에 배를 올려놓고 숲속으로 들어갔다. 숲속은 아직 안개가 걷히지 않아 습도가 높아서 몸이 몹시 후덥지근하고 근질거렸다. 게다가 안개 때문에 앞이 잘 안 보여 뱀이나 사나운 짐승이 튀어나올는지도 모른다는 생각에 하노미는 덜컥 겁이 났다. 그들은 왔던 길로 되돌아 나왔다. 바닷가에 나와 바람을 쐬고 나니 기분이 한결 나아졌다. 거의 한낮이 되어서 다시 숲속으로 들어갔다.

이제 안개는 말끔히 걷히긴 했으나 숲속을 헤쳐갈 때 나뭇잎에서 큰 물방울들이 얼굴과 온몸으로 떨어져 기분이 떨떠름하였다. 그러나 그들은 좀 더 육지 깊숙이 들어가 살펴보려고 계속 숲속으로 들어갔다. 한참을 헤매다 어느 평평한 곳에 이르렀다. 이곳은 풀이나 나무가 없는 맨땅이 제법 넓고 가운데에 작고 판판한 바위들이 띄엄띄엄 놓여있었다. 사람이나 짐승의 흔적이 뚜렷했다. 그들이 바위 위에 앉아 잠시 쉬고 있는데 숲속 사방에서 부스럭거리는 소리가 들리더니 몸집이 아주 작은 사람들이 몰려와 이상한 몸짓으로 껑충거리며 달려드는 게 아닌가! 손에 연모를 들지는 않았지만, 이 무리는 분명히 짐승이 아니고 사람이다. 바라기가 눈을 부릅뜨고 발을 구르며 고함을 지르자 앞에 있는 무리는 슬슬 뒷걸음질을 치고 뒤에 있는 무리가 달려든다. 뒤돌아서면 뒷걸음치던 무리가 달려들고 또 뒤돌아서면 달려들고를 거듭 반복하며 많은 무리가 거리를 좁히며 떼로 달려드는 바람에 그들은 어쩔 수 없이 붙잡히고 말았다.

 그들이 끌려간 곳은 바닷가 커다란 바위 밑이었다. 바위 중턱에는 밑에서 보기에도 입구가 아주 큰 굴이 뚫려있다. 바위 위로 올라가 굴 앞에 이르러 들여다보니 아주 넓은 동굴인데 천장이 뚫려있는지 햇빛이 환히 비춰 굴속이 아주 밝았다. 바닥에는 마른 잎이 폭신하게 깔려있고 굴속 깊은 곳에는 짐승의 털가죽이 깔려있다. 털가죽 위에는 무리보다는 체격이 훨씬 크고 눈빛이 빛나는 범상치 않은 노인이 앉아 있다. 난쟁이들은 그들을 노인 앞에 무릎을 꿇렸다. 그리고 난쟁이 무리의 우두머리인 듯 보이는 자가 그들이 알아들을 수 없는 소리를 지껄이며 손짓을 해댔다. 아마 저희가 이 두 사람을 붙잡아 온 과정을 보고하는 모양이다. 무슨 말인지 알아들을 수 없어서 그저 가만히 앉아 노인을 바라보고 있을 수밖에 없었다. 보고를 다 들은 노인이 한참 그들을 노려보다가 불쑥 물었다.

 "자네들 바다 건너 호랑 반도에서 왔지?"

 하고 예맥족의 말로 묻는 게 아닌가. 깜짝 놀란 바라기는

 "어르신도 호랑 반도에서 오셨습니까?"

 하고 물었다. 노인은 만면에 웃음을 띠며

 "역시 내 짐작이 맞았구먼. 얘기는 차차 나중에 하도록 하고 우선 편히 앉아."

 그리고 무리의 우두머리에게 뭐라고 명령을 내리니 난쟁이들

이 먹거리를 잔뜩 들고 들어와 커다란 나뭇잎을 펼쳐놓고 그 위에 올려놓는다. 바라기와 하노미는 처음 보는 열매와 이름을 알 수 없는 말린 물고기들이다. 노인은 겉이 온통 털로 덮인 열매를 집어 들고

"이 털 달린 열매는 처음 보지? 이 열매를 이곳에서는 〈털매〉라고 하지. 기온이 따뜻한 이곳에서 열리는 열매는 모두 이렇게 껍질을 벗기고 먹어야 한다네."

하고 껍질 벗긴 알맹이를 바라기에게 내밀었다. 바라기가 받아 입속에 넣으니 새콤달콤한 맛이 꿀맛이다. 씹지 않아도 입안에서 사르르 녹는다. 식사를 마친 후 노인이 무어라고 말하니 난쟁이들이 모두 굴 밖으로 나갔다. 굴속에 노인과 바라기와 하노미만 남은 뒤 노인은 불쑥 물었다.

"어쩌다가 이 먼 곳까지 떠밀려 왔나?"

"떠밀려 온 게 아닙니다. 낙원을 찾아서 내 뜻대로 온 것입니다."

"호! 그런 대단한 용기를 내다니, 꼭 내 젊었을 때의 모습을 보는 것 같군."

하고 지난날을 더듬는 듯 굴 밖으로 고개를 돌려 먼 수평선을 지긋이 바라본다.

"그러면 어르신께서도 저희처럼 낙원을 찾아 바다를 건너 이곳에 오셨단 말씀입니까?"

"그렇지. 이 섬은 호랑 반도에서 보면 해가 떠오르는 바다 건너에 있는 섬인데 아주 큰 섬 네 개가 호랑 반도를 바라보고 누워있는 여자 모양이지. 제일 위에 있는 섬 홋카이도는 머리이고 그 아래 제일 큰 섬인 혼슈는 가슴과 배에 해당하고 그 아래 시코쿠와 규슈는 두 다리지. 지금 우리는 여자의 발가락 끝에 있는 셈이야."

"그렇다면 상대 남자는 어떤 곳입니까?"

"그야 물론 호랑 반도지. 남자인 호랑 반도에 사는 사람들은 이곳이 여자라는 것을 모르고 있지만, 여자가 남자를 꾀어내듯 해가 떠오르는 이곳에서 꼬여내는 바람에 위험을 무릅쓰고 바다를 건너오곤 한다네."

"그러면 이 섬에는 사람이 많이 살고 있다는 말씀이신가요?"

"아직은 그렇지 않아. 네 개의 섬 중에서 호랑 반도와 가장 가까운 이 섬에 많이 살고 제일 큰 섬인 혼슈 즉 여인의 사타구니에 해당하는 곳에 다다른 사람이 '오! 이곳에서 살까(사카)?'라고 외쳐 〈오사카〉라는 지명을 얻은 곳에서 마을을 이루고 살지만 아직은 사람이 많다고 할 수는 없지. 나와 함께 온 두 명도 그곳 오사카에 살고 있다네."

"아까 밖으로 나간 작은 사람들은 누구인가요?"

"동남아시아에서 배를 타고 올라온 사람들인데 그들은 험한 파도와 싸워가며 이곳에 온 게 아니라 대게 가까운 바다에서 고기

잡이하다가 남태평양에서 불어오는 거센 바람에 떠밀려 와 이곳에 머물게 되었지. 이들은 더운 지방에 살던 미개한 사람들이라 체구가 작고 천성이 게을러 스스로 먹거리를 구할 생각은 안 하고 훔치거나 노략질을 하는 버릇이 있어 나는 이곳에 머물며 이들을 가르치고 있다네."

"아하! 어르신의 말씀을 들으니 모든 것이 어렴풋이 이해가 갑니다."

"모든 것? 아직은 자네들이 음양의 이치를 알려면 멀었네. 원래 음(여성)이란 양(남성)이 가진 것을 모두 빼앗으려고 하는 법이지. 나중에 문명이 발달하여 자네들이 건너온 바다를 자유롭게 오갈 수 있는 먼 훗날에는 여성인 일본 열도에 사는 사람들은 남성인 호랑 반도의 모든 것을 빼앗아 자기 것으로 만들려고 온갖 수단과 방법을 다 부릴 것이네. 그리고 호랑 반도는 일본 열도에 사는 사람들이 생각할 때 고향이라고 할 수 있지 않겠나?"

이로부터 3천여 년 후의 일이지만 삼국시대와 고려, 조선 시대에 왜구들이 해안을 침범하여 노략질을 일삼아 큰 골칫거리였다. 이들은 체구가 매우 작아 왜구라고 일컬었는데 이 왜자는 작을 왜(倭) 자다. 이들은 일본인 중에서도 남지나 반도에서 올라온 사람들이 대부분이다. 그리고 나라가 망하거나 새로운 삶터를 찾아 만주와 한반도에서 건너와 일본 열도에 사는 사람들은 한반도를 고향처럼 여기고 그리워하며 기회만 오면 침략해 왔던 역사가 모두 자연의 섭리인 음양의 조화인 셈이다.

"어르신의 가족들은 없습니까?"

"여기서 백 리쯤 위로 올라가면 땅속에서 뜨거운 불과 따뜻한 물이 솟아오르는 살기 좋은 곳이 있지. 나는 이곳에 처음 왔을 때 이곳 땅 모양을 자세히 살펴본 뒤 '가고 싶은 마을' 이란 뜻으로 〈가고시마〉라고 하였네. 내 가족은 모두 그곳에 살지. 오늘 밤은 예서 자고 내일에나 올라가 보세."

그들은 굴속에서 노인 옆에 누워 잠잤다. 풀잎이 폭신하고 밤에도 춥지 않아 깊은 잠을 잘 수 있었다. 이튿날 노인을 따라 가고시마로 향했다. 노인은 길을 가면서 가고시마에 머물게 된 이야기를 들려주었다.

"나는 신령 바위(영암) 고을의 반대쪽인 호랑 반도 동남쪽 바닷가인 동들에서 낳고 자랐네. 내가 스무 살 때 마을 앞 바닷가에서 우연히 폭풍우에 떠밀려 온 한 사람을 구해주었는데 알고 보니 그분은 자연의 이치를 깨우친 도인이었네. 나는 그분을 스승으로 모시고 많은 것을 배웠지. 그리고 스승님으로부터 동쪽 바다 수평선 너머에 큰 섬이 있다는 말을 듣고 친구 세 명과 함께 모험을 떠났었네."

노인 일행이 처음 다다른 곳이 쓰시마였다. 동들에서 출발한 일행이 대한 해협의 중간쯤에서 거센 풍랑을 만나 그들은 온갖 위험을 겪으며 이 섬에 이르렀다. 노인은 이 섬에 상륙하여 입맛이 쓰고 신물이 목구멍으로 넘어와 그들은 입맛이 쓰고 시다는 의미로 〈쓰시마〉라고 불렀다. 일행은 이곳에서 며칠간 머물렀는데 어느 맑은 날 동쪽을 바라보니 먼바다 너머로 아스라이 산이 보였다. 일행은 저 보이는 곳으로 가자고 의견을 모으고 출발하였다. 그런데 그들은 또 거센 풍랑을 만나 죽을 고비를 넘기고 북서풍이 배를 밀어주는 바람에 어느 바닷가에 이르렀다. 이 바닷가는 백사장이 끝이 보이지 않을 만큼 길었다. 원래 백사장이란 바람이 심한 곳이라야 파도가 모래를 실어와 쌓이게 된다. 일행은 백사장에 이르러 한숨을 내쉬며 '후! 누가 이 험한 곳에 다시 올까? (오카)'라고 하여 〈다시오카〉라고 불렀다. 훗날 이곳 이름은 후! 라는 느낌말이 앞에 붙어 〈후쿠오카〉로 변했다.

일행은 계속 남쪽으로 내려오다 이 섬의 중심 배꼽에 해당하는 곳에 이르자 배꼽에서는 뜨거운 물이 하얀 김을 내뿜으며 부글부글 끓어올랐다. 손을 물에 가까이 내밀자 너무 뜨거워 도저히 물속에 담글 수 없었다. 뜨거운 물이 넘쳐서 흘러내리는 아래쪽 웅덩이는 물이 식어 일행은 이 웅덩이에서 목욕하며 이곳을 〈배꼽〉이라고 하였다. 이 배꼽이라는 말은 발음할 때 저절로 사이시옷(ㅅ)이 첨가된 데다가 온천에 몸을 담글 때 숨이 차서 '푸!' 하고 내뱉는 소리가 배 뒤에 붙어 〈벳푸〉로 변했다. 이 벳푸는 일본에서 이름난 온천으로 지금은 사람들이 온천수가 솟아오르는 것처럼 버글거린다.

다음날 낮은 산에서 하얀 연기가 피어오르자 일행은 무슨 연기인가? 궁금하여 산으로 갔다. 그들이 산에 가까이 이르자 갑자기 더 큰 폭음이 울리더니 이번에는 시커먼 연기가 솟아올랐다. 맨 앞에 가던 친구가 이산화탄소 냄새가 지독하여 손을 내저으며 '아소, 아소, 오지 마!' 하고 소리쳤다. 그래서 이 화산 이름을 〈아소 화산〉이라 일컬었다. 〈아소〉란 지금도 연세가 지긋한 노인들이 하는 〈아서〉〈아소〉란 말로 '하지 말라.'는 의미인 예맥족의 고어다. 더 아래로 내려오던 그들은 가고시마에 정착하여 이곳에 사는 남만 여자를 만나 마을을 이루고 살고 있다고 한다.

"그러면 일본 열도의 지명들이 모두 예맥족 사람들이 지은 이름이군요?"

"그렇다마다. 이 섬에 사는 사람들이 하늘에서 뚝 떨어졌겠나? 땅에서 불쑥 솟았겠나? 거의 모두가 호랑 반도에서 건너온 사람일 수밖에 없지 않나? 그러니 이곳에 온 사람들이 처음에 본 대로 느낀 대로 소리친 첫마디가 이곳의 지명이 될 수밖에 없었지."

아침 일찍 출발했지만, 백 리가 훨씬 넘는 거리여서 해가 질 무렵에야 일행은 가고시마에 당도하였다. 가고시마는 높은 산 아래 들녘에 움집이 띄엄띄엄 흩어져 있는 마을로 움집 주변에 우거져 있는 나무 열매만으로도 먹거리 걱정은 하지 않아도 되리라 여겨졌다. 노인의 아내는 남만족의 여자인지라 체구가 매우 작았다.

그리고 자녀들도 작은 편 이였다. 가족들의 말은 혀가 짧아서인지 받침을 바르게 발음하지 못했으나 알아들을 만은 하였다. 오늘날에 이르러 일본 말은 예맥족의 고어가 받침이 없는 말로 수천 년에 걸쳐 조금씩 발음하기 쉽게 변한 것이다. 바라기와 하노미는 이 마을에서 한 달을 머물며 이곳저곳을 두루 살펴보았다.

### 5. 고향 같은 나고야

바라기와 하노미는 가고시마 노인과 함께 아소 화산에도 가 보고 벳푸온천에 가서 목욕도 하였다. 벳푸온천에서 하룻밤을 새운 다음 날 아침,

"이곳까지 왔으니 나는 오사카에 가서 친구를 만나보고 싶네. 자네들도 나와 함께 가지 않겠나?"

하고 묻는다. 그들은 어차피 새로운 곳을 찾아 여행하는 중이다. 가 보지 못한 곳을 가자고 하는데 마다할 까닭이 없다. 그들은 함께 가자고 흔쾌히 대답하였다. 바닷가에 이르니 통나무를 엮은 뗏목이 메어있는 것으로 봐서 이 뗏목을 타고 왕래한 사람들이 있는 것으로 생각되었다. 그들은 뗏목을 타고 혼슈섬으로 건너갔다. 이틀 동안 노를 저어 오사카 마을에 다다르니 아늑한 들판에 20여 채의 움집들이 모여있는 큰 마을이었다. 가고시마 노인은 그중에서 가장 큰 집 앞에 이르러

"오사카! 집에 있나? 나 왔네. 친구 가고시마네. 어서 나오게."

하고 큰 목소리로 외쳤다. 그러자 낮잠을 자다 깨었는지 한 노인이 눈을 비비며 나오더니 눈이 둥그레지며 가고시마 노인을 덥석 끌어안는다.

"가고시마! 우리가 못 본 지 이 얼마 만인가? 죽기 전에 볼 수 있을까? 하고 날마다 그리워하던 친구를 만나다니 이게 꿈인가? 생시인가?"

하고 눈물을 흘린다. 가고시마 노인의 눈에도 눈물이 그렁그렁 맺힌다. 두 노인은 마주 보고 한참 동안 친구의 얼굴을 더듬어 보다가 포옹을 풀고

"오사카, 어서 후쿠시를 불러오게. 보고 싶네."

"후쿠시? 그 사람 이미 저세상으로 떠났네. 자네와 함께 사는 아소마라는 잘 있는가?"

하고 묻는다. 아소마라는 아소 화산에 오를 때 맨 앞에 가다가 이산화탄소 냄새에 놀라 '아소, 아소, 오지 마라!'하고 소리친 친구로 〈아소마라〉라고 불러 이 이름을 얻게 된 친구다.

"아소마라도 삼 년 전에 저승으로 가버렸네. 우리 두 사람만 남았네, 그려?"

하고 또다시 눈물을 훔친다. 네 사람이 새로운 세계를 향해 목숨을 걸고 건너와 살다가 이미 두 사람이 다시는 못 볼 저세상으로 떠나버린 것이다. 어찌 슬프지 않으랴! 일행은 오사카에서 열

흘 동안 머무르며 가까운 마을을 둘러보았다. 〈나라〉라는 마을에 이르러 오사카 노인이

"이 마을은 나라라는 마을일세. 나는 첫딸을 낳고 우리나라가 그리워 딸 이름을 〈나라〉라고 불렀네. 후쿠시의 큰아들과 내 큰딸을 맺어주어 이곳에서 산다네. 그리고 이곳의 산세가 우리나라의 어느 마을에 온 것처럼 아늑하고 포근하여 마을 이름도 나라라고 하였네."

하고 말한 후 한 움막 앞에 서서

"나라야. 애비 왔다. 집에 있느냐?"

하고 부르니 저쪽 동산에서 열매를 따던 여인이 바람같이 달려온다. 그리고 아버지 앞에 넙죽 엎드려 큰절을 올린다. 저녁에는 각종 열매와 구운 물고기로 식사하였다. 일행은 나라네 집에서 하룻밤을 묵고 교토로 향했다. 교토 근처에는 〈미와〉라는 큰 호수가 있는데 일행은 바다라고 여겼다. 오사카 노인은

"이 호수는 처음 보는 사람들은 바다라고 생각하는데 바다가 아니고 민물호수일세. 이 호수는 물이 맑고 푸르러 나는 이 호수를 예쁜 호수라는 의미로 〈미와호〉라고 부르네. 저 백사장 좀 보시게. 얼마나 드넓고 가는 모래가 깨끗한가. 나는 여름 한 철 이 호숫가에서 보낸다네."

하고는 모래를 한 줌 집어 손을 펴니 모래가 손바닥에서 아래로 주르르 흘러내린다. 두 손을 마주치니 모래가 남김없이 떨어져

나간다. 일행은 이 호숫가에서 목욕하고 백사장에서 사흘을 보냈다. 오사카로 돌아와 헤어지는 두 노인은 작별이 아쉬워 잡은 손을 차마 놓지 못한다. 이제 헤어지면 만날 기약이 없으니 이 헤어짐은 작별이 아니라 이별인 셈이다. 위험을 무릅쓰고 함께 모험하며 우정을 다져온 친구와 영영 이별해야만 하니 어찌 슬프지 않으랴!

일행은 아쉬운 채 벳푸로 건너와 따뜻한 온천물에 며칠 밤 몸을 담그고 가고시마로 돌아왔다. 일행은 가고시마로 돌아와 사흘을 머문 뒤 남만굴로 왔다. 남만굴에서 이틀 밤을 더 보낸 바라기는 노인에게 말했다.

"가고시마 어르신, 저희가 머무는 동안 어르신께 많이 배우고 큰 폐도 끼쳤습니다. 고맙습니다. 저희는 이만 떠나겠습니다."

하고 인사를 드리니 노인은 아쉬운 듯 눈을 감고 한참 생각하더니

"함께 살고 싶지만 어쩔 수 없지. 어느 쪽으로 가려나?"

"오사카를 넘어 여인의 가슴에 해당하는 곳으로 가 보겠습니다."

"잘 생각하였네. 모든 동물은 어미의 젖을 먹고 자라지 혼슈섬의 가슴 부분에는 분명히 살기 좋은 곳이 있을 게야."

하고 일러준다. 그리고 큰 섬 구석구석 돌아보자면 오랫동안

여행해야 할 테니 준비를 단단히 해야 한다고 난쟁이들을 시켜 가벼운 먹거리를 골라 두 사람이 앉아 노 저을 곳만 남기고 배에 가득 실어주었다. 바라기와 하노미는 뗏목에 올라 노를 젓기 시작하였다.

 그들이 하루 내내 노 저어 다다른 곳이 시코쿠 섬의 남쪽 끝인 아시즈리 곶이다. 이곳은 여자가 왼쪽 다리를 굽히고 누워있는 발가락 끝에 해당하며 오랫동안 옆으로 누워있어서 다리가 눌리면 발이 '아! 시리고 저리다.'라고 하여 〈아시저리〉라고 부르던 것이 오랜 세월이 흐르는 동안 발음이 〈아시즈리〉로 변한 것이다. 그들은 이곳에서 이틀을 쉬고 동쪽으로 항해를 계속하여 다다른 곳이 혼슈의 엉덩이 꼭지인 구시모토다. 구시란 소의 먹이 그릇을 말한다. 즉 구시 모양의 땅(토)이란 의미로 〈구시모토〉란 이름으로 불리게 된 것이다. 이곳에서 이틀 동안 주변을 답사하고 계속 동쪽을 향해 노를 저었다. 해가 서쪽 바다에 기울 무렵 마치 오목한 골짜기처럼 깊숙이 들어간 내해로 노를 저었다.

 아! 이곳은 신령 바위 고을(영암) 장천리처럼 육지로 둘러싸여 드넓은 개펄이 펼쳐져 있는 곳, 산기슭 남쪽 개펄에는 먹거리들이 지천으로 널려있는 곳, 하루에 두 번씩 밀물과 썰물이 갈릴 때마다 바다와 육지로 둔갑하는 곳, 나의 고향처럼 생긴 곳! 바라기는 이곳을 〈나고향(양)〉이라고 불렀다. 후에 일본인들의 혀짧은 발음 때문에 받침 〈ㅇ〉이 사라져 〈나고야〉로 변한 것이다.

이곳은 나지막한 육지가 남쪽으로 열린 드넓은 개펄을 품고 있어 천지 사방에 먹거리가 풍성하고 날씨가 온화하여 과연 낙원이라 할만했다. 그런 데다가 하노미의 배가 점점 불러오기 시작했다. 할마섬 정방폭포 아래서 만든 아기다. 바라기는 하노미의 배가 불러와 더는 험한 여행을 할 수 없게 되자 이곳에 머물 수밖에 없었다. 그리고 이곳은 그들이 낳고 자란 고향처럼 아늑한 곳이어서 바라기와 하노미는 긴 탐험 여행을 접고 이곳에 정착하여 나고야의 첫 주인이 되었다.

# 메리커

초판 인쇄  2025년 11월 18일
초판 발행  2025년 11월 25일

**지은이**  이흥규
**발행인**  임수홍
**디자인**  맹신형

**발행처**  한국문학신문
**주 소**  서울 강동구 양재대로 114길 32  2층
**전 화**  02-476-2757~8   FAX 02-475-2759
**카 페**  http://cafe.daum.net/lsh19577
**E-mail**  kbmh11@hanmail.net

값 18,000원

ISBN  979-11-7437-010-5

· 저자와의 협약에 의해 인지는 생략합니다.
· 이 책의 글은 저작권법에 따라 보호를 받는 저작물이므로 저자와 출판사의 동의 없이 무단 전재 및 무단 복제를 금합니다.

· 잘못된 책은 바꾸어드립니다.